최문정 장편소설

태양의 여신

1 그들, 여신을 사랑하다

최문정 장편소설

태양의 여신

1 그들, 여신을 사랑하다

다차원북스

자신의 꿈을 버리고,

내 꿈을 위해 모든 것을 바친 내 어머니,

심태조 님께 이 책을 바칩니다.

차례

2권

■ 등장인물

■ 글을 마치며
■ 주석
■ 참고문헌

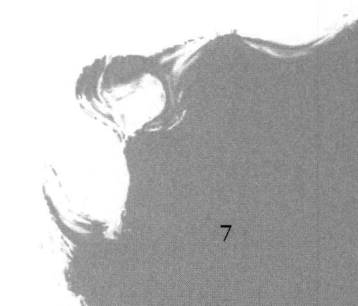

『태양의 여신』 주요 등장인물

히미코: 구다라(백제) 출신의 왜(일본)의 공주. 운명을 거슬러 왕위에 오름.

의후: 구다라의 왕자. 히미코를 사랑해 왕위까지 포기하려 한다.

와타나베: 왜의 왕자. 히미코의 그림자 같은 인물.

수인: 왜의 대비이자 실질적인 지배자. 후에 태황태후가 됨.

미도리: 왜의 기생. 히미코를 자신의 딸로 위장시켜 궁에 보냄.

순덕: 히미코의 생모.

카오리왕후: 왜의 왕후. 아들(헤이제이)을 통해 왕권을 잡으려 함.

미유키왕후: 왜의 왕후. 카오리왕후보다 서열상 위지만 모나지 않은 성
　　　　　　　품을 지님.

에바왕후: 다카미(와타나베의 아버지)의 어머니.

자운세자: 구다라의 세자. 의후의 이복동생.

연경왕후: 구다라의 왕후. 자운세자의 어머니로 의후 모자와는 상극.

다예: 의후의 어머니. 농부의 처였으나 구다라 왕의 눈에 들어 의후와 아영을 낳음.

아영: 의후의 여동생.

사로: 의후의 심복.

아마가시: 점례. 대비(수인)의 시종.

노사미: 본명은 고엔유로 카오리왕후의 막냇동생. 히미코의 시종.

수우: 와타나베의 이복동생.

휘녕: 구다라의 담로국(식민지) 공주. 히미코를 닮은 외모로 의후의 관심을 받음.

제 1 장

섣달그믐에 태어난 아이

"무슨 일입니까? 설마 아기한테 이상이 있는 건 아니죠?"

어머니는 대답이 없다.

미도리는 손목에 묶인 끈을 입을 이용해 풀기 시작했다. 설마······.

죽음을 가져올 수 있는 불행한 생각들이 머릿속으로 파고들었다.

그제야 아기가 원단이 아닌 그믐에 태어났다는 생각이 들었다.

1

"뭐라? 그게 정말이더냐?"

미도리는 불룩한 배를 들어올리며 오스키에게 물었다. 이제 조금만 있으면 이 물컹거리는 돼지허파와도, 천뭉치와도 영원히 작별할 수 있다.

무더운 여름 동안 얼마나 습진에 시달렸는지, 살들이 썩어 문드러지는 것 같아 시간을 울리는 종소리가 들릴 때마다 멀리 도망치고 싶었다. 돼지허파는 하루걸러 갈아주어도 항상 비린내가 났고, 헝겊조각을 넣은 얇은 주머니는 땀에 절어 딱딱하게 뭉치곤 했다. 더위를 별로 타지 않는 미도리였지만 너무나 더워 정신을 잃은 적도 있었다.

하지만 이젠 겨울이었다. 비록 옷맵시를 망치긴 하지만 옷 속에 든 천뭉치는 따뜻했다. 게다가 새로 갈아준 돼지허파는

웬일인지 바람도 빠지지 않고 끈질기게 잘 버티고 있었다.

미도리는 흐뭇한 눈으로 순덕이를 바라보았다. 이번만은 신도 그녀를 가엽게 여긴 모양이었다. 항상 운이 없는 편이었는데 이상하게도 이번 일은 술술 잘도 풀린다. 너무 잘되어 겁이 날 정도로……

순덕은 두려움이 가득한 눈으로 미도리와 오스키를 번갈아 힐끔거렸다. 배 위쪽이 뭉실하게 솟은 모양을 보아하니 영락없는 사내아이였다. 게다가 천하를 평정할 아이라고 하지 않았던가? 미도리는 그 생각에 벌어지는 입을 다물기 힘들었다. 오스키는 그녀의 웃음에 신이 나서 침까지 튀기며 말했다.

"그 선사는 구다라(백제. '큰 나라 → 군나라 → 구다라'로 변형된 것으로 추정된다)뿐만 아니라 소라(신라. '금의 나라' 혹은 '무쇠의 나라'라는 뜻이다. 사로 또는 사라라고도 했다)와 고구려까지도 알려진 유명한 사람이라고 합니다."

"더 자세히 말해보아라."

남들이 들을세라 오스키가 가까이 다가오자 미도리는 순간 멈칫하며 물러났다. 오스키만 보면 삼일 전에 먹은 것까지 다 넘어오려고 했다. 생겨도 어찌 이렇게 생길 수 있는지. 후우, 게다가 이 역한 냄새는 어떻고. 하지만 지금은 그런 것을 따질 때가 아니었다.

"구다라에서는 미혼여성이 임신했을 경우 땅을 파 그 속에 여자의 하반신을 묻어버립니다. 그리고 행인들에게 돌을 던지게 하지요. 그 여자가 죽을 때까지 말입니다. 아시겠지만 워낙 구다라의 형법이 가혹하지 않습니까? 잔인하기도 하지요. 어떻게 사람을 그렇게 무참히 죽일 수 있는지."

미도리는 이마에 뛴 침을 닦아내며 코웃음을 쳤다. 왕이건, 천한 놈이건, 지나가는 미친 똥개건 뭘 하나 더 달고 있는 것들은 치켜세우기만 하면 자신이 정말 잘난 줄 알았다. 내가 누군데 그깟 풍습 따위도 모를 거라 생각하는지…….한심한 놈, 어디서 잘난 척이야. 미도리의 못마땅함이 얼굴에 드러났는지 오스키는 금세 본론으로 돌아갔다.

"당연히 순덕이도 벌을 받아야 했지요. 가진 것이 없으니 멀리 도망가지도 못했다고 하더군요. 그런데 순덕이를 땅에 묻으려고 하는 순간, 그 선사께서 나타나 뱃속의 아이가 천하를 평정할 것이라 예언했답니다. 그러면서 이 아이를 죽이는 자에게는 큰 화근이 닥칠 거라 했다지요. 조그만 시골 마을이라 사람들이 순진해서인지 그 말에 겁을 집어먹고는 차마 벌하지 못하고 그대로 두었답니다. 어떤 사람들은 음식까지 갖다주었다지요. 하지만 그 소문이 널리 퍼지면서 구다라왕의 귀에까지 들어가는 지경에 이르렀답니다. 당연히 왕은 여자를 죽이라는 명을 내렸고, 그래서 순덕이는 옥에 갇히는 신세가 되었지요.

작은 시골 마을이어서 관청이라고 해봤자 늙은이 한 명이 지키고 있을 뿐이었습니다. 그래서 다른 여자와 쉽게 바꿔치기할 수 있었지요. 마을에 사는 바보처녀였는데 떡 몇 조각에 지가 죽을 줄도 모르고 선뜻 따라오더군요. 지키는 늙은이도 눈이 어두워 아무것도 눈치채지 못했습니다. 또한 순덕이도 그저 구다라에서 떠나는 것이 제일 좋은 방법이라 생각했는지 아무 말 없이 여기까지 따라왔고요. 정말 하늘이 돕지 않고서야 일이 이렇게 잘 풀릴 수 있겠습니까? 혹시라도 여기까지 오는 동안 아이를 낳을까 걱정이 되어 안절부절못했는데, 다행히 아이는 아직까지 이렇게 뱃속에 얌전히 들어앉아 있습니다. 정말 하늘이 마마님을 도우시나 봅니다."

주인의 칭찬을 기다리는 똥개처럼 오스키는 미도리를 뚫어지게 바라보았다. 하긴 칭찬받아 마땅하긴 했다. 하지만 그녀는 모른 척 되물었다.

"그래? 그렇게 생각하느냐?"

그녀의 웃음소리에 오스키가 누런 이를 드러냈다. 미도리는 오스키가 감히 자기 앞에서 웃는데도 용서할 수 있을 것 같았다. 지금은 모든 것을 용서할 수 있을 것 같았다.

이왕이면 좋은 운세를 타고난 아이가 그녀에게도 유리했다. 천하를 지배할 아이라……. 분명 왕이 될 운명을 타고난 사내아이가 틀림없었다. 그런 운을 가진 아이라면 그녀의 계획도 무사히 끝마칠 수 있다는 생각에 입을 다물 수가 없었다.

미도리의 웃음소리에 순덕이 움찔했다. 생긴 것과는 달리 경계심이 많군. 미도리는 순덕을 곁눈질하며 낮은 목소리로 물었다.

"순덕이에게는 뭐라고 했느냐? 설마 내가 누군지 말하지는 않았겠지?"

"물론입니다. 제가 어찌 그런 망언을 하겠습니까?"

오스키는 눈을 부릅뜨며 당치도 않다는 듯 반문했다. 작은 눈을 크게 뜬다고 떴는데 그 모습이 얼마나 우스꽝스러운지……. 눈썹 바로 밑에 난 사마귀가 짓눌려 터져버릴 것 같았다. 사마귀에 난 긴 털은 오스키가 눈을 깜박일 때마다 실룩거렸다. 정말 못 봐주겠군. 차라리 순덕이를 보는 게 낫겠어. 미도리는 시선을 돌리며 적당한 말을 찾았다.

"아비는 누구라고 하더냐?"

"절대로 말을 안 하더군요. 동네 사람들 얘기로는 신분이 높은 사람일 거라고 합니다. 아이를 뱄을 무렵 왕족들이 근처에 묵었답니다. 잠행을 나왔던 소라 왕의 아이라는 소문도 있고, 단군신의 아이라는 소문도 있었지요. 어쨌든 신분이 고귀한 사람이 아니라면 그렇게 입을 꾹 다물고 있었을 리도 없지요."

미도리는 순덕에게로 고개를 돌렸다. 신분이 높은 사람이라……. 구다라인들이 미인에 대해 어떤 기준을 가지고 있는지는 몰라도, 그녀가 볼 때는 마땅찮은 외모였다. 굳이 장점을 들자면 시골 어디서나 볼 수 있는 순진하고 착하게 생긴 여자라는 점이었는데, 그것도 좋게 봤을 때의 생각이었다. 나쁘게 보자면 멍청하고 줏대가 없어 보였다. 어쨌든 신분이 높은 사내가 동할 정도로 암내를 풍기는 아이는 아니었다.

하기사, 남정네의 맘을 어찌 알 수 있겠는가? 그저 치마만 둘렀어도 맘이 동하는 사내들도 있으니. 잠자리 기술에 대해 자신보다 꿰뚫고 있는 요염한 기생이나, 잠자리에서까지 교양이나 떠는 정실에게 지친 남자라면 가능할 법도 한 일이었다. 색다른 재미는 있을 테니.

"하긴 아비가 누군지 알아서 무엇 하겠느냐? 씨가 좋다고 열매가 단 것은 아니니. 그럼 되었으니 넌 가보거라. 이제는 좀 쉬어야지. 나머지는 내가 알아서 할 것이야."

하지만 오스키는 음흉한 웃음을 짓기만 할 뿐 일어나지 않았다. 그리고보니 무릎을 꿇기는커녕 감히 양반다리를 하고 앉아 있는 것이 아닌가. 순덕이의 일로 정신이 산만하여 알아차리지 못하고 있었는데, 오늘 오스키의 태도는 눈에 거슬렸다.

고얀 것! 이젠 감히 나와 맞먹으려들다니. 미도리는 허리춤에 찬 주머니를 꺼냈다. 금반지 하나면 충분할 것이다. 하지만 오스키는 황급히 손사래를 쳤다.

"마마님, 제가 겨우 그런 금반지 따위나 바라고 이 일을 했겠습니까? 이거 섭섭합니다."

"돌려 말하는 건 질색이다. 얼마나 원하느냐?"

오스키는 시커먼 손으로 입가를 쓱 문지르며 그녀의 가슴을 뚫어지게 바라보았다. 익숙한 눈이었다. 제기랄, 감히 이놈이! 원체 음흉한 놈이라 처음부터 꺼림칙하더니 결국⋯⋯.

오스키가 침을 꿀꺽 삼키는 소리에 온몸에 소름이 돋았다. 오스키는 사마귀에 난 털을 손가락에 감아 비비 꼬며 말했다.

"제가 오늘은 피곤하여 그냥 자러 가겠습니다. 내일 밤을 기약하지요. 이제 저희는 한배를 탄 몸입니다. 마음이 하나인데 몸은 둘이면 되겠습니까? 오늘은 이만 물러가지요. 그럼, 내일 뵙겠습니다."

미도리는 기가 막혀 아무런 대꾸도 하지 못했다. 숨이 턱턱 막혀왔다. 하지만 오스키는 그것을 긍정으로 받아들였는지 그대로 일어섰다. 오스키가 일어서자 순덕까지 따라 일어섰다.

"앉아!"

비록 짧은 구다라 말이었지만 알아들은 모양인지 순덕은 재빨리 자리에 앉았다. 오스키는 음흉한 눈빛으로 그녀의 몸을 다시 한 번 쭉 훑고는 방을 나섰다.

아무런 대꾸도 하지 못한 게 더 분통이 터졌다. 하지만 닫힌 방문을 노려보는 것 외에 할 수 있는 일은 없었다. 얼마나 씩씩거렸는지 순덕이 겁에 질려 슬금슬금 구석으로 물러섰다. 아마 어딘가 좀 모자란 아이 같았다. 하긴 모자라면 어때? 오히려 그게 나한테는 더 좋을 거야. 미도리는 순덕을 안심시키기 위해 애써 분을 삭였다.

"레이코! 레이코!"

미도리는 집이 떠나가라 소리를 질렀다. 레이코는 밥을 먹다 달려왔는지 입가에 무언가를 잔뜩 묻히고 있었다.

"이 아이를 곁방으로 데리고 가라. 오늘내일한다니 잘 보살펴라. 조심해야 한다. 만약 아기에게 무슨 일이라도 있을 시에는 내가 가만있지 않을 것이야."

"으? 으. 으⋯⋯."

잠시 어리둥절하던 레이코는 금세 순덕의 정체를 알아차렸다. 조심스레 순덕의 팔을 잡아 부축하는 손길에서 알 수 있었다.

레이코라면 믿을 수 있었다. 벙어리에다 머리까지 아둔했지만 눈치는 빠른 아이였다. 물론 그런 능력도 선천적으로 타고나지는 않았을 것이다. 부모에게 버림받고 사창가에서 떠도는 동안 필연적으로 얻어진 능력일 것이다. 그녀가 그랬던 것처럼…….

그래서 미도리는 레이코를 믿었다. 적어도 레이코라면 배반하지 않을 것이기에, 이해해줄 수 있다고 믿기에.

곁방은 병풍 뒤에 숨겨져 있었다. 레이코가 병풍을 치우고 순덕을 이끄는 순간, 앞문이 벌컥 열렸다. 어머니였다. 레이코는 재빨리 순덕을 몸으로 가리며 곁방으로 들어갔다. 미도리는 병풍을 원래 위치로 돌려놓으며 시간을 끌었다. 하지만 그 정도로 물러설 어머니가 아니었다. 어머니는 철퍼덕 주저앉아 기다렸다. 어머니의 시선은 병풍만 향하고 있었다. 아니, 어머니의 모든 감각이 병풍 뒤의 곁방을 향하고 있었다. 결국 미도리는 어머니 앞에 앉았다.

"늦은 시간에 어쩐 일이세요?"

어머니는 억지 인사를 잘랐다.

"저 아이냐?"

"예."

미도리는 마지못해 대답했다.

"정말로 이 일이 성공할 수 있을 거라 생각하니? 만약 대비마마께서 이 일을 아시는 날엔 우리는 다 죽는 거야. 알아?"

어머니는 '대비마마'라는 말을 내뱉는 동시에 왕궁을 향해 절을 했다. 미도리는 그 모습을 보며 코웃음을 쳤다. 도대체 그놈의 왕실이 우리에게 해준 것이 뭐가 있다고. 겨우 구

다라의 담로국(식민지)[1]을 다스리는 주제에 왕이라 칭하는 것
도 우스웠다.

구다라에 빌붙어 백성들의 피나 빨아대는 왕실은 백성들
의 존경과 신뢰를 잃은 지 오래였다. 구다라인들의 횡포에
질린 백성들의 원망은 이제 왕실로 향하고 있었다. 비록 요
즘은 대비의 선정으로 위상이 조금 나아지긴 했지만 이미 돌
아선 마음을 다잡기엔 부족했다.

게다가 대비가 아무리 잘나면 뭐 하랴? 왕이란 인물은 여
색만 탐하다 성병에 걸려 골골거리는 신세이거늘. 골이 텅텅
빈 바보라 해도 존경심이 생길 수가 없었다.

"만약 성공한다 해도 어떻게 감히 우리같이 천한 것들의
자손으로 왕실의 대를 잇는단 말이냐?"

'천한 것'이라는 말에 미도리는 눈을 부릅떴다. 똑같이 붉
은 피를 가진 인간인데 어떤 인간은 귀하고 어떤 인간은 천
하다는 세상의 논리 따위는 받아들일 수 없었다. 하지만 그
런 말을 한다고 알아들을 어머니가 아니었다.

"천한 것의 자손인지 아닌지는 모르는 일이에요. 구다라의
유명한 선사 말로는 순덕이 뱃속에 든 아이가 천하를 지배할
것이라고 했다는데, 설마 천한 것의 자손이 천하를 지배하려
고요? 오스키 말로는 아이의 아버지 되는 사람이 귀한 신분
이라고 하더군요."

"아무리 그래도 이런 방법으로까지 왕실에 들어가야 하겠니?"

어머니는 딱하다는 듯 미도리를 바라보았다. 어머니의 눈 속에 담긴 연민에 애써 삭였던 분이 다시 솟구쳤다.

"그만하고 나가보세요. 어머니는 굿이나 보고 떡이나 드시면 되는 거예요. 아시겠어요?"

미도리는 차가운 음성으로 덧붙였다.

"만약 이 일이 밖에 새어나가면 어머니도 죽는 거예요. 우리 모두 죽는 거라고요. 무슨 뜻인지 아실 거라 믿습니다."

어머니는 무슨 주문 같은 것을 중얼거리며 방문을 나섰다. 미도리는 뭐라도 던지고 싶은 심정이었다. 양심에 꺼린다는 어머니가 우스웠다. 자신이 살겠다고 자식을 기생집에 팔아넘긴 주제에, 이제 와 양심이라니……

어머니는 미도리가 유명한 기생이 되었다는 소문을 듣고서야 미도리를 찾았다. 다섯 살밖에 안 된 딸을 팔 때는 그렇게나 매정하더니, 언제 그랬냐는 듯 미도리밖에 몰랐던 어미처럼 굴면서 안방에 턱 하니 드러누워버렸다. 그래도 어미인지라 차마 내쫓지 못했다. 그때 냉정하게 몰아냈어야 했는데. 미도리는 후회스런 한숨을 내뱉었다.

어머니는 현재 상태에 만족하고 안주하려 했다. 하긴 날품팔이로는 몇 푼 안 되는 돈도 쥐기 힘들었을 것이다. 오죽

하면 자식마저 내다 팔았을까. 어머니는 왕실에 대한 존경심이나 신에 대한 두려움으로 미도리의 계획을 말리는 것이 아니었다. 자식을 내다 판 사람이 그런 양심이 있을 리 없었다. 그저 지금의 편안하고 안락한 삶을 빼앗길까 두려울 뿐이었다.

미도리는 돼지허파와 천뭉치 때문에 앞으로 쏠리는 몸을 애써 꼿꼿이 세웠다. 척추를 타고 익숙한 고통이 밀려왔다. 아무리 주먹으로 등을 두드려도 통증은 가실 줄 몰랐다. 당장이라도 붕대를 풀고 이것들을 꺼낼 수 있으면 좋으련만. 그녀는 벽에 등을 기대며 고통을 참았다. 이것보다 더한 일도 참고 견뎌 온 그녀였다. 이 정도는 충분히 견딜 수 있었다.

최고의 기생이 되기 위해 쏟았던 노력에 비하면 이건 아무것도 아니었다. 외모를 가꾸고 가무를 익히느라 밤을 지새웠다. 대부분의 기생들은 그 정도에서 최선을 다했다고 생각했다.[2]

하지만 미도리는 거기에 만족하지 않았다. 고대의 성에 관한 책들은 모두 다 읽고 실천에 옮겼다. 방중술(房中術)[3] 중 환정법(還精法)[4]을 익히느라 별의별 짓을 다 했다. 물을 마실 때는 잔에 입을 대지 않고 혀만 사용해서 마셨다. 탈수로 기절하는 한이 있어도 시원하게 물 한 잔 들이켠 적이 없었다. 날계란 위에 놓인 방석을 허리와 엉덩이만 사용해 돌리는 연습을 하느라 매일 밤을 지새웠다. 수만 개의 달걀을 깨먹고, 수백 번 허리를 삐고 나서야 날계란을 깨지 않고 방석을 돌릴 수 있었다.

결국 하늘도 그녀의 노력에 감동했는지 무심치는 않았다. 고위관료들이 그녀의 얼굴이라도 한 번 보려고 기생집 앞에 줄을 서기 시작한 지 얼마 안 되어 미도리는 자신의 기생집을 차릴 수 있었다. 그리고 왕의 귀에까지 그녀의 이야기가 흘러들어갔다. 궁녀는 물론 신하들의 부인까지 건드리기로 소문난 왕이 그냥 넘어갈 리가 없었다.

미도리는 눈이 가려진 채 왕궁으로 들어갔다. 데리러 온 여자는 그저 고위관료의 집이라 했지만 바보가 아닌 이상 왕궁과 관리의 집을 구별 못할 리가 없었다. 하지만 그녀는 아무것도 모르는 척 왕의 환심만을 사기 위해 노력했다. 그리고 매일 새벽 눈이 가려진 채 왕궁에서 나오며 이를 악물었다. 언젠가는 당당하게 왕궁에 들어서리라고 다짐하며.

한 달 이상은 정을 주지 않는다고 소문날 정도로 싫증을 잘 내는 왕이었다. 방법은 하나밖에 없었다. 고구려인들이 쓴다는 바케. 바케는 왕이 사신들까지 보내 배워오라고 성화인 변신술이었다. 고구려가 전쟁에서 적은 인원으로도 승리할 수 있는 이유 중의 하나가 바케라고 했다.

미도리는 황금을 두 덩이나 주고서야 고구려인이라는 사

내를 만날 수 있었다. 하지만 시커멓고 험상궂게 생긴 사내는 바케를 가르쳐줄 생각은 않고 억지로 그녀를 덮쳤다. 아니, 억지로는 아니었지. 뛰어난 술법만큼이나 잠자리에서도 뛰어난 사내였으니까. 그녀는 그날 밤을 생각하며 웃음을 삼켰다.

하지만 정작 그날 밤은 그 사내가 사기꾼일 수도 있다는 불안에 쉬이 잠들지 못했다. 바케를 알기는커녕 고구려인도 아닐지 모른다는 생각, 다른 사내와 잠자리를 했다는 사실을 왕에게 들키면 목숨까지 위험하다는 생각이 뒤엉켰다. 게다가 천연덕스럽게 옆에 누워 잠든 사내는 집이 떠나갈 듯 코를 골았다. 잠이 오는 게 더 이상할 터였다.

꿈까지 뒤숭숭했던 미도리를 깨운 건 가슴을 오물거리는 손길이었다. 덥수룩한 수염을 가진 사내는 온데간데없고, 뽀얀 얼굴의 미소년이 가늘고 긴 손으로 가슴을 희롱하고 있었다. 태어났을 때부터 먹었던 눈칫밥이었다. 미도리는 재빨리 아이로 변한 사내의 품에 매달렸다. 결국 고구려인은 미도리의 정성에 탄복해 자신이 알고 있는 바케 기술을 모두 알려주었다.

미도리의 뛰어난 실력과 끈질긴 노력에 왕은 그녀에게 점점 빠져들었다. 미도리의 간청에 왕후의 왕관과 귀고리, 팔찌까지 가져다준 적도 있었다.[5] 비록 하룻밤이었지만 왕후라도 된 듯 행복했었다. 또한 왕과의 잠자리에 필연적으로 따른다는 성병으로 고생할 때는 어의까지 보내주었다.

미도리는 매일 기다렸다. 오늘은 후궁으로 봉한다고 왕지(王旨)를 내리시겠지, 오늘은……. 그렇게 일 년을 기다린 뒤에야 대비의 반대에 대해 알게 되었다. 기생 따위는 궁에 들일 수 없다는 게 이유였다.[6] 여색만 탐하는 왕 대신 모든 권력을 쥐고 흔드는 대비였다.

왕은 점점 미도리에게서 멀어져갔다. 써먹을 수 있는 바케 기술은 모두 써먹었지만 그것으로는 역부족이었다. 이틀에 한 번 꼴로는 그녀를 찾던 왕이었지만 점점 횟수가 뜸해졌다. 물론 대비의 성화도 한몫을 했을 테지만 워낙 변덕이 심한 왕이었다. 미도리는 점점 초조해졌다. 이러다가 정말 완전히 버림받는 것은 아닐까, 하는 생각에.

임신만 했어도……. 분명히 그녀에게 문제가 있는 것은 아니었다. 피임할 수 있다는 장안의 명약이란 명약은 모두 써도 몇 달에 한 번꼴로는 재수 없게 임신을 했던 자신이었다.[7]

매번 그놈의 애새끼들을 떼느라 얼마나 고생을 했는데. 분명 그녀에게 문제가 있는 것이 아니었다. 그렇다면 답은 하나뿐이었다. 그렇게 많은 여인들과 잠자리를 하는 왕에게 어떻게 자손이 하나도 없을까? 후궁만 스무 명이 넘었고, 왕후만 다섯이었다.[8]

하지만 첫 혼인을 한 지 십 년이 넘도록 왕에겐 손이 없었다. 아무도 입 밖에 내지 못하지만 불임의 원인은 왕이었다.

어의가 무심코 흘린 말에 따르면, 왕은 정력에 좋다는 열약을 과용하여 임질이 떨어지지 않는다고 했다. 아무리 말려도 정력에 좋다는 것이면 무엇이나 먹어 탈이 난 적이 한두 번이 아니라고 했다. 왕은 그 신분에 걸맞게 정력에 대한 집착도 보통 남자들보다 배는 강했다. 그리고 정력의 상징인 자손이 없는 것에 대한 열등감도 엄청났다.

게다가 왕의 동생인 다카미는 왕보다 오 년이나 늦게 혼인을 했는데도 처첩이 낳은 자식이 여럿이었다. 다카미가 현왕보다 모든 면에서 뛰어나지만 대비가 정에 이끌려 장남인 왕을 택했다는 소문이 파다했다. 그런 소문을 아는지 모르는지 다카미는 왕궁 문이 닳도록 드나들었다. 왕에게 없는 자식을 줄줄이 달고.

세자자리를 공석으로 비워두는 것도 그런 동생이 얄미워서라고 했다. 어느 날, 술에 잔뜩 취한 왕은 그렇게 말했다. 하지만 오랜 시간이 흐르면서 얄작얄작 모습을 드러내는 절망에 왕은 지쳐 있었다. 만일 미도리가 임신을 한다면 후궁자리 따위는 문제도 아니었다.

미도리는 임신을 할 수 있다는 방도란 방도는 모두 썼다. 왕과 잠자리를 한 다음 날에는 양기가 몸 밖으로 새어나가지 않도록 하루 종일 거꾸로 매달려 있었다. 보름달이 뜨는 밤이면 음기를 빨아들이기 위해 숨을 내뱉지 않고 들이쉬기만 하다 기절하는 일도 예사였다.

그러던 어느 날, 칼같이 날을 맞추던 달거리가 늦었다. 미도리는 혹시나 해서 한 달을 기다렸다. 두 달째, 입덧이 시작되었다. 임신이었다. 미도리의 기쁨은 이루 말할 수가 없었다. 무뚝뚝하기만 한 레이코조차 기뻐서 날뛸 정도였으니 그녀 자신은 오죽했으랴.

대비는 그녀의 회임 소식을 듣고는 어의를 보내 진맥을 하도록 했다. 어의가 임신을 확인해준 순간, 그녀는 처음으로 눈물을 흘렸다. 어미가 자신을 버린 이후로 한 번도 눈물을 흘리지 않았던 미도리였다. 그녀가 회임했다는 소식의 여파는 대단했다. 보름째 그녀를 부르지 않던 왕이 직접 한달음에 달려왔으니. 왕은 궁귀탕(芎歸湯, 해산 전후에 쓰는 한약)을 내리는 것으로도 모자라 많은 재물을 하사했다.

하지만 석 달이 넘도록 그녀의 배는 불러오지 않았다. 이상하다는 하녀들의 수군거림을 듣기에도 지쳤을 무렵 달거리가 시작되었다. 미도리는 충격으로 드러누워 한 달 동안 일어나지 못했다. 레이코는 피 묻은 달거리포(개짐, 월경포, 월경대, 가지미, 개지미, 서답 등이 생리대의 옛말이다)를 숨겨 내가며 울었다. 하지만 미도리는 눈물조차 나지 않았다. 그녀는 아무 죄도 없었다. 심지어 어의마저도 임신이라고 확언했는데, 상상임신일 줄이야.

악랄하고 심술궂은 귀신이라도 쓰였는지 그녀가 하는 일은 항상 그 모양이었다. 하지만 슬퍼할 겨를도 없었다. 그러잖아도 대비의 미움을 독차지하고 있는 그녀였다. 대비는 아마 기회다, 하고 덤빌 터였다. 간계였다면서 죽이려 한다면 왕도 말릴 수 없었다. 아니, 말리지 않을 터였다. 대책을 강구해야만 했다.

처음에는 다른 남자와 잠자리를 해서 임신을 할까 하는 생각도 했다. 하지만 아이가 태어난 시점이 문제가 될 게 뻔했다. 아이를 몰래 훔쳐오는 것도 마찬가지였다. 이 소문 많은 도성 내에서 그건 거의 불가능했다. 그래서 선택한 것이 구다라에서 아이를 데려오는 것이었다. 왕실에 대해 아무것도 모르는 구다라 여자를 데리고 온다면, 그래서 그 여자의 아이를 자신의 아이로 꾸민다면 모든 일이 잘 풀릴 터였다. 그리고 지금까지 모든 계획은 잘 진행되고 있었다.

엉겁결에 나온 생각이었지만, 왜 진작 이 생각을 하지 못했나 하는 후회까지 들 정도였다. 비록 아직까지 후궁으로 봉한다는 왕지는 받지 못했지만 그것도 시간이 해결해 줄 터였다.

아무리 대비가 완고하다 해도 아이가 태어나면 어쩔 수 없을 것이다. 왕의 아이를 이런 곳에서 키울 수는 없을 테니. 왕의 하나뿐인 아들이었다. 아이는 당연히 왕궁에 들어갈 것이다. 그리고 당연히 세자가 될 것이다. 늙은 너구리 같은 대비도 어쩔 수 없었다. 세자의 어미를 천한 신분으로, 그것도 왕궁 밖에서 살게 놔두지는 못할 테니. 아무리 기생이었다 해도……. 그래서 견딜 수 있었다.

똑같이 붉은 피를 가진 인간이었다. 상처 입으면 고통에 울부짖는 인간이었다. 하지만 세상은 달랐다. 어떤 사람들은 모든 것을 지니고 태어나고, 나머지는 선택받은 자들의 발바닥이나 핥으며 살아야 했다. 그런 관습 따위는 인정할 수 없었다. 천한 신분으로 태어났지만 죽음조차 천하게 맞을 수는 없었다.

순덕의 아이는 미도리의 꿈을 이루어줄 유일한 끈이었다. 왕과 미도리 사이에서 난 세자로서 그녀를 왕의 옆자리까지 끌어올려줄 유일한 끈. 그래서 견딜 수 있었다. 그 무더운 여름날도, 사람들의 속살거림도, 어머니의 동정까지도.

이제 와서 오스키 같은 놈 때문에 계획을 망칠 수는 없었다. 그 많은 고생을 한 게 누군데 그런 놈에게 목덜미를 잡힐 수는 없었다. 오스키와 잠자리를 한다는 생각만 해도 헛구역질이 났다. 게다가 오스키의 성격으로 보아 그녀와의 잠자리에만 만족하지는 않을 터였다. 화근은 싹부터 미리 없애는 게 상책이었다.

미도리는 손에 낀 반지를 바라보았다. 흔들리는 촛불 때문인지 반지에 박힌 호박 속의 벌이 날아오를 것 같았다. 미도리는 반지를 있는 힘껏 비틀었다. 겉보기와는 달리 납작한 호박은 또르르 굴러갔다. 하지만 그녀는 호박 따위에 신경 쓰지 않았다.

텅 빈 반지 속에는 소라에서 들여왔다는 극약이 들어 있었다. 혹시라도 계획이 실패했을 때 먹으려고 준비해둔 것이었다. 하지만 계획은 잘 진행되고 있었다. 오스키만 제외하면…….

2

하늘은 점점 어두워지고 있었다. 미도리는 직접 술상을 차렸다. 레이코는 순덕을 보살피느라 바쁜지 하루 종일 보이지 않았다. 하녀들도 들어간 지 오래였다. 아마 지금쯤이면 모두들 모여 앉아 술과 고기를 먹느라 정신없을 것이다. 마침 이유도 적당했다. 모레가 원단(설날)이었다. 오늘 저녁부터는 가족끼리 모여 즐기라는 말에 하녀들은 연방 머리를 조아렸다.

술상을 들고 방으로 가는데 다리가 후들거렸다. 왜 자꾸 이렇게 떨리는지. 미도리는 뛰는 가슴에 손을 얹으며 약해지는 마음을 가다듬었다. 어떻게 여기까지 왔는데, 이제 와서 포기할 수는 없었다.

젠장, 그런 놈 따위는 죽어도 싸. 죄책감 따위는 가질 필요 없어. 하지만 심장은 밖으로 튀어나올 듯 쿵쾅거렸다. 술이라도 마시면 좀 나을까? 미도리는 병째 술을 들이켰다. 어젯밤부터 아무것도 먹지 못해서인지 금세 취기가 돌았다. 볼이 화끈거리고 감각이 둔해지기 시작할 무렵, 방문 밖에서 가래 섞인 기침 소리가 들렸다. 미도리는 재빨리 오스키의 잔에 독약을 발랐다.

오스키는 목욕을 했는지 머리가 젖은 채였다. 하지만 그 특유의 구린내는 여전했다. 그녀는 구역질을 참으며 억지 미소를 지었다. 오스키는 들어오자마자 헐렁헐렁한 하카마(고대 일본인이 입었던 바지)를 벗어던지며 미도리를 바닥에 눕혔다.

미도리는 자신을 짓누르는 오스키를 밀치지 않으려고 노력하며, 좋아 죽겠다는 표정을 지었다. 몇 만 번도 넘게 연습한 결과 흥분한 표정 따위는 쉽게 지을 수 있었다. 오스키의 벌어진 입에서 침이 질질 흘렀다.

"왕과 나는 이제 아나 쿄오다이(직역하면 구멍형제. 한 여인과 성교한 남자들이 맺게 되는 관계를 일컫는 속어이다)가 되는

32

구먼.”

　오스키가 말을 내뱉을 때마다 지독한 입 냄새가 풍겼다. 똥이라도 처먹은 모양이었다. 추한 얼굴이라고 생각했었지만 가까이 보니 정말 가관이었다. 아직 풀리지 않은 여독 탓인지 눈 아래는 거뭇하게 파였고, 버짐은 하얗게 일어나 금방이라도 떨어질 것 같았다. 게다가 사마귀에 난 털이 피부를 스치자 치가 떨렸다.

　오스키의 입술이 다가오자 미도리는 싫은 티를 내지 않으려 기를 쓰며 고개를 돌렸다. 오스키의 인상이 험악해졌다.

　“뭐야?”

　미도리는 천천히 일어나 술병을 들었다.

　“우선 합환주를 마셔야지요. 비록 이렇게 맺는 관계이긴 하나 부부의 연일진대, 함부로 할 수는 없지요.”

　순간 오스키의 누런 눈에 의심이 스쳤다. 그녀는 재빨리 어깨를 움츠려 윗도리가 흘러내리게 만들었다. 맨살을 보자 오스키는 눈을 떼지 못했다. 미도리는 그사이 술잔을 가득 채웠다.

　“자, 서방님. 호호, 이렇게 불러도 되겠지요? 드시지요. 우리의 밝은 미래를 위해서요.”

　오스키는 미도리와 술잔을 번갈아 보았다. 눈썹이 일그러지고 붉은 사마귀가 실룩거렸다. 그녀는 아무것도 모르는 척 오스키 앞에 술잔을 놓았다. 그리고 오스키를 조롱이라도 하듯, 천천히 자신의 잔을 입으로 가져갔다. 오스키는 미도리의 목구멍으로 술이 꿀꺽 넘어가는 소리가 들리고 나서야 굳은 몸을 풀었다.

하지만 술잔을 입으로 가져가는 오스키는 또다시 망설였다. 망할 놈, 의심은 많아서. 빨리 마셔, 이 개새끼야. 기다리는 시간이 길수록 불안도 커졌다. 안 되겠군. 미도리는 오스키의 샅 쪽으로 손을 가져가며 환히 웃었다. 오스키는 그녀의 손길에 놀라 술을 꿀꺽 삼켰다. 좋았어. 미도리는 입이 찢어지도록 웃고 싶은 것을 참았다.

술잔을 내려놓은 손은 이제 그녀의 모(고대 일본인이 입었던 치마)를 들쳐 속옷을 벗겨내고 있었다. 그녀는 벽에 등을 기대며 약 기운이 돌기를 기다렸다. 오스키의 손놀림과 박자를 맞춰 신음 소리를 내주는 것도 잊지 않았다.

오스키는 미도리의 발가벗은 허벅지 사이에 고개를 들이밀었다. 소름이 등줄기를 훑고 온몸으로 번져나갔다. 듬성듬성한 머리칼 사이로 허연 서캐와 까만 이가 번들거렸다. 제기랄, 당장이라도 토할 것 같았다. 혹시라도 보지 않으면 혐오감이 줄어들까 싶어, 모로 오스키의 머리를 덮어버렸다. 분명 장사꾼은 즉시 기운이 나타난다고 했는데 혹시 사기친 거 아닐까. 모가 들썩거릴수록 팔에 돋은 소름이 자라나기라도 하는지 점점 더 눈에 거슬렸다.

아무리 기생이라 해도 이런 비천한 것까지 자신을 함부로 대한다는 생각에 울분이 터졌다. 이대로 당할 수는 없었다. 이 모든 것이 이런 상황에서 벗어나기 위해서인데. 비참한 신분에서 날아오르기 위한 것인데…….

더 이상 독의 기운이 퍼져나가길 기다릴 수만은 없었다. 독살을 하나 칼로 찔러 죽이나 어차피 죽일 목숨이었다. 이왕 죽일 거라면 이런 상황을 견뎌야 할 이유가 없었다. 미도리는 술상 밑에 몰래 감추어 둔 칼을 집으려고 몸을 숙였다. 그때 오스키가 갑자기 고꾸라졌다.

오스키는 모 속에서 고개를 마구 휘저으며 괴로워하고 있었다. 미도리는 재빨리 모를 들어올려 오스키의 얼굴이 밖으로 나올 수 있도록 했다. 이제는 오스키가 죽어가는 모습을 봐야 속이 시원할 것 같았다.

오스키는 고통이 심한지 말을 제대로 잇지 못하면서도 미도리의 얼굴을 쏘아봤다. 의뭉한 성격이니 일이 어떻게 되어가고 있는지 금세 깨달은 모양이었다.

"네가, 감히 네가, 이러고도 무사할 줄 알았더냐!"

아마 그런 뜻이었을 게다. 독 기운 때문인지 목구멍에서 말이 맴돌아 정확히 들리지는 않았다.

"구멍형제는 못되었어도 구멍사촌이라고는 할 수 있잖아.

그걸로 만족하라고."

미도리의 비아냥거리는 말에 오스키는 발악을 해댔다. 사지를 비틀며 고통스러워하는 모습이 아주 보기 좋았다. 그녀는 한순간도 놓치고 싶지 않아 오스키를 내려다보면서 속옷을 입고는 옷맵시를 점검했다. 오랜 기생 생활 때문인지 옷맵시가 제대로 나지 않으면 아무 일도 할 수 없었다.

오스키는 금세 축 늘어져버렸다. 너무 쉽게 끝나 아쉬웠다. 미도리는 방문을 열고 조심스레 밖을 둘러보았다. 늦은 시간인 데다 날씨까지 추워서 마당에는 아무도 없었다.

미도리는 구역질을 참으며 오스키에게 옷을 입혔다. 오스키의 벌거벗은 몸에 손이 닿을 때마다 온몸에 소름이 돋았다. 커다란 이불보 위로 오스키를 굴려 올려놓고 다시 한 번 밖을 내다보았다. 미도리는 이불보의 끝을 잡아끌었다. 그녀보다 머리통 하나는 작은 몸집이었다. 하지만 비곗살이 얼마나 붙었는지 꿈쩍도 하지 않았다. 미도리는 레이코를 부를까, 하는 생각이 잠시 들었지만 아무리 레이코라도 또 다른 약점을 잡히고 싶진 않았다. 미도리는 이를 악물고 이불보 끝을 잡아당겼다.

대문에 세워진 카도마쓰까지 가자 온몸에 땀이 흥건했다. 설에는 쇼가쓰신(正月神)이 카도마쓰(門松, 설에 장식하는 소나무 기둥)[9]를 타고 내려와 그 집을 축복해준다고 한다. 카도마쓰를 세운 건 처음이었다. 미도리는 신 따위는 믿지 않았다. 신이 있다면 세상이 이렇게 불공평한 곳일 리가 없었다. 하지만 어머니는 신이 노하실지도 모른다며 기어이 카도마쓰를 세웠다.

어머니의 기대와는 달리 죽음의 신이 먼저 내려와야 할 모양이었다. 미도리는 오스키를 카도마쓰에 기대어 앉혔다. 큰 소나무를 베어 오라고 하길 잘했지. 작은 나무였으면 오스키의 무게를 견디지 못하고 쓰러졌을 것이다.

숨 돌릴 틈도 없이 미도리는 이불보를 치우고, 부엌으로 가서 술병을 가지고 와 오스키의 몸 곳곳에 뿌렸다. 손에 술병을 쥐어주는 것도 잊지 않았다. 이 정도면 술에 취해 곯아떨어져 얼어 죽은 것처럼 보이겠군. 그리고 곧 잊혀지겠지. 미도리는 오스키의 숨이 끊어졌는지 확인하기 위해 다시 한번 코에 손을 가져다 대었다. 확실히 죽었군. 아니면 어때? 여기서 얼어 죽을 텐데. 그녀는 방으로 들어와 차가운 발을 따뜻한 이불 속으로 들이밀었다.

3

"악!"

미도리는 도성 전체가 다 들을 수 있도록 큰 소리로 비명을 질렀다. 아무리 진짜와 똑같이 해달라고는 했지만 어머니가 끈을 너무 세게 묶었다. 손목이 떨어져나갈 것 같았다. 미도리는 다시 한 번 비명을 지르고 피가 통하지 않아 푸르죽죽해진 손을 보았다.

"레이코."

레이코는 밖에서 나는 소리에 귀를 쫑긋 세우고 있다가 소스라치게 놀라서 돌아보았다.

"와서 이것 좀 헐겁게 해줘."

레이코는 끈을 헐겁게 만들어주고는 다시 방문 앞에 쪼그리고 앉았다. 오스키가 죽었다는 소식을 다른 하녀에게 전해 듣기도 전에 레이코가 달려와 순덕의 진통을 알렸다. 겁에 질린 레이코가 얼마나 소리를 질렀는지 미도리는 고막이 터지는 줄 알았다. 너무 당황해서인지 자신이 벙어리라는 사실도 잊어버린 모양이었다. 곧이어 어머니가 허겁지겁 달려왔다. 어머니는 오만상을 찌푸리면서도 순덕의 해산을 위해 곁방으로 갔다. 미도리가 실패하면 어머니도 무사하지 못하다는 것을 어머니 자신이 더 잘 알고 있을 테니까.

레이코의 신호에 미도리는 다시 소리를 질렀다.

"악!"

이제껏 살아오며 별일을 다 겪은 그녀였다. 이 정도는 식은 죽 먹기지. 레이코는 문에 찰싹 달라붙어 바깥 동정을 살피고 있었다. 조금 있으면 궁에서 어의가 도착할 터였다. 그녀의 상상임신을 임신으로 진단한 멍청한 어의 따위를 속여 넘기는 것은 간단했다.

순덕의 진통이 길어질수록 미도리의 연극도 길어지고 있었다. 초산이니 아마도 하룻저녁은 넘길 모양이었지만 상관 없었다. 아니, 오히려 좋았다. 내일이면 원단(설날)이다. 원단에 태어나는 아기라……. 왠지 그녀의 새로운 인생을 축복해 주는 신의 계시처럼 느껴졌다.

"마마, 새 수건을 가지고 왔습니다."

하녀의 목소리에 레이코가 재빨리 다가왔다. 레이코는 곁방에서 가져온 비릿한 양수와 피를 수건과 이불에 뿌렸다. 미도리는 얼굴에 물을 조금 뿌려 진땀이 흐른 것처럼 보이게 만들고 나서야 레이코에게 고개를 끄덕였다. 레이코가 문을 열자마자 미도리는 정말 고통스러워 죽겠다는 듯이 소리를 질러댔고, 하녀는 난산이 걱정스럽다며 말을 이었다.

"곧 궁에서 어의가 도착할 것입니다, 마마. 조금 더 힘을 내십시오."

하녀는 레이코의 눈짓에 입을 비죽거리며 밖으로 나갔다. 아둔한 레이코가 자신에게 명령을 내리는 것이 달갑지 않은 모양이었다.

하녀들은 눈치껏 그녀를 '마마'라고 부르고 있었다. 하지만 그녀가 정식으로 왕지를 받지 못했다는 것을 그들도 알고 있었다. 조금만 기다리면 정말로 자신이 '마마'라는 호칭을 얻게 된다는 것을 생각하니 절로 웃음이 나왔다.

왕은 그녀의 임신에 뛸 듯이 기뻐했지만 발길은 뚝 끊었다. 아기를 가지고 있다는 것 외에는 미도리에게 아무런 미련이 남지 않았던 것이다. 요즘에는 새로운 후궁 하나를 들여 재미를 쏠쏠하게 보고 있는 모양이었다. 한 여자에 한 달이면 오래간다던 왕이었는데, 미도리는 일 년도 넘게 버텼으니 그만하면 선전이었다. 하지만 아기만 낳으면 달라질 수 있었다. 무서울 정도로 자식에게 집착하는 왕이니까. 아니, 왕 따윈 필요 없었다. 이젠 무서울 게 없었다. 아들이 왕이 될 텐데 뭐가 무섭겠는가? 미도리는 그 생각에 웃다가 레이코가 신호를 보내자 다시 소리를 지르기 시작했다.

"악! 악!"

하루 종일 굶었는데도 배가 고프지 않았다. 굶을 필요까지는 없었지만 혹시 부정이라도 탈까 걱정스러웠다. 밖에서 소란스런 소리들이 들렸다.

"아마가시입니다. 해산을 도우라는 대비마마의 명을 받고 왔습니다."

대비의 심복이었다.

"누구도 들이고 싶지 않으니 물러가 있어라."

"반드시 아기씨를 제 손으로 받아내라는 명이 계셨습니다."

의심! 미도리는 숨이 멎을 것 같았다. 대비를 너무 호락호락하게 봤다.

"하지만 부정이라도 탈까 두려워……."

미도리의 억지 변명에 아마가시가 기가 차다는 듯 짧게 웃었다.

"문을 열지 않으시면 제가 열고 들어가겠습니다."

미도리는 레이코에게 고개를 저었다. 레이코가 걸쇠를 걸고 양손으로 문을 부여잡았다. 밖에서 문을 열기 위해 끙끙대는 소리가 들렸다. 다행히 겨울 추위를 대비하느라 오동나무로 튼튼하게 만든 문이었다. 게다가 이번 일을 꾸미느라 걸쇠를 세 개나 만들었다. 쉽게 열리지는 않을 터였다.

레이코는 문을 열려는 아마가시를 막기 위해 오만상을 찌푸리며 문에 매달려 있었다. 문이 덜컹거렸다.

"대비마마의 명이십니다. 들어가게 해주십시오."

"아니 된다고 하지 않았느냐?"

미도리는 냅다 소리를 질렀다.

"무슨 일이냐?"

어머니가 놀라서 곁방에서 나왔다.

"대비의 심복인 아마가시입니다. 내 뱃속에서 아기가 나오는 것을 확인할 모양입니다. 아직 멀었습니까?"

"아직은⋯⋯."

미도리는 단도를 던졌다.

"배를 가르세요."

"뭐?"

"배를 가르고서라도 아기를 꺼내 오란 말입니다."

"하지만⋯⋯."

"다 같이 죽을까요?"

어머니는 굳은 얼굴로 단도를 들고 곁방으로 향했다. 미도리가 다시 소리를 지르기 시작했을 때, 쾅 하는 소리와 함께 문을 뚫고 도끼날이 보였다.

"이게 무슨 짓이냐?"

미도리가 놀라서 소리를 질렀다.

"문을 여십시오."

아마가시의 목소리에 미도리는 눈을 감았다. 이제 모두 끝났다. 다시 눈을 떴을 때, 곁방 쪽에서 어머니가 헐레벌떡 나왔다. 아기였다. 그렇게 기다리던 아기가⋯⋯, 드디어⋯⋯.

어머니는 아기를 안은 채 미도리의 아랫도리에 비릿한 태반과 탯줄을 던졌고, 레이코는 바닥에 피를 뿌렸다. 모든 게 완벽했다. 도끼가 방으로 날아들어 온 그 순간⋯⋯. 레이코가 걸쇠를 풀자마자 아마가시가 들어섰다.

"어찌 감히 이런 짓을 할 수 있단 말이냐?"

미도리는 방금 아이를 낳은 사람처럼 보이려 애써 목소리에 힘을 뺐다. 아마가시는 눈살을 잔뜩 찌푸린 채였다. 하지만 미도리는 아마가시는 안중에도 없었다. 우렁찬 울음소리, 천하를 지배할 사내아이다웠다. 레이코는 어머니에게서 아기를 받아들었다.

아기는 답답한지 자신을 감싼 이불을 마구 차대고 있었다. 아기의 발길질에 선혈이 방바닥으로 흘러내렸다. 미도리는 아기를 향해 팔을 뻗었다. 하지만 레이코는 놀란 눈으로 아기만 바라보고 있을 뿐이었다. 아마가시는 아기를 보고는 씩 웃었다. 뭔가 이상했다. 미도리는 어머니를 바라보았다.

"무슨 일입니까? 설마 아기한테 이상이 있는 건 아니죠?"

어머니는 대답이 없다. 미도리는 손목에 묶인 끈을 입으로 풀기 시작했다. 설마……. 죽음을 가져올 수 있는 불행한 생각들이 머릿속으로 파고들었다. 그제야 아기가 원단이 아닌 그믐에 태어났다는 데 생각이 미쳤다.

"말 좀 해봐요! 아기한테 이상이 있는 건 아니죠?"

미도리는 미친 듯이 머리를 내저었다. 안 돼, 절대로……. 여기서 끝날 수는 없어. 내가 어떤 인생을 살았는데, 더 이상 비참해질 수는 없어. 더 이상은……. 당황해서인지 손목의 끈은 잘 풀리지 않았다. 하지만 레이코는 도와줄 생각은 하지 않고, 미도리와 아기를 번갈아 보고만 있었다. 어머니도 한숨만 내쉴 뿐이었다.

"제발, 레이코! 너라도 말 좀 해보라고! 어머니! 당장 말하지 않으면, 모두 다 죽여버리겠어! 제발, 누구라도 말 좀 해!"

서슬 퍼런 미도리의 말에 웃고만 있던 아마가시가 드디어 입을 열었다.

"여자아이입니다."

제 2 장

마비키

그 순간, 그 어두운 암흑 속에서 그녀는 생각했다.

어쩌면 신이 있을지도 몰라.

그래서 내가 착한 아이가 아니라는 걸 알아서 이렇게 벌을 주시는 걸지도 몰라.

자꾸만······ 아무리 그러지 않으려고 해도 자꾸만······,

왕이 되고 싶다는 생각을 해서. 와타나베를 죽이고서라도······.

.

1

히미코는 이를 악물었다. 얼마나 오랫동안 무릎을 꿇고 있었는지 다리가 저려와 견딜 수가 없었다. 아니, 견딜 수 없는 것은 호기심 어린 시선이었다. 대비의 처소를 드나드는 수많은 사람들의 시선이 히미코의 얼굴을 스쳤다. 기억할 수 없을 정도로 어린 시절부터 겪어온 일이었지만 자꾸 얼굴이 후끈거렸다. 고개를 숙이고 도망가고 싶었다. 하지만 거센 겨울바람에 어머니의 말이 실려왔다.

'네가 왕이 될 거라는 사실을 잊지 말아라. 누가 뭐라 해도 넌 왕의 딸이다. 결국 네가 이 나라의 왕이 될 것이야, 결국에는.'

어머니는 그 말을 할 때마다 '결국에는'이라는 단어를 힘주어 강조했다.

히미코는 이를 악물고 어깨를 좍 폈다. 그리고 고개를 빳빳하게 들었다. 결국에는 내가 왕이 될 거야. 결국에는. 그러면 네까짓 것들의 눈 속에 들어 있는 호기심과 연민 따위는 모두 뽑아버릴 거야. 난 구경거리가 아니란 말이야.

벌써 해가 기울고 있었다. 대비의 처소로 들어가는 상에서 고소한 음식 냄새가 풍겼다. 배에서 꼬르륵 소리가 났다. 왕궁으로 출발하기 전 집에서 아침을 먹은 후로는 아무것도 먹지 못했다. 그나마 아침도 제대로 먹지 못했다(고대 일본에서는 하루에 두 끼의 식사를 했던 것으로 전해지고 있다).

히미코를 미유키왕후와 왕의 양녀로 삼아 궁에 들이겠다는 왕지에 어머니는 미쳐버렸다.

"내 딸이 궁에 가는데 내가 못 따라간다는 게 말이 돼?"

어머니는 길길이 날뛰었다.

"양녀? 공주도 아닌 그저 양녀일 뿐이라고? 공주의 칭호는 후에 내리겠다고? 왕세녀로 책봉해도 모자랄 판에?"

손에 잡히고 발에 걸리는 것은 무엇이든 집어던지고 걷어찼다.

"그깟 왕지 따위 때려치우라고 해. 차라리 죽자. 너랑 나랑 죽자고!"

어머니는 부엌으로 달려가 식칼을 집어들었다. 레이코와 외할머니가 울면서 말렸지만 어머니의 목에는 이미 피가 줄

줄 흐르고 있었다. 외할머니는 어쩔 수 없이 도마로 어머니의 머리를 내리쳐버렸다. 기절했다 깨어난 어머니는 좀 진정이 된 상태였다. 하지만 냉정하고 차분한 어머니는 더 무서웠다. 결국 히미코는 새끼손가락을 베어내 나온 피로 왕이 되면 어머니의 한을 풀어주겠다는 각서까지 써야만 했다.

해가 떨어지자 날씨는 점점 더 추워졌다. 몸이 얼어 감각이 둔해졌는지 다리는 더 이상 아프지 않았다. 사위는 고요했다. 조금 전까지만 해도 그녀를 손가락질하며 속살거리던 사람들이 사라졌으면 했는데, 지금은 오히려 그리웠다. 무언가 튀어나와 그녀를 덮칠 것만 같았다. 눈물이 날 것 같아 히미코는 눈을 질끈 감았다. 결코 울지 않아. 난 울지 않아. 다만 너무 추워서 코가 매워서 그런 거야. 난 울지 않아.

히미코는 허리춤에 묶어둔 거울을 꺼내들었다. 홀로 낯선 궁에 가는 게 무서워 떨고 있던 그녀에게 어머니가 준 것이었다.

"거울은 아마테라스 오미카미(태양신. 일본에서 최고신으로 여겨진다)의 상징이니 이 거울이 널 지켜줄 게다. 어미가 네게 주는 게야."

아마테라스 오미카미, 온 세상을 밝게 비춰주는 태양의 신. 어머니는 그런 왕이 되어야 한다고 했다. 그리고 그런 왕이 되기 위해서 이 정도쯤은 견뎌야만 했다. 히미코는 눈을 비볐다. 잠들어서는 안 돼. 하지만 히미코의 눈은 의지와는 달리 자꾸 감겼다.

두런두런 말소리에 히미코는 감았던 눈을 떴다. 어느새 날이 밝은 모양이었다. 히미코는 재빨리 허리를 펴고 꼿꼿이 앉았다. 문안 온 왕족들의 속삭임이 점점 다가왔다.

"저 아이가 그 기생의 딸이구먼. 전하께서도 어지간하시지. 십 년이 넘도록 궁 밖에 뒀다 이제야 저 아이를 궁에 들여서 무얼 어쩌시겠다는 건지."

"그래도 어쩌겠습니까? 왕의 핏줄이라고는 저 아이 하나 달랑 있는 것을."

"설마 저 아이를 왕세녀로 봉하지는 않겠지요?"

"왕세녀는 무슨 왕세녀? 공주라고 인정도 하지 않은 마당에. 어림도 없는 소리입니다. 전하께서 병 깊으시니 대비께서 위안용으로 들이신 게지요. 더 이상 큰 의미는 없을 겁니다. 대비께서 와타나베를 얼마나 어여삐 여기시는데요. 이게 다 와타나베를 세자로 만들기 위한 대비마마의……. 아, 마침 와타나베가 오는군요."

"저 아인 누구인데 무릎을 꿇고 있는 겁니까?"

부드러운 목소리가 야유이(고대 일본인들이 무릎에 매던 방울. 일본에서는 방울소리에 신을 부르는 힘이 있다고 믿었다) 소리와 함께 들려왔다. 와타나베, 어머니가 말한 히미코

최대의 적. 하지만 등 뒤에서 들려오는 목소리는 다정하기만 했다.

"저 아이가 바로 히미코랍니다."

"하지만 저 아이는 어제 입궁했다고 하지 않았습니까? 그러면 어제부터 저러고 있었다는 겁니까? 알현도 하지 못하고요? 어찌 이런 일이……. 당장 할마마마께 말씀을 여쭈어야겠습니다."

왜 내 편을 드는 거지? 히미코는 햇빛에 둘러싸인 와타나베의 얼굴을 보기 위해 눈을 가늘게 떴다. 하지만 너무 지쳐서인지 눈앞이 가물가물했다.

"어마마마께서 알현을 받지 않겠다고 하시는데, 네가 왈가왈부할 입장이 아니다."

단호하고 냉정한 목소리가 끼어들었다.

"하지만 아버지."

아, 와타나베의 아버지 다카미로군. 히미코는 자꾸 가물거리는 정신을 바로잡으려 애썼다. 자꾸 생각을 해야 해. 아니면 정신을 잃을 거야. 히미코는 이를 악물고 목소리에 집중했다.

"하지만 어제부터 굶기기까지 했다는 건……."

"우리가 왔다고 고해라."

다카미는 와타나베의 말을 자르며 궁녀에게 말했다.

"대비마마, 다카미왕제님께서 드셨습니다."

히미코는 고개를 흔들며 정신을 차리려 애썼지만 고개를 가누기조차 힘들었다. 누군가가 어깨에 손을 올리는 것이 느껴졌다.

"괜찮니?"

걱정이 가득한 목소리. 적 앞에서 약한 모습을 보이고 싶지 않았다. 히미코는 겨우 눈을 뜰 수 있었다. 와타나베의 얼굴이 히미코의 눈을 가득 채웠다. 어머니 말로는 심술궂게 생긴 아이라고 했는데, 아니었다.

다정하고 선한 커다란 눈이 히미코를 바라보고 있었다. 이 사람을 미워하기 힘들 거 같아. 하지만 어머니는 아주 나쁜 사람이라고 했다. 혼란스러웠다. 어머니는 와타나베를 미워해야 한다고 했다. 그리고 항상 덧붙였다. 아마 네가 왕이 되려면 죽여야 할 거야. 다른 사람은 몰라도 와타나베는 죽여야 해. 그래야 네 왕위가 위태롭지 않을 거야.

와타나베의 모습이 점점 어둠 속으로 사라지고 있었다. 히미코는 마지막 순간까지 와타나베의 눈을 바라보았다. 과연 와타나베를 죽일 수 있을지를 자신에게 물어보면서.

2

히미코는 신음 소리를 내며 몸을 웅크렸다. 온몸이 으슬으

슬 추웠다. 추워서 죽을 것만 같았다. 그때 따뜻한 무언가가 얼굴에 와 닿았다. 부드러운 손길.

"일어나. 탕약을 먹어야 빨리 낫지."

꿈속에서도 내내 울리던 목소리. 꿈속에서도 내내 궁금했었다. 누군가를 죽이고서라도 왕이 되어야 하는 걸까? 하지만 그 기나긴 꿈속에서도 히미코는 답을 찾지 못했다.

"자, 조금만 입을 벌려."

탕약이 담긴 숟가락이 닿자 히미코는 무의식적으로 입을 벌렸다. 벌어진 입으로 쓴 약 기운이 몰려왔다. 히미코는 눈살을 찌푸리며 살짝 눈을 떴다. 속눈썹 사이로 와타나베의 환한 미소가 밀려들었다.

"잘했다. 난 탕약이라면 딱 질색인데 나보다 낫네."

약을 다 먹고 나자 와타나베는 입가를 닦아주었다. 따뜻하고 부드러운 손길이었다. 히미코는 딱히 어찌할 바를 몰라 와타나베의 손만 물끄러미 바라보았다. 하얀 피부, 긴 손가락, 희미한 주름의 손은 아름답다고밖에 표현할 수 없었다.

"이제야 열이 좀 내렸네. 사흘이나 정신을 놓고 있었던 거 알아?"

히미코는 이마에 놓인 와타나베의 손을 피해 고개를 돌렸다. 이 사람은 손조차 완벽하구나, 하는 생각에 화가 났다. 그뿐이었다. 그 손이 자신을 걱정스럽게 만지는 느낌에 기분 좋은 온기가 퍼져나가는 것과는 상관없었다. 와타나베는 당황했는지 손을 등 뒤로 감췄다, 무릎 위에 올렸다 어찌할 바를 몰랐다. 왠지 그 모습이 슬펐다.

"소녀, 혼자 있고 싶습니다."

"하지만 아직도 열이……."

와타나베의 목소리에 넘치는 걱정이 싫었다. 히미코는 와타나베의 말을 잘랐다.

"이제 괜찮습니다."

"그래. 그럼 궁녀가 올 때까지만이라도……."

히미코는 대답하지 않았다. 차마 할 수가 없었다. 와타나베는 그 틈을 놓치지 않고 입을 열었다.

"참, 내 소개를 안 했네. 난 와타나베야. 너와 사촌지간이지. 와타나베 오라버니라 불러."

"왕족들의 이름을 부르면 큰 불행이 닥친다고 알고 있습니다. 악귀들이 이름 부르는 것을 듣고 몰려든다고……."

그래서 어머니는 한 번도 히미코의 이름을 불러주지 않았다. 하지만 와타나베는 쿡쿡 웃었다.

"그래? 그럼 난 정말 큰일이구나. 난 왕실의 예법이 정말 싫거든. 그러니까 날 부를 땐 그냥 와타나베 오라버니라고 불러. 어차피 불행해지는 건 나니까."

"하지만……."

히미코는 어떤 대답을 해야 할지 알 수 없었다. 그 환한 미소가 너무 당혹스러웠다. 다행히 문밖에서 무슨 소리가 들렸다.

"소녀, 궁녀 게이코이옵니다."

"들어오너라."

와타나베의 대답에 게이코가 들어와 고개를 숙였다. 어릴 때 수두를 심하게 앓았는지 어린 나이에도 얼굴이 얽박얽박했다.

"대비마마께서 부르십니다."

히미코는 놀라서 벌떡 일어났다.

"날 말이냐?"

게이코는 히미코의 눈을 피한 채 고개를 내저었다. 바보처럼 또 기대하다니. 히미코는 고개를 돌렸다.

"아침에 문안 여쭈었는데 왜 또 찾으시는 거지?"

와타나베가 일어나며 혼잣말처럼 중얼거렸다. 약간의 불만이 섞인 말투. 순간 와타나베가 미워졌다. 저 사람은 한 번도 내쳐진 적이 없구나. 모든 사람들이 존재조차 싫어하는 나와 달리, 저 사람은 모든 사람들에게 환영받았겠구나.

"내일 또 올게. 내일은 열이 내렸으면 좋겠구나."

와타나베의 인사에 히미코는 돌아보지도, 대답하지도 않았다. 문이 닫히는 소리가 나자마자 게이코가 히미코의 곁으로 다가왔다.

"너무하십니다, 마마."

아직은 '마마'라 불릴 수 없는데도 그렇게 불러주는 게이코가 고마워 히미코는 게이코의 말을 받아주었다.

"너무하다니?"

"매일 오셔서 마마를 간호하던 분이신데 그리 냉정하게 대하시다니요?"

"매일?"

"예. 새벽에 대비마마께 문안 인사 올리시고는 곧바로 여기로 오셔서 내내 마마를 간호하셨습니다요."

"그래서?"

히미코의 냉정한 대답에 게이코는 샐쭉해졌다. 히미코는 관자놀이를 꽉 누르며 머릿속을 헤집는 혼란을 잠재웠다. 어디선가 와타나베의 야유이 소리가 들려오는 것 같았다.

3

히미코는 아마가시가 보는 앞에서 창포물에 온몸을 박박 씻고서야 대비를 알현할 수 있었다. 창포는 악귀를 쫓는다고 했다. 대비에게는 히미코가 악귀나 마찬가지인 모양이었다. 고뿔 기운이 가시지 않아 콜록거리면서도 히미코는 차가워진 물 속에 오랫동안 있었다. 온몸이 얼어서, 몸 안의 피조차 얼어서 눈물이 나지 않을 때까지……

반나절 동안 목욕을 했건만 대비는 히미코의 절을 받고도 한마디 말조차 건네지 않았다. 대비 옆에 있던 왕이 어색한 침묵을 깼다.

"아직 궁중예법에 익숙하지 못하겠구나. 빠른 시일 내에 예법을 배울 수 있도록……"

히미코는 흘낏 왕을 쳐다보았다. 왕은 병색이 완연했다. 피부는 누렇게 떠 있었고, 눈은 썩은 생선처럼 퀭했다. 왕의 얼굴을 똑바로 바라보면 불에 타 죽는다고 했다. 그래도 히미코는 계속 왕의 얼굴을 흘끔거렸다. 처음 보는 아버지였다. 아파서 그녀를 보러 올 수 없다는 말에 매일 아버지를 위해 기도했었다. 기도할 때마다 아버지의 얼굴을 상상했었다. 하지만 아버지의 얼굴은 낯설기만 했다. 아버지, 라는 느낌이 전혀 들지 않아서 이상할 정도로……

"아니, 예법이 문제가 아니라 말부터 배워야겠구나."

왕실에서는 구다라어를 사용했다. 어머니는 입궁을 대비해 히미코 옆에 항상 구다라어 선생을 붙여놓았었다. 구다라어를 잘한다고 말하려는데 기침이 터져나왔다. 거의 나아가고 있었는데 목욕을 한 것이 화근이었다. 왕은 소스라치게 놀랐다.

"고뿔이 들었느냐?"

히미코는 기침 때문에 말을 할 수 없어 고개만 끄덕였다.

"그런데도 알현을 왔단 말이냐? 당연히 고뿔이 나을 때까지 미루었어야지."

뜻하지 못한 왕의 걱정에 히미코는 눈물이 핑 돌았다. 처음으로 왕이 아닌 아버지라는 느낌이 들었다. 아무도 없는 궁에 들어오는 게 너무 겁이 났는데, 혼자가 아니었다.

"빨리 나가거라. 내게 옮기면 어쩌려고……."

기침이 뚝 멎었다. 왕은 히미코가 절을 하고 일어서는 잠시도 못 참고 빨리 나가라며 성화였다.

말 한마디 못했다. 왕의 질문에 대답할 수 있게 매일 밤늦게까지 구다라어를 공부했는데……. 처음 보는 딸이었다. 하지만 왕은 히미코의 얼굴조차 제대로 보지 않았다. '아바마마'라고 부르라는 명도 내리지 않았다. 히미코는 밖으로 나오며 궁녀들 몰래 눈물을 닦았다.

어머니는 울어서는 안 된다고 했다. 왕은 울지 않는 법이라며. 그러니 왕이 될 히미코도 울어서는 안 된다고 했다. 그래서 히미코는 어머니 앞에서 울어본 적이 없었다. 계단에서 넘어져 뼈가 보일 정도로 다쳤을 때도 울지 않았다. 오히려 벙어리인 레이코가 놀라서 울음을 터뜨렸다.

히미코는 거세게 눈을 비볐다. 미안하다고 말할 줄 알았다.

이제야 자식으로 인정한 것도, 그렇게 오래 기다리게 만들었던 것도 미안하다고. 하지만 그녀를 버린 것이 아니었다고, 그녀를 잊지 않았다고, 그녀가 그리워했던 것만큼 그리워했다고 말해주길 바랐다. 아무리 천하를 다스리는 왕이라도 한마디쯤은 해주리라 기대했다. 하지만 아니었다.

눈물을 숨기느라 고개를 숙이고 걷는데 누군가가 앞을 막아섰다. 아마가시였다. 혹시 왕이 후회하고 날 다시 부르는 걸까? 아니면 대비가? 기대감에 눈물이 멎었다. 하지만 아마가시는 우물쭈물 입만 열었다 닫았다 했다.

"무슨 일이냐?"

히미코의 닦달에 아마가시가 입을 열었다.

"궁 밖의 어느 누구와도 만날 수 없고, 서신도 주고받아서는 안 됩니다. 특히 미도리와는 완전히 연을 끊어야 합니다. 궁 안에서도 문안 인사 외에는 처소 밖으로 나오지 마십시오. 대비마마의 명이십니다."

대비의 잔인한 명을 전하는 아마가시는 히미코와 눈을 마주치지 못했다. 하지만 히미코는 아마가시를 똑바로 바라보며 대답했다.

"명 받들겠다고 전해라."

4

벚꽃이 내리고 있었다. 살랑살랑, 빗살무늬진 햇빛 사이로 벚꽃이 춤추고 있었다. 그리고 그 아래서 빙글빙글 돌고 있는 히미코는 웃고 있었다.

처음이었다. 히미코가 그렇게 밝게 웃은 것은. 히미코가 궁에 들어온 지 벌써 햇수로 이 년째였다. 그동안 히미코는 한 번도 웃지 않았다. 항상 그게 맘에 걸렸다. 웃는 것처럼 보이지만 눈에는 슬픔이 가득한 히미코. 하지만 오늘은 히미코가 웃었다.

이상한 일이었다. 히미코의 웃음만으로도 심장이 뛰었다. 히미코의 웃음소리가 귓가에 울려 책이 머리에 들어오지 않는다. 아니, 책에도 글씨 대신 히미코의 환한 얼굴만 가득했다.

다카미의 헛기침 소리에 와타나베는 재빨리 일어났다. 아버지는 문을 쾅 닫고는 싸늘한 얼굴로 들어섰다.

"무슨 일이십니까? 심기가 편치 않으신 거 같은데……"

아버지의 섬뜩한 시선에 말소리가 기어들어갔다. 아무래도 또 그 이야기를 하러 오신 게지.

"도대체 왜 그 아이를 가까이하는 게냐? 이득이 될 리 없는 아이다. 궁녀들에게 들으니 영악하기 이를 데가 없다고 하더구나. 도대체 무슨 생각으로 그 아이를 가까이하는 게냐?"

와타나베는 고개를 숙였다.

"또 그 말씀이십니까?"

"또? 그래, 또 그 말이다. 그러니 처신을 잘해야지. 도대체 제정신이냐?"

아버지는 눈을 치켜떴다. 하지만 와타나베도 더 이상 참을 수 없었다.

"외로운 아이입니다. 시중드는 궁녀들도 죄다 대비마마나 왕후마마의 심복들이니 의지할 데가 없을 겁니다."

세상에 이런 법은 없었다. 모두들 히미코를 괴롭히지 못해 안달이었다. 첩자나 마찬가지인 궁녀들이 히미코를 잘 받들 리 없었다. 게다가 밤이면 궁녀들은 죄다 그날 일을 고하려 자신의 상전에게로 가버렸다. 왕궁에서 가장 후미진 곳에서 아무도 돌봐줄 사람 없이 홀로 있을 히미코를 생각하면 항상 마음이 아팠다. 하지만 아버지는 당연하다는 듯 되받아쳤다.

"그게 다 이유가 있으니 그런 것 아니냐? 대비마마께서도 아직 말 한마디 건네지 않으셨다고 한다. 왕후들도 마찬가지고. 오죽했으면 카오리왕후는 문안 인사도 하지 말라고 했겠느냐? 그런 와중에 어떤 궁녀들이 남아나? 대비마마께서도 여러 번 다른 궁녀들을 보내려고 했지만, 모두들 차라리 죽여 달라고 하더란다."

와타나베는 기가 막혀 말이 나오지 않았다. 도대체 히미코가 어디가 어때서? 그저 얌전히 시키는 대로, 하라는 대로 다 하는데, 도대체 히미코가 뭘 어쨌다고.

"그건 대비마마의 탓입니다. 대비마마께서 공주를 그리 미워하시니 궁녀들도 그런 것 아닙니까? 그리고 그게 말이 되는 소리입니까? 언제부터 대비마마께서 궁녀들의 의견까지 들어가면서 일을 처리하셨습니까? 차라리 죽는 게 낫다고요? 정말 그렇게 말했답니까? 아니, 그렇게 말했어도 그렇지요. 궁녀를 보낼 생각이었다면 궁녀를 죽여서라도 보내셨을 분이 대비마마십니다. 아무리 전하께서 병석에 계신다 한들 이 사실을 아신다면……."

아버지의 눈이 휘둥그레졌다.

"그게 무슨 망극한 소리냐?"

"제 말이 틀렸습니까?"

"네가 감히!"

아버지의 고함에 와타나베는 입을 다물었다.

"혹시 그런 말을 전하께 고했느냐? 설마 그렇게 어리석은 짓을 저지르지는 않았겠지? 아니, 전하가 문제가 아니다. 설마 대비마마께 그런 말씀을 드린 건 아니겠지?"

아버지의 다급한 물음에 와타나베는 힘없이 고개를 끄덕였다. 하루에도 몇 번씩 달려가 말하고 싶었지만, 대비 앞에만 서면 입이 떨어지지 않았다. 왕에게도 마찬가지였다. 히미코가 원치 않았다. 하루에 한 번 잠깐 문안 인사만 하고 마는 아버지였지만 걱정을 끼치기는 싫은 모양이었다. 그런 아이였다. 그렇게 착한 아이인데…….

"대비마마께서도 다 무슨 생각이 있으실 게다. 그러니 너도 모른 척해라. 괜히 네가 눈 밖에 나는 일이 있어서는 안 된다. 대비마마께서 어떤 분이시냐? 칼같이 맺고 끊음이 분명한 분이시다. 이유 없이 그러실 분이 아니란 말이다."

와타나베도 알고 있었다. 대비가 이유 없이 친손녀를 구박할 리 없었다. 하지만 도통 그 이유를 알 수 없어 답답했다. 아니, 이유 따위는 몰라도 좋았다. 언제까지 그렇게 히미코를 괴롭힐 것인지, 그것만 알아도 조금은 덜 답답할 것 같았다.

"도대체 어린애가 어린애다운 맛이라곤 조금도 없더구나. 우는 법도 없고, 웃는 법도 없고 미유키왕후께서는 그 아이가 무섭다고까지 하시더군."

"무섭다고요? 히미코가…… 무섭다고요?"

한눈에 들어오는 작은 아이였다. 너무 작아서 어디론가 숨어버려 나오지 않으면 어떻게 할까 걱정스럽게 만드는 아이였다. 그런데 그 아이가 무섭다니…….

"속에 뭐가 들어 있는지 알 수 없는 아이더군. 나이도 어린 것이 틈이 없어, 틈이. 차라리 그 나이 또래 다른 아이 같으면 내가 이리 걱정을 하지도 않는다."

히미코를 그렇게 만든 건 왕궁 사람들입니다. 아무도 그 아이에게 말도 걸지 않고, 그저 왕궁 구석에 박아두기만 하는데, 어찌 그 아이가 또래의 다른 아이 같을 수 있겠습니까?

따지고 싶었다. 왜 모두 그렇게 히미코를 싫어하느냐고. 그렇게 여리고 착한 아이를 왜 그렇게 궁지에 몰아넣느냐고. 왜 그 아이가 웃을 수도 없게, 울 수도 없게 만드는 거냐고.

하지만 와타나베는 아무 말도 못했다. 끝이 보이는 싸움은 시작하지 않는 게 차라리 나았다.

"수우더러 그 아이와 친하게 지내라고 했다면서? 대체 그게 말이나 되는 소리냐? 수우가 어제 내내 울었단다. 네가 이젠 자기는 쳐다보지도 않는다고. 마치 히미코가 동생이고 자기는 생판 남인 것 같다고."

"그건 과장입니다."

"과장? 수우가 어디 그런 과장 따위를 할 줄이나 아는 아이냐? 그렇게 순진한 아이가?"

후우, 와타나베는 한숨만 내쉬었다.

"가장 귀여워했던 수우도 내버려둘 만큼 그 아이의 어디가 그리도 좋으냐? 그 아이가 결코 네게 이로울 리 없다는 것은 네가 더 잘 알 게다. 그런데도 그 아이를 가까이하는 이유가 도대체 뭐냐?"

알 수 없었다. 그래서 그도 답답했다. 아무런 이유도 없었다. 그저, 히미코 곁에 있는 것이 너무 좋을 뿐. 와타나베가 아무 말도 하지 않는 게 답답한지 아버지는 한숨만 푹푹 내쉬었다. 한동안 잠자코 있던 아버지가 다시 말을 꺼냈다. 조금은 부드러워진 목소리였다.

"아들아."

아버지는 와타나베의 손을 슬그머니 잡았다.

"아들아."

아버지가 이렇게 다정하게 나올 때가 가장 무서웠다. 목적이 있는 사랑, 그것도 사랑이라 부를 수 있을까?

"예, 아버님."

"아직도 맘에 변함이 없는 거지? 아직도 왕이 되고 싶은 마음은 여전하지?"

기억조차 할 수 없는 어린 시절부터 들어온 말이었다. 왕이 되어야 한다. 기억조차 할 수 없는 어린 시절부터 대답했었다. 왕이 되고 싶습니다. 하지만 오늘따라 그 말이 왜 그리 무거운 걸까.

"예, 물론입니다."

아버지는 흡족하게 웃었다. 하지만 와타나베는 웃을 수 없었다. 처음으로 '왕'이라는 말에 가슴이 뛰지 않았다.

왕이 되고 싶었다. 아무리 힘든 일이라도, 아무리 고통스러워도 '왕'이라는 이유 하나면 할 수 있었다. 명궁이 되어야 한다고 해서 활팔찌가 닳아 없어지도록 화살을 쏘았고, 어려운 문자를 익히기 위해 밤을 샌 적도 많았다. 왕이 되기 위해서라면 뭐든지 할 수 있었다. 아무리 아버지가 원했던 일이라고는 하지만 자신이 원치 않았다면 그렇게 열성을 보이지는 않았으리라.

어디서부터 잘못된 것일까. 와타나베는 알 수 없었다. 왜 다시는 히미코를 가까이하지 말라는 아버지의 명령에 고개를 끄덕이지 못하는지, 도대체 왜 히미코를 가까이하냐는 아버지의 물음에 아무런 대답도 할 수 없는지 그는 알 수 없었다.

대신 묻고 싶었다. 왕위를 위해서라면 무엇이라도 버려야 한다는 아버지에게 묻고 싶었다. 무엇이라도 버리고 왕위에 오르면 행복할 수 있느냐고. 무엇이라도 버리고 왕위에 오르면, 그래서 그의 곁에 아무것도 남지 않으면, 그래도 행복할 수 있느냐고.

처음이었다. 왕이 되어도 불행할 수 있다는 생각을 한 것은……

5

와타나베는 매일 히미코를 찾아왔다. 딱히 물리칠 이유도 없었고, 약간의 호기심도 있었다. 어떤 사람인지 알고 싶었다. 적을 알고 자신을 알면 백전백승이라 했으니까. 하지만 와타나베가 어떤 사람인지 알고 나서도, 그렇게 착한 사람의 적이 되어야 한다는 것을 알고 나서도 와타나베를 멀리할 수 없었다. 와타나베와 가까워질수록 심장이 묵직해지는 느낌이었다. 그래서 두려웠다. 혹시라도…….

방문 여는 소리에 히미코 옆에서 속삭이던 와타나베가 후다닥 떨어졌다. 수우였다. 비록 이복동생이었지만 와타나베가 직접 이름을 지어줄 정도로 아끼는 동생. 수우는 히미코와 와타나베 사이를 파고들어 자리를 잡고 앉았다.

수우는 와타나베가 히미코와 단둘이 있는 것을 싫어했다. 아니, 히미코를 싫어한다는 게 더 정확할 것이다. 모두들 그녀를 싫어했다. 아무리 착하고 말 잘 듣는 아이가 되려고 노력해도 모두들 그녀를 싫어했다. 마치 그녀가 악귀라도 되는 듯 슬슬 피했다.

하지만 수우는 달랐다. 수우에게서 드는 느낌은 달랐다. 티를 내지 않으려고 애썼지만 분명하게 다가오는 느낌. 다카미에게서 무슨 말을 들어서는 아니었다. 아무리 아버지의 명이 지엄해도 자신의 판단이 옳다고 생각되면 밀고 나갈 수 있는 고집이 있는 아이였다.

수우의 눈은…… 달랐다. 호기심도, 연민도, 두려움도……

그 무엇도 아니었다. 히미코를 바라보는 눈 중에 그런 눈은 없었다. 뭐라고 해야 할까? 그래, 토끼의 눈! 새끼를 보듬어 안은 토끼의 눈 같았다. 누가 자기 새끼를 바라보기라도 하면 한입에 새끼를 집어삼켜버린다는 토끼의 눈 같았다. 남에게 빼앗기느니 차라리 자신이 잡아먹고 말겠다는.

이해할 수가 없었다. 히미코가 누군가에게 무엇을 빼앗을 정도로 힘이 있는 것도 아니고, 더군다나 수우에게서 빼앗을 것이 무엇이라고.

히미코는 금세 그 생각을 지웠다. 그저 워낙 나쁜 소문을 많이 듣다보니 자신의 오라버니에게 해라도 끼칠세라 그런 거겠지. 조금 친해지면 꼭 말해줘야지. 와타나베에게 해를 끼칠 생각은 없다고.

환궁하겠다는 히미코의 말에 와타나베는 궁까지 마중해주겠다며 일어섰다.

"궁까지 갔다 돌아오시면 너무 늦습니다. 호위무사들이 있으니 굳이 마중하지 않으셔도 됩니다."

일어서는 와타나베에게 수우가 애원했다.

"하지만……."

"오늘은 제 생일입니다. 히미코도 이해할 겁니다. 그렇지?"

수우는 교묘하게 히미코를 하대했다. 공주로 인정한다는 왕지가 없는 이상 히미코는 불안정한 신분이었다. 그래도 자신보다 어린 수우의 하대에는 화가 났다. 그래서 히미코도 수우에게 존댓말을 쓰지 않았다. 어리석은 고집이었지만 어쩔 수 없었다. 히미코는 수우의 채근에 고개만 끄덕였다.

"괜찮다고 하지 않습니까. 가지 마세요."

수우는 무작정 와타나베의 팔을 붙잡고 매달렸다. 항상 그랬다. 왕궁에서든 사가에서든 수우는 원하는 것이 있으면 울고불고 떼를 썼다. 엉엉 울면서 매달렸다.

히미코는 고개를 돌렸다. 그런 모습은 보고 싶지 않았다. 이래서 오기 싫었다. 하지만 와타나베는 막무가내였다. 사사로이는 숙부, 숙모, 사촌이라며 친해져야 한다고 했다. 와타나베는 어떻게든 그녀를 왕족들 틈으로 밀어넣고 싶어했다.

하지만 그건 와타나베 혼자만의 생각이었다. 와타나베가 그녀에게 잘해주면 잘해줄수록 다른 왕족들은 더 멀어져갔다. 그녀가 마력을 써서 와타나베를 홀렸다는 소문이 궁 안에 파다했다.

"아니다. 그럴 수는 없지."

와타나베는 히미코에게 손을 내밀었다. 하지만 그 손은 금세 수우에게 잡혔다. 그녀는 혼자 나왔다. 궁으로 향한 지 얼마 되지 않아 와타나베가 말을 타고 히미코의 가마 옆으로 다가왔다.

수우는 오늘 일곱 살이 되었다. 일곱 살, 누구나 기다리는 나이였다. 일곱 살이 되면 히모오토시를 치를 수 있게 된다. 히모오토시는 아이가 건강하게 자란 것을 조상신께 감사하는 행사였다. 히모오토시를 치러야 비로소 인간으로 인정받을 수 있었다. 히모오토시 전에 죽으면 장례도 치르지 않는 것이 당연하다고 생각할 정도로.

그래서인지 수우의 이번 생일잔치는 성대했다. 하지만 히미코는 아직도 히모오토시를 치르지 못했다. 입궁을 막는 대비와 어머니의 신경전이었다. 어머니는 입궁 후에 히모오토시를 치르겠다며 기어이 히모오토시를 미뤘다. 하지만 입궁 후에 히미코의 생일을 챙겨주는 사람은 없었다. 와타나베조차 하츠모우데(1월 1일 0시에 새해의 건강과 행복을 기원하며 신사와 사원에 참배하는 것을 말한다) 때문에 없어 항상 생일에는 홀로 있어야 했다. 그렇게 시간이 흘러가고 있었다. 인간이 아닌 인간, 그게 히미코였다.

"멈춰라."

와타나베의 말에 히미코는 고개를 들었다. 그녀는 가마에서 내려 와타나베의 시선을 따라갔다.

한 남자가 여자아이의 목을 조르고 있었다. 어둡고 먼 거리였지만 분명히 보였다. 아이의 목에서 빠져나온 신음 소리가 들리는 것 같았다.

와타나베가 놀라서 침을 꿀꺽 삼키는 소리가 들렸다. 차마 그 모습을 바라보기 힘든지 고개를 돌리는 와타나베를 보며 그녀는 무심한 어조로 중얼거렸다.

"마비키[10]입니다. 그냥 가시지요."

"뭐?"

"먹을 것이 없어 힘들 때 그 집안의 가장이 아이를 골라 죽이는 관습이지요. 보통 산파에게 부탁해 갓난아이를 죽이는 경우가 많은데 저 집은 특이하군요. 아버지가 직접 죽이는 모양입니다. 그것도 거의 다 자란 아이를."

"그런 관습이 있다는 얘기는 처음 듣는구나."

와타나베는 끔찍하다는 듯 이마를 접었다. 히미코는 씁쓸하게 웃었다. 그랬을 것이다. 들은 적도 본 적도 없겠지, 와타나베는. 하지만 그녀는 아니었다.

"그러셨습니까? 작년에 흉년이 들었다고 하더니 생각보다 심각한 모양입니다. 아직 보릿고개도 시작되지 않았는데……."

내관[11]이 두려움으로 덜덜 떠는 남자와 아이를 데리고 왔다. 남자의 옷은 여기저기 구멍이 나고 때에 절어 있었다. 무릎을 꿇은 남자는 고개를 조아리며 빌었다.

"제가 어리석고 모자라, 귀한 분 행차하시는 줄도 모르고 불경스러운 일을 벌였습니다. 알았다면 절대로 이런 불경스러운 짓은……."

남자는 계속 주절대고 있었다. 하지만 그 주절대는 말 중에 아이를 죽이고 싶지 않았다는 말은 단 한마디도 없었다. 그저 자신을 살려달라는 말만 반복할 뿐이었다.

와타나베는 어떻게 해야 할지 몰라 망설이는 눈치였다.

"아이가 꽤 큰 것 같은데, 몇 살이냐?"

"다음 달이면 일곱 살이 됩니다. 가뜩이나 일손이 모자란데 장님인 이 아이까지 보살필 수 없어……."

남자의 긴 변명이 들리지 않았다. 아무것도 보이지 않는다는 아이의 눈에는 세상의 모든 감정이 다 들어 있는 것 같았다. 두려움, 절망, 분노, 그리고 희미한 희망……. 히미코는 재빨리 고개를 돌렸다. 아이의 감정에 말려들까 두려웠다. 이런 일에 끼어들고 싶지 않았다. 하지만 와타나베는 그렇지 않은 모양이었다.

"아무리 곤궁하다 하나, 그리고 아무리 히모오토시도 지나지 않아 인간으로 인정받지 못한다고 하나 자식이다. 만약 이 아이를 죽인다면 내 너를 가만두지 않을 것이야."

"예, 알겠습니다."

아이와 남자는 쏜살같이 사라졌다. 히미코는 돌아섰다. 하루 종일 신경을 곤두세우고 있었더니 너무 피곤했다. 다른 왕족들은 그런대로 참을 수 있었다. 하지만 와타나베의 가족들은 히미코를 못 잡아먹어 야단이었다. 와타나베의 어머니는 친절하게도 음식접시를 가져다주며 먹기를 권했다. 그 모습을 멀리서 본 와타나베는 흐뭇해했다. 그래서 히미코는 꾸역꾸역 삼켰다. 벌레가 꾸물거리는 밥도, 모래가 들어간 부침개도, 소태 같은 국도……. 계속 그런 식이었다. 와타나베의 어머니가 들어가면 수우의 어머니가 나와 히미코를 괴롭혔다. 도저히 피할 방법이 없었다.

히미코가 가마에 오르려는데 와타나베가 어깨를 잡았다.

"그 아이가 살길 바라지 않았느냐?"

"왜 그렇게 생각하십니까?"

히미코는 되물었다. 아마 피곤해서 표정이 굳어 있었던 모양이다. 와타나베는 그녀의 표정에 너무 신경을 썼다. 조금이라도 안색이 좋지 않으면 꼭 그 이유를 들어야 직성이 풀리는 사람이었다. 하지만 가끔씩 그런 와타나베가 부담스러웠다. 그녀는 납득할 만한 이유를 생각하려 머리를 굴렸다.

"누군가가 죽길 바랄 정도로 소녀, 악한 사람이 아닙니다. 어쨌든 목숨이니 살리는 게 좋은 일이라는 걸 소녀도 압니다. 하지만 그런다고 해결이 되리라 생각하십니까? 여전히 저 아이의 집은 굶어 죽기 일보직전일 테고, 그렇다면 저 아이 대신 다른 아이가 희생이 되어야 하겠지요."

"그러면 저 아이의 집을 찾아 식량을 가져다주어야겠구나. 그러면 되지 않겠느냐?"

와타나베는 재빨리 수를 생각해낸 자신이 대견스러운지 씩 웃었다. 하지만 히미코는 웃지 않았다.

"그러면 되겠지요."

"또 다른 문제가 있는 게냐?"

"그런다고 해도 아이는 지울 수 없을 겁니다. 한 번 버림받았다는 사실을. 그런 일은 잊혀지지 않는 법이지요. 어떤 이유였든 아버지가 자신을 버리는 쪽을 택했다는 걸 아이는 잊을 수 없을 겁니다. 게다가 세상의 모든 버림받은 아이를 구할 수는 없는 법입니다. 오늘 저 아이를 살려주라 명하신 순간에도 다른 아이들이 버림받고 있었을 테니까요. 우리 집, 아니, 제가 어렸을 때 살던 집에는 그런 사람들이 가득했지요. 늙은 기생들은 대부분 마비키를 피해 도망 온 사람들이니까요. 물론 팔려온 사람들도 있었지만. 어쨌든 아무리 어린 시절에 겪었던 일이라도 그들은 잊지 못하더군요. 버림받았다는 건 잊혀지지 않는 모양입니다. 어쩌면······."

와타나베가 손을 잡고 토닥거렸다. 히미코는 말을 멈췄다. 또 그런 눈빛이다. 동정과 연민······. 아마도 그녀가 아버지에게 버림받았다는 사실을 기억한 모양이었다. 결코 그런 뜻으로 말한 게 아니었다. 오히려 와타나베의 눈에 어린 연민에 그렇게 착각할 수도 있겠구나, 하는 생각이 들었다. 그녀는 오히려 잊고 있었건만······. 변명이 너무 길었다. 그녀는 와타나베의 손을 놓으며 돌아섰다.

"이러다 너무 늦겠습니다."

와타나베가 앞서고 히미코의 가마가 뒤따랐다. 와타나베는 계속 그녀를 돌아보았다. 히미코는 모른 척 눈을 감았다. 지금 그녀 옆에 있는 사람은 와타나베밖에 없었다. 하지만……, 과연 와타나베가 끝까지 그녀 곁에 남을 수 있을까? 그 질문에 답할 수 있는 사람은 아무도 없었다. 와타나베 외에는. 하지만 히미코는 한 번도 묻지 않았다. 어쩌면 와타나베도 모른다는 생각이 들었기에.

6

후우, 히미코는 한숨을 내쉬며 밖으로 나왔다. 밤이 깊어서인지 뜰에는 아무도 없었다.

"안녕, 하늘아. 안녕, 별들아."

히미코는 하늘에 말을 걸어보았다. 와타나베가 왕과 함께 신전에 참배를 드리러 간 지 사흘이 지났다. 그동안 히미코는 누구와도 이야기를 나누지 못했다. 목이 쉬도록 소리 내어 글을 읽어보았지만 답답해 죽을 지경이었다. 신선한 공기를 마시니 조금 나아지는 것 같았다.

두런거리는 말소리에 히미코는 재빨리 나무 뒤에 몸을 숨겼다. 어느새 처소 밖으로 나와 있었다. 들키면 무슨 벌을 받을지 몰랐다. 게이코와 다카미의 모습에 히미코는 몸을 더욱 낮췄다. 그러니까 게이코가 다카미의 첩자 노릇을 하고 있었군.

게이코는 다카미의 말에 연방 고개를 끄덕였다. 첩자라면 말을 전해야 할 텐데 듣고만 있다니, 뭔가 이상했다. 도대체 무슨 일일까?

바람결에 다카미의 말소리가 희미하게 들려왔다.

"절대로…… 차질은…… 걱정할 거 없으니……."

띄엄띄엄 들려오는 말은 도통 이해할 수가 없었다. 히미코는 가까이 다가오는 그들을 피해 몸을 잔뜩 움츠리면서도 귀를 쫑긋 세웠다. 다카미와 게이코는 바로 앞으로 지나쳤다. 그 순간 똑똑히 들렸다. 단 한마디가!

독!

한참 후에야 히미코는 움직일 수 있었다.

날 죽이려 한다고? 히미코는 웃었다. 내가 뭘 잘못했는데? 왕족으로 인정도 하지 않고 버려둘 때는 언제고, 맘대로 왕궁으로 데려와 구박할 때는 언제고, 이제 날 죽이려 한다고? 하라는 대로 다 했는데 왜 날 가만히 내버려두지 않는 거지?

한참을 주저앉아 있는데 얼굴이 젖어들었다. 어느새 비가 내리고 있었다. 빗물이 얼굴을 타고 흘러내렸다. 그래, 하늘아, 대신 울어. 나 대신. 난 절대로 울지 않을 테니까. 어떤 일이 있어도, 이젠 다시 울지 않을 테니까.

7

히미코는 물끄러미 밥상을 바라보았다. 대체 어디에 독을 탄 걸까? 알 수 없었다. 어쩌면 독을 타지 않았을 수도 있었 다. 모든 것은 계획에 지나지 않았으니. 아니면 잘못 들은 것 일 수도 있었다. 수많은 생각에 머리가 터질 것 같았다.

"게이코."

게이코는 자신의 이름이 나오자 펄쩍 뛰어오를 듯이 놀랐 다. 쿡, 웃음이 나올 정도로.

"예, 마마."

숨죽이고 있던 게이코는 차마 다가오지도 못하고 어정쩡 하게 서 있었다.

"게이코, 누라가 오늘도 여기 놀러 와 있느냐? 누라 소리 가 들리는 것 같구나."

누라는 대비가 아끼는 털이 눈처럼 하얀 고양이었다. 대륙 에 갔던 사신이 대비를 위해 가져온 선물인데, 와타나베를 많 이 따랐다. 대비는 자신이 아끼는 고양이가 와타나베를 좋아 하는 것을 보며 와타나베의 품성을 칭찬했다고 했다.

하지만 그 고양이는 히미코 곁에는 결코 오지 않았다. 마치 대비가 그녀를 싫어하는 것처럼 그놈의 고양이도 그녀를 싫어했다. 아무리 맛있는 생선을 갖다 디밀어도 그녀 곁에는 올 생각도 하지 않았다.

"예."

와타나베를 찾아온 모양이었다. 와타나베가 없다는 것을 알고 얼마나 실망했을까?

"누라를 데려오너라."

"지금 말입니까, 마마?"

"어디서 감히 말대답이냐? 데려오라고 하지 않았느냐?"

게이코는 금세 누라를 데려왔다. 히미코는 누라를 향해 팔을 벌렸다. 하지만 고양이는 다가오지 않았다. 히미코는 상 위의 생선을 집어 흔들어 보였다. 고양이는 생선에서 눈을 떼지 못하면서도 다가오지는 않았다.

"마마, 어찌 고양이에게……."

게이코가 당황해 누라를 안아 올렸다.

"오늘은 꼭 누라와 친해지고 싶거든."

"그러면 제가 가서 누라가 먹을 것을 가져올 터이니……."

히미코는 대답하지 않았다. 누라는 히미코가 멀찌감치 던져준 생선을 향해 달려들고 있었다. 게이코는 누라만 바라보고 있었다. 아니길 빌었다. 누라가 죽는 것은 두렵지 않았다.

만약 정말 독을 탔다면 게이코를 살려둘 수는 없었다.

누구의 첩자라도 상관없었다. 못생긴 얼굴 때문인지 궁녀들 사이에서조차 따돌림을 당하는 게이코는 그래도 가끔 히미코에게 살갑게 굴었다. 히미코의 명에 건방지게 짜증을 내기도 했지만 기분이 좋을 때면 궁 안의 이런저런 소문을 알려주기도 했다.

누라는 히미코가 던져준 반찬과 밥들을 골고루 포식한 뒤에야 드러누웠다. 배가 부르니 졸린 모양이었다. 잠결이라 그런지 히미코가 껴안았는데도 달아날 생각을 하지 않았다. 히미코는 부드럽게 고양이의 등을 어루만져주었다.

미안하구나, 미안하구나……. 고양이의 목숨은 아홉 개라 했으니 넌 다른 생을 살 수 있잖니. 하지만 난 그럴 수가 없단다. 미안하다, 누라야…….

누라가 갑자기 몸을 뒤틀기 시작했다. 하얀 털들이 풀풀 날렸다. 누라는 가늘고 날카로운 발톱을 잔뜩 세우고 울부짖었다. 하지만 히미코는 그런 고양이를 더욱 꼭 껴안았다. 고양이가 할퀸 상처에서 피가 흘러나오는 것도, 고양이가 자신의 손가락을 물어 잇자국이 난 것도 느낄 수 없었다. 그저 미안하다고, 용서해달라고 빌기만 했다. 누라는 금세 사지를 축 늘어뜨렸다.

히미코는 누라를 눕히고 밖으로 나왔다. 게이코는 어느새 도망을 가버렸다. 제발…… 멀리 갔기를 빌었다. 더 이상 지체하면 히미코가 곤란해졌다. 비는 잠시 그친 모양이었다. 하지만 대낮인데도 하늘은 여전히 어두웠다.

"게이코를 당장 잡아오너라. 날 독살하려 했으니 잡지 못한다면 네놈들이 죽을 것이야."

히미코의 고함에 내관과 궁녀들이 놀라서 뛰어나왔다. 히미코의 서슬에 놀랐는지 내관 하나가 달려가 무사들을 데리고 왔다. 무사들이 게이코를 찾기 위해 흩어진 지 얼마 되지 않아, 다카미가 포승줄에 묶인 게이코의 뒤를 따라 들어왔다.

"무슨 일이냐? 왜 이 아이를 잡아오라 한 게냐?"

게이코는 금세 다카미의 뒤로 숨었다.

"절 독살하려 했습니다."

"증거가 있느냐?"

"제 방에 누라가 죽어 있습니다."

"하지만 이 아이가 그랬다는……."

"제 음식을 담당하는 궁녀입니다. 무슨 증거가 더 필요합니까? 설사 이 아이가 독을 타지 않았다고 해도 제가 먹는 음식을 잘 관리하지 못한 죄는 용서받을 수 없습니다."

게이코는 애원하듯 다카미를 바라봤지만 소용없었다. 히미코는 물끄러미 게이코를 바라보았다. 히미코와 동갑이었지만 먼저 궁에 들어왔다는 이유로 어른인 척하던 게이코였다. 그런 게이코가 어린아이처럼 엉엉 울고 있었다. 하지만, 어쩔 수 없었다. 궁녀와 내관들이 모여들었다. 무슨 일인지 몰라 눈치만 살피고 있는 그들을 향해 히미코는 소리쳤다.

"저년을 당장 묶어라. 그리고 가서 쇠막대를 가져오너라."

무거운 분위기 때문인지 명은 즉각 수행되었다. 살려달라고 애원하는 게이코를 히미코는 무표정한 얼굴로 바라보았다. 이왕이면 잔인하게, 이왕이면 냉정하게.

"화로를 가져와 쇠막대를 달구어라. 그리고 쇠막대로 저년의 눈을 지져라."

모두들 놀라서 히미코를 바라보았다. 히미코는 그들을 향해 환한 웃음을 지어 보였다. 한 번도 그녀가 웃는 것을 보지 못했다고 나불거리는 인간들에게 보여줘야 했다. 그녀도 웃을 수 있다는 것을.

"음식 하는 것을 잘 지켜보았어야 했느니라. 그런데 그러질 못했으니 있으나 마나 한 눈이 아니냐?"

내관 하나가 화로에 불을 피우고 쇠막대를 달구는 동안 히미코는 눈을 감았다.

잘 보세요, 다카미. 잘 보세요, 날 죽이려다가 어떻게 되는지. 잘 보세요. 누구든, 나를 죽이려는, 죽이고 싶어하는 사람이 있다면 잘 봐둬. 어떻게 되는지. 히미코는 이를 물었다.

쇠막대가 타는 냄새가 뜰 안을 가득 채운 연기와 함께 퍼져나갔다. 연기 때문에 눈앞이 희미해진다. 히미코는 뿌연 사람들을 둘러보았다. 모두들 두려움으로 굳어버렸는지 까딱도 하지 않는다. 매운 연기 때문에 눈이 알싸하다. 내관은 붉게 타 들어간 쇠막대를 들고 히미코를 바라보았다. 히미코는 강하게 고개를 끄덕였다.

게이코의 비명이 연기를 갈랐다. 히미코는 살이 타들어가는 구린내에 구역질이 나는 것을 참으며 눈을 부릅떴다. 궁녀들과 내관들은 잔인하고 처참한 모습에 고개를 돌렸다.

날 위해서도, 널 위해서도 잔인한 게 좋아(고대 일본에서는 잔인한 방법으로 살해당하면 다음 세계에서 더 강하고 뛰어난 사람으로 태어난다는 신앙이 있었다). 히미코는 게이코가 아닌 자신에게 되뇌었다. 잔인할수록 좋아. 게이코는 이미 기절한 지 오래였다.

"누가 감히 고개를 돌리느냐? 만약 독을 넣은 자가 여기 있다면 잘 들어라. 다시 한 번 이런 일이 있을 때는 내 가만 있지 않을 게야. 만일 다시 한 번 이런 일이 발각된다면 이보다 더 심한 벌을 내릴 것임을 명심해라. 고개를 돌리는 자는 게이코와 공모한 것으로 간주하여 똑같은 벌을 내릴 게야. 물을 끼얹어라."

차가운 물에 게이코는 끄응, 신음 소리를 내며 깨어났다. 히미코는 게이코에게 다가갔다. 다가갈수록 까맣게 타버린 한쪽 눈의 몰골이 선명하게 드러났다. 부글부글 끓어오른 피부 위로 누런 고름이 흘러내린다. 히미코는 게이코의 귀에 입을 가까이 대고 속삭였다.

"누가 사주했는지 말해라. 그러면 한쪽 눈은 남겨줄 테니."

순간적으로 굳어버린 다카미를 바라보며 게이코는 한쪽 눈을 감았다. 어차피 고백한다 해도 아무 소용 없었다. 오히려 누명을 뒤집어씌웠다고 죽임을 당할 수도 있었다. 게이코도 그걸 깨달은 모양이었다. 한숨을 내쉰 히미코는 말을 이었다.

"참으로 독한 년이구나. 좋다. 그렇다면 하는 수 없구나. 나머지 눈도 지져라."

다카미가 헛구역질을 하며 구석으로 뛰어갔다. 히미코는 짐짓 걱정스러운 척 다카미를 따라갔다. 더 이상은 보고 싶지 않았다. 하지만 살이 타는 냄새는, 쇠가 타는 냄새는 그곳까지도 따라왔다.

먹은 게 없어서인지 신물만 토해내는 다카미의 등을 두들겨주며 히미코는 말했다.

"만일 제가 사주한 사람 입장이라면 저를 위해 그런 일을 한 사람을 그렇게 처참하게 내버려두지는 않았을 텐데. 누가 그랬는지 몰라도 참 별 볼일 없는 사람 같군요. 일어나십시오. 궁녀들이 보고 심약하신 분이라 뒷소리질할까 두렵습니다.”

히미코는 싫다며 뭉그적거리는 다카미를 억지로 끌고 다시 뜰로 나왔다. 그녀가 보아야 한다면 다카미도 보아야 했다.

히미코는 축 늘어져버린 게이코를 발로 차보았다. 죽지는 않은 것 같았다. 뒤로 묶인 손에서 파리한 핏줄이 뛰고 있었다. 고통 때문인지 창백한 피부에 핏줄이 두드러졌다. 나도 피가 흘러, 너처럼. 히미코는 입안 가득 비릿한 피를 삼켰다. 나도 피가 흐르지, 인간이니까, 너처럼. 히미코는 게이코에게서 등을 돌렸다.

“데리고 가서 궁에서 내쫓아라. 아직 죽지는 않은 것 같으니.”

어두운 구름이 히미코의 뒤를 따라왔다. 그리고 비를 내리기 시작했다.

8

히미코는 다시 목 안 깊숙한 곳으로 손가락을 집어넣었다. 먹은 것이 없는데도 구역질이 나서 미칠 것 같았다. 갈라진 손톱 끝이 미끌미끌하면서도 부드러운 식도 안을 할퀴고 있었다. 순간 손등을 타고 무엇인가가 넘어왔다. 히미코는 손을 빼 둥그런 요강을 잡았다. 요강의 둥근 선을 따라 끈끈한 액체들이 흘러내렸다. 붉은 피에 히미코는 하얗게 질려갔다. 시커멓고 끈끈한 액체가 요강 안의 물에서 번져나가기 시작했다.

비록 첩자였지만 그래도 가끔 내게 말을 걸어주던 아이였는데……. 비록 천하다고는 하나 인간이었는데, 그 인간을, 살아 있는 인간을…… 내가……. 아냐! 히미코는 고개를 세차게 저었다. 잊어버려야 해. 잊어버려야 해. 모두 다!

옷은 땀으로 쭈글쭈글해져 있었다. 온몸에서 땀이 흘러내리고 있는데도 추웠다. 아니, 춥지 않은데도 몸이 떨렸다. 어지러웠다. 요강이 두 개로, 세 개로, 다시 하나로 보였다. 눈을 감았다. 그리고 눈을 떴다.

핏덩어리는 더운 날씨 때문에 굳지 않고 끈적거리며 흘러내렸다. 히미코는 다시 입 속에 손을 집어넣고 토해내기 시작했다. 하지만 모든 것을 다 토해낼 수는 없었다. 피까지 토했건만 모든 것을 다 토해낼 수는 없었다.

그래서…… 히미코는 울었다.

왕이 되어야 했다. 아무도 무시할 수 없고, 아무도 건드리지 못하는 제일의 권력을 가진 사람이 되어야 했다. 살고 싶어서가 아니었다. 죽어도 왕으로서 죽고 싶었다. 다시는 누구에게 버림받고 싶지 않았다. 다시는 누구를 버리고 싶지 않았다. 그러기 위해서는 왕이 되어야 했다.

히미코는 처음으로 가슴이 두근대는 것을 느꼈다. 헛구역질도 더 이상 나지 않았다. 그저 처음으로 발딱이는 심장이, 기분 좋은 떨림이 신기했다. 왕이 된다, 왕이 된다. 떨림이 커졌다. 왕이 되면 이 떨림이 계속될 거야. 그래, 왕이 되기 위해서라면, 이 떨림을, 내가 살아 있음을 증명하는 이 떨림을 느낄 수만 있다면…….

빗소리가 멀어지고 있었다. 미적지근한 비가 그치고 여름의 태양이 떠오르겠지. 여름의 태양은 강렬해서 좋아. 사람들이 잊지 않게 해주거든. 태양의 힘이 얼마나 강한지…….나도 그런 왕이 될 거야. 여름의 태양 같은……. 더 이상 눈물이 나지 않았다.

9

신이 정말 있는 걸까?

히미코는 다시 마룻바닥에 누우며 생각했다. 꽃가루가 풀풀 날아다니고, 햇살이 가득했다. 꽃은 그득하게 피어 향기를 뿜어내고, 초록색 잎들은 바람에 흔들리며 반짝였다.

신은 정말 있는 걸까?

히미코는 돌아누우며 생각했다. 어머니는 신 따위는 없다고 했다. 신이 있다면 자신을 그렇게 내버려두지는 않았을 거라고 했다. 하지만 외할머니는 신이 있다고 했다. 하늘에도, 땅에도, 나무에도 신은 있다고 했다. 그래서 나쁜 일을 하면 꼭 벌을 받고, 착하게 살면 복을 받는다고 했다. 하지만 그게 사실일까?

꼬르륵, 배에서 또 소리가 났다. 사흘이었다. 꼭 사흘째였다. 눈앞이 어른거렸다.

이젠 우물에 가서 물을 길어 마실 힘도 남아 있지 않았다. 누구라도 곁에 있어주면 좋으련만. 누구라도. 하지만 아무도 없었다.

대비는 단식을 명했다. 누라를 죽였다는 이유였다. 명을 전하는 아마가시의 표정은 평온해 보였다.

와타나베가 있었다면 이렇게 마냥 굶지는 않을 텐데. 하지만 와타나베는 신전참배에서 돌아오지 않고 있었다. 아니, 와타나베 오라버니가 돌아와도 대비처럼 화가 나 펄펄 뛸 거야. 그렇게 귀여워하던 누라를 내가 죽였으니, 이젠 다시 날 안 보겠다고 할지도 몰라.

어머니는 내가 왕궁에서 어떻게 지내고 있는지 알기나 할까? 아냐, 아마 모를 거야. 그러니까 내가 궁에 들어가길 그렇게 바랐겠지. 바보 같은 어머니, 궁궐이 어떤 곳인지도 모르고.

차라리 입궁을 하지 않았으면 좋았을 텐데. 그냥 평범하게 살아가는 것도 괜찮았을 텐데. 그러면 이렇게 외롭지는 않았을 텐데. 비록 왕이 될 수 없더라도 매일 눈물을 참아야 하지도 않았을 텐데. 누가 날 죽일까 두려워 잠들 때조차 긴장하지 않아도 되었을 텐데.

'아니, 참아야 해. 어떤 일이든. 왕이 되기 위해선 뭐든지 견뎌야 해. 왕이 되기 위해서는 그 과정이 아무리 고달프다고 해도 참아내야 해. 힘들다고 도망치는 일 따위는 절대 안 돼. 모든 걸 버리고서라도 왕이 되어야만 해.'

어머니는 매일 그렇게 말했다. 그녀도 왕이 되고 싶었다. 왕이 된다는 생각만으로도 가슴이 떨렸다. 하지만 자꾸 다른 생각이 들었다. 와타나베만 생각하면……. 어쩌면 왕위는 원래부터 그녀의 것이 아니었는지도 모르겠다는 생각이 들었다. 와타나베가 왕이 되는 것이 더 나을지도 모른다.

말은 안 했지만 알고 있었다. 와타나베도 왕이 되고 싶어 했다. 어머니는 둘 중에 하나는 죽어야 한다고 했다. 왕은 둘이 될 수 없으므로. 절대로 와타나베를 죽일 수는 없었다. 왕위를 포기하는 일이 있어도, 그래서 더 이상 가슴 떨리지 않아도, 그렇게 평생을 불행하게 보낸다고 해도, 와타나베를 죽여야만 하는 왕위 따위는 포기할 수 있었다.

꼬르륵, 배에서 또 소리가 났다. 신이 정말 있는 걸까? 그래서 착하게 살면, 이 모든 것을 다 견뎌내면 복을 주실까? 누가 대답해주었으면 좋겠다. 정신이 자꾸 가물가물했다. 눈 앞에 뭔가가 어른거렸다. 꽃가루일까, 아니면 너무 배가 고파 헛것이 보이는 걸까?

"어디가 아픈 게냐?"

와타나베의 놀란 얼굴이 보인다. 입을 달싹였지만 말이 밖으로 나오지 않았다. 와타나베의 얼굴이 천천히 암흑 속으로 사라져갔다.

그 순간, 그 어두운 암흑 속에서 그녀는 생각했다. 어쩌면 신이 있을지도 몰라. 그래서 내가 착한 아이가 아니라는 걸 알고 이렇게 벌을 주시는 걸지도 몰라. 자꾸만…… 아무리 그러지 않으려고 해도 자꾸만……, 왕이 되고 싶다는 생각을 해서. 와타나베를 죽이고서라도…….

제 3 장

꿈의 나라

"왜 그 문구를 알면서도 모른다고 하셨는지 제가 여쭈었잖습니까?

이젠 그 이유를 알겠습니다."

"어리석구나. 그런 일을 겪고도 아직도 입을 함부로 놀리느냐?"

"어리석은 왕은 용서받을 수 있지요. 똑똑한 신하를 두면 되니까요.

하지만 자신의 어리석음을 모르고 오만한 왕은 용서받을 수 없습니다.

게다가 옹졸하기까지 하다면 왕의 재목은 못됩니다."

"건방지다. 네 어찌 왕의 됨됨이를 논한단 말이냐?"

"제가 왕이 될 사람이니까요."

1

　기나긴 장마가 시작되고 있었다. 후드득, 후드득. 올해는 유난히 더워서인지 장마조차 미적지근하다. 물기를 머물고 싱싱한 푸름을 드러내야 할 나무 이파리들까지 축 처져 있다.

　하지만 아이는 아니었다. 사람을 있는 대로 지치게 만드는 장마에도 아이는 빛났다. 수인은 아이를 물끄러미 바라보았다. 아니, 아이가 아니었다. 아이라고 부를 수 없는 얼굴이었다.

　히미코[12]라……. 감히 기생의 딸년 이름에 위대하신 태양신을 뜻하는 문자를 넣다니……. 수인은 이를 악물었다. 내가 그 이름으로 저 아이를 부를 일은 절대로 없을 게야.

　아이는 무거워 보이는 시마다마게(머리 장식의 일종)를 하고도 꼿꼿이 고개를 들고 있었다. 아이는 고개를 숙일 줄 몰랐다. 아니, 숙인 고개를 보고 있어도 고개를 숙이고 있다는 생각을 할 수 없게 만들었다. 아무리 기세등등하던 장군이라도, 아무리 처세술 좋기로 유명한 내관이라도 한 번 쏘아보는 것만으로 충분했다. 모두들 '대비'인 그녀에게는 벌벌 기었다.

하지만 아이는 전혀 기죽지 않았다. 아이가 건방지다는 것은 아니었다. 지나칠 정도로 예의바르고 깍듯했다. 아마 그런 점 때문에 왕후들이나 궁녀들도 아이를 대하기 어려워하는 것 같았다. 성질이 드세기로 말하자면 나라에서 내로라할 카오리왕후까지도 아이를 함부로 대하지 못했다.

수인은 물러가라는 손짓을 했다.

"그럼 소녀는 이만 물러가보겠습니다, 대비마마."

아이는 다소곳이 물러났다. 수인은 밖으로 나와 아이의 모습이 더 이상 보이지 않을 때까지 서 있었다. 아이는 앞만 바라보고 걸어갔다. 분명 뒤통수가 근질거릴 텐데도 돌아보지 않는다. 항상 그랬다. 뒤를 돌아보기는커녕 주위도 둘러보지 않았다. 아이는 항상 앞만 바라보고 걸었다.

도대체 무슨 생각을 하고 있는 걸까? 알 수가 없었다.

별의별 짓을 다했다. 허물어져 가는 처소에, 첩자임이 뻔한 무례한 궁녀만 주었다. 일부러 굶기기도 하고, 무릎을 꿇은 자세로 반나절을 넘게 내버려두기도 했다. 하지만 아이는 모든 것을 참고 견뎠다. 무서울 정도로…….

기생년의 뱃속에서 나온 아이에게 끌리는 자신이 싫어 차라리 아이가 죽었으면 했다. 그 아이가 죽어버리면 더 이상 머리가 복잡하지 않을 터였다. 하지만 아이는 살아남았다. 일종의 마비키라며 모른 척했던 자신이 우스웠다. 멍청한 다카미 같으니, 애꿎은 누라만 잡다니. 누라의 눈처럼 하얗던 털들이, 보송보송하던 털들이 눈앞에 아물댔다. 아니, 다카미를 원망할 게 못되지. 나도 정에 이끌려 이제껏 이러고 있으니. 수인은 다시 한숨을 내쉬었다.

툭, 툭. 커다란 이파리 하나가 날아들어와 생각을 방해했다. 다시 바람에 날아가는 이파리 끝에 다과상을 들고 오는 니죠가 보였다. 그 아이와 동갑인 나인이었다. 낮이면 깔깔거리며 촐싹대다가도 밤이면 집이 그립다고 우는 통에 골치를 썩였다. 어젯밤에도 울다가 아마가시에게 많이 맞았다. 니죠가 울 때마다 그 아이가 생각났다. 그게 정상이었다. 집이 그립다고, 어머니가 보고 싶다고, 그렇게 우는 게 정상이었다. 하지만 아이는 울지 않았다. 마치 아무것도 아닌 양 견뎌내고 있었다. 그래서 더 화가 났다.

"비가 잠시 그쳤으니 여기서 마시겠다. 경치를 보면서 차를 마시는 것도 괜찮을 것 같구나."[13]

니죠는 다과상을 놓고 물러갔다. 칠칠치 못하군. 찻잔의 물이 찰랑찰랑 흔들린다. 오랜 장마에 늙은 궁녀들이 게으름을 피우는 모양이었다. 어린 나인 따위에게 다과상을 내가라고 하다니. 수인은 주의를 줘야겠다고 생각하며 고개를 들었다.

나도 울었었나? 기억나지 않았다. 나도 울었었나? 아니, 아니었어.

수인은 고개를 세차게 저었다. 기억도 나지 않는 어머니였다. 아무리 강간당해 낳은 자식이라고는 하지만, 자식을 내버려두고 목을 맨 어머니였다. 한 번도 그립지 않았다. 그래서 울지 않았다.

수인은 찻잔의 물을 바라보았다. 아직도 흔들리는 찻잔의 물은 노오란 연둣빛이다. 찻잔을 들려다 그 흔들림이 멈추기를 기다리기로 했다. 왠지 그래야만 할 것 같다. 하지만 수면은 계속 흔들렸다. 찰랑찰랑, 찰랑찰랑. 찻잔의 물은 왜 이렇게 계속 흔들리는 걸까. 마치 내 마음처럼……. 입이 바싹하게 말라 있었다. 혀가 입천장에 끈적거리며 달라붙어 떨어지지 않는다.

수면이 잠잠해지고 있다. 고요하고 평온한 찻물은 이제 식어버렸는지 김도 나지 않았다. 수인은 떨어지는 비에 시선을 둔 채 찻잔을 들어 입으로 가져갔다. 차는 식어서인지 오늘따라 더 쓰다. 아버지가 그랬지. 차의 쓴맛을 즐길 수 있는 사람이야말로 차를 즐길 줄 아는 사람이라고. 어머니를 강간

해 나를 낳아주었던 아버지가 그랬지.

그래서 아이의 얼굴을 보기 싫었다. 자신의 어린 시절과 너무 닮은 얼굴이기에.

이미 버린 지 오래였다. 핏줄 따위는. 기억도 나지 않을 어린 시절……, 이미 버렸다. 남아 있는 미련의 싹이 있다 해도 잘라야 한다. 내가 택한 나라를 위해…….

수인은 식어버린 찻잔을 내던져버렸다. 깨어진 찻잔 조각들이 빗방울과 함께 흩어졌다.

"차가 식었으니 다시 내오너라."

놀라서 달려온 니죠는 재빨리 움직였다. 그게 정상이었다. 모두들 대비인 자신의 명이라면 벌벌 기었다. 아이와는 달리…….

구다라에서는 볼모를 원했다. 왕위를 물려받을 볼모를 잡고 이 나라를 맘대로 흔들어보겠다는 수작이었다. 결국 다카미의 실수가 일을 더 쉽게 만들었다. 볼모라……. 왕의 하나밖에 없는 핏줄이라면 구다라도 아무런 트집을 잡을 수 없었다. 비록 이름뿐인 공주라 해도…….

다시 비가 내리기 시작했다. 깨어진 찻잔 조각 위로 떨어지는 빗소리가 듣기 좋았다. 톡톡, 톡톡. 투명하게 맑은 소리다. 비에 쓸려온 흙에 찻잔이 묻히고 있었다.

군데군데 짚단이 묶여 있는 논두렁은 쓸쓸해 보였다. 추수가 끝난 뒤의 논은 항상 의후에게 그렇게 다가왔다. 추수의 풍성함이 아닌 텅 빈 들판으로, 누렇게 익어가던 황금빛 벼들이 사라져버린 버림받은 땅으로 다가왔다.

"난세입니다. 어차피 피바람은 피할 수 없습니다."

사로는 술을 벌컥벌컥 들이켜고만 있다 말문을 열었다. 기대앉은 짚단이 풀썩이면서 먼지를 일으켰다.

"대륙은 지금 완전히 혼란에 싸여 있습니다. 어느 나라도 감히 우위에 섰다고 장담할 수 없는 입장입니다."

틀린 말은 아니었다. 대륙은 완전히 혼란에 휩싸여 있었다. 갖가지 이름을 가진 나라들이 하룻밤에 생겨났다 사라지기를 반복하고 있었다.

하지만 의후는 아무런 대꾸도 하지 않고 술잔만 기울였다. 사로는 못마땅한 듯이 의후를 바라보다 술병을 통째로 비우고는 말을 꺼냈다.

"이런 때를 잘 타야 합니다. 비록 이 나라가 한반도에서는 제일 크다고 하나, 대부분이 담로국의 땅입니다. 대륙의 혼란을 타 중앙집권화를 이뤄야 합니다. 게다가 지금 상황이 어떻습니까? 고구려는 위로 드넓은 대륙이 있어 남하하는 것을 어느 정도는 막을 수 있다 해도 소라는 막을 수 없습니다. 아니, 고구려도 대륙 쪽보다는 오히려 남하를 원할 겁니다. 소라는 말할 것도 없고요. 고구려는 산간지방이라 별 쓸모가 없는 데다 워낙 군사가 막강하니 고구려보다는 우리와 전쟁을 벌이는 편이 나으니까요. 어떻게든 전쟁은 피할 수 없습니다. 그래서 전하께서도 그리 신경을 쓰시는 게 아닙니까?"

의후는 한숨을 내쉬었다. 내키지가 않았다. 어릴 때부터 검과 활을 손에서 놓지 않았건만. 언젠가는 한반도 전체를, 저 드넓은 대륙 전체를 발밑에 놓아두려고 익혀온 무예였건만 내키지가 않았다. 아영이 걱정이었다. 그가 떠나면 아무 것도 모르는 어머니와 황량한 왕궁에 단둘이 남아야 할 아영이 걱정이었다.

아영의 혼례라도 치르고 나면 좀 나을지 모른다. 그 생각에 의후는 웃음을 지었다. 처음 아영을 보았을 때가 아직도 눈에 선했다. 새빨갛고 쭈글쭈글한 모습에 의후는 기겁을 했다. 그렇게 못생겨서 어떻게 시집을 보내나 하는 걱정이 들었던 것이다. 하지만 아영은 하루가 다르게 커가고, 하루가 다르게 아름다워졌다. 조금만 기다리면 된다. 의후는 한숨을 내쉬었다.

자운세자의 혼례 문제로 궁은 시끄러웠다. 장남인 의후를 제치고 하는 혼사. 어머니는 매일 왕에게 의후의 혼사를 치러달라 애원했다. 하지만 왕은 미적지근했다. 그런 왕이라도 아영의 혼례를 미룰 이유는 없었다. 아영은 분명 왕의 딸이었으니까. 조금만 더 기다리자. 의후는 마음을 다잡았다. 조금만 더.

"조금만 더 기다리자꾸나."

의후의 미적지근한 대답에 사로는 못마땅하다는 듯 술만 들이켰다.

3

"정말 왜 이러시는 겁니까, 마마? 왜 제 곁에 붙어 이렇게 절 괴롭히시는 겁니까? 다른 사람들은 더럽다고 곁에 오지도 않는데 왜 마마께서는……."

지사이(신께 기도할 때 바치던 제물이나 안전한 항해를 위한 제물을 뜻한다. 긴 항해 시에 데려가던 지사이는 항해가 안전하게 끝날 때까지는 절대로 씻어도 안 되고, 머리를 빗어도 안 되고, 눈곱을 떼서도 안 되고, 이를 잡아도 안 된다)가 갑자기 엉엉 울기 시작하자 히미코는 당황했다. 위로하려고 손을 뻗었지만 지사이는 그 손을 뿌리쳤다.

"손 더러워지십니다. 엉엉……."

"왜 그래? 뭐가 잘못됐어? 난 네가 좋아할 줄 알았는데. 다른 사람들은 아무도 곁에 안 오니까 심심하잖아."

"차라리 그게 낫겠습니다."

"무슨 소리야?"

"제가 누구입니까? 지사이예요."

"그런데?"

"이번이 마지막 지사이 일이에요. 이번 일만 잘 끝나 돈을 좀 많이 받으면 장가도 가고, 아이도 낳고 그러고 싶었는데."

"그래? 아직 장가도 안 갔어? 나이가 꽤 많아 보이는데."

조금은 진정된 것 같던 지사이는 히미코의 물음에 무릎을 꿇었다.

"마마! 제발 절 좀 살려주세요. 마마께서 그렇게 하루 종일 제 옆에서 지키고 계시니 도통 참을 수가 있어야지요. 그저 죽고만 싶습니다. 마마."

"그럼 내가 곁에 없으면 어쩌려고? 뭐 몰래 할 일이 있나 보지? 머리를 긁거나 이를 잡는 거 같은?"

히미코의 말에 지사이는 다시 엉엉 울기 시작했다. 조금은 미안했다. 하지만 어쩔 수 없었다. 달거리가 시작된 어제부터 하늘이 심상치 않았다. 그래서 불안했다. 혹시라도 스사노오 노 미코토(폭풍과 폭력의 신)가 노하시기라도 할까 걱정스러웠다. 하지만 지사이가 우는 것을 보자 마음이 약해졌다.

그래, 될 대로 되라지. 그녀는 밖으로 나왔다. 그러잖아도 고약한 냄새에 머리가 아팠었다. 흔들리는 뱃전에 서서 가슴을 펴고 숨을 들이쉬니 머리가 조금은 맑아졌다. 벌써 가을도 막바지로 접어들고 있었다. 시원한 바닷바람에 여름은 어떻게 지나가는지도 모르게 다 가버렸다. 선장의 말로는 내일이면 도착한다고 했다.

구다라, 꿈의 나라이자 모든 것이 시작되는 나라. 언제나오고 싶었던 나라. 히미코는 혹시나 육지가 보일까 해서 햇빛을 손으로 가리고 멀리 지평선을 바라보았다. 선장은 아무것도 보이지 않을 거라고 했지만, 정말 아무것도 보이지 않자 히미코는 입을 비죽거렸다. 왠지 구다라는 엄청나게 큰 땅일 것 같은데 그렇지도 않은 모양이었다.

구다라에 사신으로 가라는 명을 받았을 때부터 매일 구다라 꿈을 꾸었다. '공주'라고 정식으로 인정을 받은 것보다 구다라에 간다는 사실이 더 기뻤다. 언제나 구다라에 가고 싶었다. 문물이 훨씬 발달되었다는 곳에 가서 직접 보고, 듣고, 느끼고 싶었다. 하지만 와타나베 때문에 마음껏 신나 하지도 못했다. 와타나베는 그녀와 떨어지는 게 싫어서 매일 대비에게 자신도 구다라에 가게 해달라고 졸랐다. 하지만 언제나 와타나베의 간청이라면 쉬이 들어주던 대비도 이번만은 완고했다.

히미코는 멀리 보이는 수평선으로 고개를 돌렸다. 이제 내일이면 구다라에 닿을 수 있어. 하나둘씩 돌섬이 지나갔다. 이상한 일이었다. 마치 구다라에서 누군가가 그녀를 기다리고 있기라도 한 듯 항상 구다라가 그리웠다. 내일이면 그 땅에 발을 내디딜 수 있는 거야. 구다라, 언제나 그립던 나라, 꿈에서밖에 볼 수 없었던 그 나라에.

4

의후는 귀를 막고 싶었다. 제발 어머니가 그만했으면……. 하지만 어머니는 멈추지 않는다.

"그럼요. 정말 똑같이 생겼습니다. 저도 어제야 알았답니다. 아마 전하의 오른쪽 옥지[14]와 의후의 왼발을 놓고 한 사람이라 해도 모두들 믿을 것입니다. 한번 보시겠습니까? 의후야. 발을 내밀어보아라."

"아니, 됐네."

무뚝뚝한 대답. 왕은 술잔만 기울일 뿐이었다. 어머니는 금세 술잔을 채운다. 그러면 왕은 또 술잔을 기울이고……. 저녁 반주라기에는 과했다.

아직도 의심하고 있는 걸까? 어머니는 대단한 아이라고

했다. 허리가 부러질 정도로 맞았는데도 유산되지 않고 멀쩡하게 붙어 있었던 대단한 아이라고. 하지만 왕은 아직도 의심하고 있었다. 하룻밤 품은 여인이 낳은 아이였다. 과연 의후가 자신의 자식인지, 아니면 원래 남편이었던 자의 자식인지 아직도 의심하고 있었다.

어머니도 본능적으로 느끼는 걸까? 하긴 그러기에 매일 저런 소리를 하는 게지. 아무리 그가 듣기 싫다고 해도 어머니는 멈추지 않았다. 발가락이 전하와 똑같지 않습니까? 저렇게 얼굴을 찌푸리는 것을 보면 정말 전하의 용안을 보는 듯하답니다. 전하를 닮아 영특한 게지요. 어머니는 매일 노래를 불렀다.

하지만 방법이 틀렸다. 어머니의 그런 말은 오히려 왕의 의심을 부추길 뿐이었다.

제기랄, 의후는 손바닥으로 이마를 세게 문질렀다. 그는 분명 왕의 아들이었다. 자신조차 믿지 않는다면 누가 믿겠는가?

"아직은 때가 아니오. 우선은 자운세자의 혼례부터 치르고 나서……."

왕이 술잔을 내려놓으며 말했다. 하지만 무엄하게도 어머니는 왕의 말을 잘랐다.

"하지만 자운세자보다 나이가 많은 의후입니다. 어찌 왕실에서 역혼을……."

왕은 그 말에 자리를 털고 일어나 나가버렸다. 어머니는
정말 아무것도 모르는 걸까? 왕이 의후의 혼례에 왜 그렇게
미적지근한지, 정말 몰라서 그러는 걸까? 왕실에서의 혼례
란 곧 세력의 확장과 강화로 이어진다. 어떤 집안과 연결되
느냐에 따라 모든 것이 뒤바뀔 수도 있었다.

어머니는 무안한지 고개를 주억거렸다. 의후는 그 모습에
자리에서 일어났다.

"저도 이만 나가보겠습니다."

"아이고, 허리야. 아무래도 며칠 안 있어 비나 눈이 올 모
양이다. 귀찮더라도 우산은 꼭 챙겨서 다녀라."

자리에 눕는 어머니를 남겨놓고 의후는 밖으로 나섰다. 구
름 한 점 없는 맑디맑은 날씨였다. 하지만 어머니의 예상은
틀린 적이 없었다. 어린 시절부터 농사일을 했던 경험과 어
우러진 신경통은 항상 정확했다. 하지만 그런 어머니의 신경
통이 어떻게 생겼는지 알기에 의후는 어머니가 날씨 예측을
하는 것이 정말 끔찍했다.

왕은 어쩌다 눈에 든 농사꾼의 아내를 취하고 덜컥 겁이
났던 모양이었다. 어머니는 왕이 떠난 뒤에 거꾸로 매달렸
다. 그리고 반나절 동안의 몽둥이질에 허리가 부러졌다. 하
지만 불행하게도 그 방법은 효과가 없었다. 의후가 살아 있

는 증거였다.

차가운 초겨울바람이 뜰 안 가득 찼다. 바람 끝에 먼지와 낙엽이 소용돌이쳤다. 아무래도 술이 덜 취한 모양이었다. 잊어버리려면 몇 잔을 더 마셔야 하는 걸까?

"오라버니!"

돌아보기도 전에 아영이 쫓아와 와락 안겼다. 추운 날씨에 아영의 뺨이 빨갛다. 뭐가 그리 좋은지 생긋생긋 웃는 아영을 바라보며 얼굴을 찌푸리기는 힘들었다. 하지만 의후는 애써 웃음을 지우며 아영을 야단쳤다.

"그렇게 뛰어다니면 안 된다고 몇 번이나 일렀니? 얼마 뒤면 혼례를 치러야 할 나이인데, 아직도 이렇게 철이 없으면 궁녀들이 수군거린다."

말은 그렇게 했지만, 이런 아영이 다행스러웠다. 이렇게 밝게 커가고 있는 아영이 항상 고마웠다. 언제나 그렇듯이 품에 안긴 아영은 따뜻하다.

"싫어요. 전 평생 이렇게 오라버니와 함께 살 거란 말이에요."

"무슨 소리! 이 오라비가 매일 살펴보고 있는 중이니라. 어떤 신랑감이 좋을지."

"싫어요. 난 오라버니 없으면 못 산단 말이에요."

"그러면 평생 그렇게 혼자 살 거냐?"

자신도 모르게 말투가 아영을 닮아간다.

"내가 왜 혼자 살아요? 오라버니랑 같이 살 건데."

아영은 눈을 흘겼다.

"이런, 이런, 그러면 나한테 시집오려는 여자들이 다 도망갈 텐데. 이렇게 무서운 시누이가 버티고 있으니."

"오라버니!"

아영이 눈을 부라렸다.

"왜?"

"오라버니도 혼인하고 싶은 거야? 세자저하처럼? 난 싫어, 정말 싫어. 혼인하지 말고 엄마랑 나랑 우리끼리 그냥 살아요. 예?"

칭얼대던 아영은 언제 그랬냐는 듯 저녁노을에 빠져 있었다. 의후는 멀찌감치 서서 노을 속에 있는 아영을 바라보았다.

"여기 계셨습니까?"

의후는 돌아서지 않았다. 지금은 사로를 보고 싶지 않았다.

"무슨 일이냐?"

"정말 이대로 그냥 계실 겁니까?"

"갑자기 그게 무슨 소리냐?"

분명 자운세자의 혼인 얘기라는 것을 알면서도 의후는 모른 척 아영만 보고 있었다. 아영이 움직일 때마다 바삭바삭, 치마가 소리를 낸다.

"정말 모르셔서 하시는 말씀입니까? 다른 사람도 아니고, 아니 다른 담로국도 아니고 하필이면 세부리의 공주라니요? 담로국이라 하나 무시할 수 없는 나라입니다. 그 지역의 세력이 얼마나……."

의후도 알고 있었다. 확실히 해두려는 것이었다. 혹시라도 의후가 왕위를 넘볼까봐 자운세자의 위치를 더 확고히 해두기 위한 조치였다. 장남인 의후를 제치고 하는 혼사. 이유는 분명했다. 그나마 의후 편에서 폐세자를 주장하던 대신들도 이젠 별수 없으리라. 대답이 없는 의후가 답답한지 사로가 목소리를 높였다.

"정말 이대로 그냥 포기하실 겁니까? 그러면 저한테 하신 말씀은 다 무엇입니까? 천하를 다스리고……."

사로는 금세 목소리를 낮췄다. 혹시나 듣는 귀가 있을지 걱정되는 모양이었다. 피바람을 몰고 올 수 있는 이야기, 역모. 그랬다. 그 모든 것을 감수하고서라도 하고 싶었다. 아무리 많은 피로 물들여야 한다고 해도, 왕위는 모든 것을 흐려지게 만들었다.

하지만……, 하지만 아영의 저 미소는 어찌해야 할까? 아버지를 죽이고, 비록 이복이라 하나 자운세자를 죽이고, 그보다 더 많은 사람들을 죽이는 건 어렵지 않았다. 하지만 그 피바람 속에서도, 아니 그 피바람이 몰아치고 난 후에도 아

영이 계속 저렇게 웃을 수 있을까? 핏빛 노을 속에서 아영의
웃음소리가 울렸다.

5

구다라의 궁에 도착한 것은 늦은 밤이었다. 내일 왕을 알
현하려면 빨리 자야 하는데도 낯선 잠자리에 잠이 오지 않았
다. 히미코는 밖으로 나왔다.

북쪽에 있어서인지 구다라의 날씨는 벌써 한겨울 같았다.
까만 어둠에 싸인 궁은 더 낯설어 보였다. 거센 바람이 누군
가의 울음소리처럼 들렸다.

내일 사신들이 떠나면 진짜 홀로 남아야만 했다. 갑자기
어머니가 보고 싶었다. 여기에서라면 맘껏 울 수 있었다. 누
구도 히미코에게 '왕은 울지 않는다'며 야단치지 않을 테니
까. 하지만 그렇게 야단쳐주던 어머니가 너무 그리웠다.

히미코가 구다라에서의 일정을 묻자 사신들 중 우두머리
격인 다이고는 씩 웃었다. 오싹, 소름이 돋았다.

"마마께서는 구다라에 남아 계셔야 합니다."

"무, 무슨 소리입니까?"

"구다라의 선진문물을 배우고 오라는 대비마마의 명이십
니다. 구다라 왕실에서 마마가 머무실 처소를 마련할 것입

니다.”

“언, 언제까지요?”

아무리 더듬지 않으려 해도 말이 엉켰다. 하대를 해야 마땅한데도 익숙지 않아 존대를 하고 말았다. 다이고는 그런 히미코를 빤히 바라보았다.

“구다라에서 다른 명이 있을 때까지요.”

덫. 바보처럼 대비가 쳐놓은 덫에 스스로 걸어 들어가다니. 단지 볼모일 뿐인데, 사신들을 이끌고 가는 것이라고 처음으로 공주 대접을 받는다고 좋아하다니. 히미코는 흐르는 눈물을 닦았다. 지금은 울 수 있었다. 다이고도, 대비도, 어머니도 아무도 없는 이곳에서는 실컷 울 수 있었다. 소리 내어 울 수 있었다. 엉엉, 히미코는 바닥에 주저앉아 어린아이처럼 울었다. 얼마나 울었는지 목 안이 까끌까끌해졌을 때 고함이 들렸다.

“야! 귀신! 울려면 세자 처소에나 가서 울어! 왜 술맛 떨어지게 여기서 울고 난리야?”

낯선 남자의 목소리에 히미코는 놀라서 눈물을 뚝 그쳤다. 히미코는 조심스레 뒷걸음쳤다. 너무 어두워 남자의 모습은 보이지 않았지만 부스럭거리는 소리는 들렸다.

“젠장, 이젠 나무까지 앞길을 가로막는군.”

쾅, 하는 소리와 함께 욕설이 들려왔다. 술에 단단히 취한 모양이었다. 히미코는 살금살금 남자에게 다가갔다. 여차하면 도망치면 그만이었다.

"술에 취하긴 취한 모양이네. 귀신도 보이고. 야, 귀신! 너딴 데 가서 놀아라."

남자는 바닥에 주저앉은 채 히미코를 바라보았다. 나쁜 사람 같지는 않았다. 그저 어딘가 슬퍼 보이는 인상이었다. 하긴 슬픈 일이 있으니 이리도 술에 취했겠지.

"여기가 내 처소예요."

히미코의 대답에 남자가 피식 웃었다.

"여기가? 하긴 오래전부터 귀신이 나온다며 아무도 쓰지 않겠다는 곳이었지. 네가 그 귀신이었구나."

"나 귀신 아니에요."

"그래. 귀신아, 너 귀신 아냐."

남자는 졸린지 눈을 감은 채 웅얼거렸다. 히미코는 남자의 어깨를 흔들었다.

"여기서 잠들면 안 돼요. 너무 추워서 얼어 죽을 거라고요."

"얼어 죽으면 너랑 친구도 하고 얼마나 좋으냐? 그러니까좀 내버려둬."

남자는 금세 잠들어버렸다. 히미코는 어찌할 바를 모르고 남자 앞을 서성였다. 정말 이렇게 두면 얼어 죽어버릴 텐데. 히미코는 잠든 남자의 얼굴을 빤히 바라보았다. 눈을 뜨고 있을 때는 눈만 보였는데, 제법 고집이 있어 보이는 얼굴이었다. 내관의 복장은 아니었다. 왕자 중 하나인가? 아니, 왕족이라기엔 손에 상처가 너무 많다.

아무리 천한 사람이라도 죽게 내버려둘 수는 없지. 히미코는 이불을 가지러 처소로 향했다. 하여간 내가 무슨 죄람? 저 사람 때문에 떨면서 자게 생겼잖아. 히미코는 낑낑대며 이불을 가지고 나왔다. 하지만 남자가 있던 자리는 텅 비어 있었다. 처소 곳곳을 뒤졌지만 남자의 모습은 눈에 띄지 않았다.

어디로 간 걸까? 이렇게 추운데 밖에서 잠든 건 아니겠지? 히미코는 구다라의 볼모가 된 자신의 처지는 잊고, 낯선 남자에 대한 걱정으로 밤새 뒤척였다.

6

자운세자는 이미 대전에 들어 있었다. 왕은 의후가 들어서자마자 인상을 찌푸리며 코를 쥐었다.

"어제도 술을 마셨느냐?"

의후는 고개를 숙였다.

"어찌 대답이 없느냐?"

"날씨가 추워 몸을 녹이느라 약간 마셨습니다."

"약간? 약간인데 아직도 코를 찌를 정도로 술 냄새가 난단 말이냐? 또 궁 밖에 나갔느냐?"

의후는 대답하지 않았다.

"허! 물어 무엇 하겠느냐? 네가 그 지경이니 네 어미가 하루라도 맘 편할 날이 있겠느냐?"

어머니는 어젯밤에도 왕에게 애원한 모양이다. 그리고 어젯밤에도 왕은 미적지근했겠지. 그건 어머니의 인생이었다. 어머니가 택한 인생.

"내 너의 심정을 모르는 바 아니다. 동생이 먼저 혼례를 치르게 되었으니 네 맘이 편하지는 않을 것이다. 하지만……."

왕은 자운세자의 눈치를 쓱 보고 말을 이었다.

"네 신분에 맞게 행동해야 할 것이야."

제 신분이 무엇입니까? 의후는 터져나오는 질문을 삼켰다. 어머니는 후궁조차 되지 못했다. 친아들인지 의심스런 아들이 왕자가 되는 것을 막기 위해서였다. 왕의 잔소리는 한동안 계속되었다. 의후는 언제나 그랬듯 다른 생각에 빠져 있느라 누가 들어오는 것도 몰랐다.

"왜의 공주니라. 앞으로 궁에서 지내게 될 것이야."

왕의 말에 의후는 생각에서 빠져나왔다. 또 다른 볼모. 왕은 담로국을 효과적으로 다스리기 위해 담로국 왕들의 자식을 궁으로 불러모았다. 어린 나이에 끌려온 왕자들은 매일 눈물바람이었다. 이번에는 공주라, 왕자보다 더 징징대겠군. 하지만 작은 몸집의 아이는 허리를 꼿꼿이 세우고 있었다.

"히미코라 했지? 고개를 들라. 얼굴을 자세히 보고 싶구나."

의후는 왕명에 고개를 드는 왜의 공주를 보고 놀라서 눈을 비볐다. 내가 아직 술이 덜 깼나? 귀신이었다. 어젯밤에 본. 히미코는 그런 의후를 보고 어쩔 수 없다는 듯 고개를 설레설레 저었다.

"너야말로 몇 년 뒤면 경국지색(傾國之色)이겠구나."

자운세자는 재빨리 고개를 숙였다. 하지만 왕은 자운세자에게서 눈을 떼지 않았다.

"공주를 위해 네가 풀이를 해주어라."

"소자, 아직 학문이 모자라……."

자운세자의 말소리가 기어들어갔다.

"아직도 그 쉬운 것조차 풀이하지 못한다는 말이냐? 넌 아느냐?"

왕이 의후를 바라보며 물었다.

"세자저하께서 모르시는데 제가 어찌 알겠습니까?"

자운세자보다 글을 일찍 익혔다는 이유로 배움을 금지당했던 의후였다. 학문에는 아무 관심도 없는 척 매일 저잣거리에 나가 술이나 마시고 말썽을 피웠다. 그런데도 왕은 매번 의후를 시험했다.

"걱정 마십시오. 그 뜻은 이미 알고 있사옵니다."

또랑또랑한 목소리. 모든 사람의 눈길이 히미코에게 쏠렸다.

"네가 안단 말이냐?"

"예."

히미코의 자신 있는 대답에 자운세자가 발끈했다.

"어림도 없는 소리. 미개한 나라에서 온 계집아이 따위가 어디서 건방지게."

"조용히 하여라."

왕의 말에 자운세자는 금세 풀이 죽었다.

"한번 풀이해보아라."

"나라를 위태롭게 할 정도로 뛰어난……."

히미코는 갑자기 망설였다. 자운세자는 '그러면 그렇지' 하는 표정으로 히미코를 쳐다보고 있었다. 생각에 잠긴 얼굴. 마지막 글자가 생각나지 않는 모양이었다. 의후는 웅얼거리며 '미모'라 속삭이고 나서 재빨리 헛기침을 했다. 히미코는 움찔했지만 모른 척하며 말을 이었다.

"나라를 위태롭게 할 정도로 뛰어난 미모를 가리키는 말이 아닙니까?"

왕은 놀라서 히미코를 바라보았다. 자운세자는 사색이 되어 히미코를 노려보았다.

"영민하구나."

왕은 인색한 칭찬을 한 뒤 자운세자에게로 돌아섰다.

"세자만 빼고 모두 물러가거라."

의후는 히미코와 함께 물러나왔다. 하지만 문이 닫히기도 전에 왕의 고함이 뒤따랐다.

"어찌 담로국 공주 따위도 알고 있는 것을 모를 수 있단 말이냐? 내 이런 망신이 없느니라."

자운세자의 화풀이 대상이 되지 않으려면 재빨리 자리를 뜨는 게 상책이었다. 뜰로 나서는 의후의 뒤를 히미코가 따랐다. 의후는 일부러 발걸음을 크게 했지만 히미코는 기어이 따라왔다.

"왜 모른다고 하셨습니까?"

"무슨 소리냐?"

의후는 모른 척 앞장섰다.

"분명 알고 있는 것을 왜 모른다고 하셨습니까?"

의후가 어떻게 변명해야 할지 고민하는 사이 갑자기 히미코의 비명이 들렸다. 뒤돌자 넘어진 히미코와 자운세자가 보였다. 히미코는 바닥에 주저앉아 멍하니 자운세자를 바라보고 있었다. 그냥 넘어갈 자운세자가 아니란 건 알고 있었지만 대전 뜰에서 일을 벌일 줄은 몰랐다. 어느새 궁녀들이 모여들고 있었다. 자운세자는 씩씩대며 이를 갈았다.

"이 빌어먹을 계집 같으니라고!"

"뭐라 하셨습니까? 그리고 사람은 갑자기 왜 밀치시는 겁니까?"

그제야 히미코가 정신을 차리고 자운세자에게 쏘아붙였다. 하지만 자운세자는 널브러진 히미코에게 발길질을 해댔다.

"어디서 눈을 부릅뜨고 덤비느냐?"

"제가 무슨 잘못을 했다고 이러십니까?"

히미코는 자운세자의 발길질을 피하려 몸을 잔뜩 웅크리면서도 자운세자를 쏘아보았다. 궁녀들은 그저 구경만 하고 있었다. 감히 자운세자를 말릴 사람은 아무도 없었다.

"네가 정녕 몰라서 하는 소리더냐? 방금 네가 날 능멸한 것을 잊었더냐?"

"제가 아는 것을 대답하는 것이 저하를 능멸하는 일이란 말입니까?"

맞으면서도 히미코는 자운세자에게 맞섰다.

"이것이 그래도? 하찮은 담로국의 공주 따위가 어디서 감히!"

"하찮은 담로국의 공주 따위도 아는 것을 모르시는 저하께 이리 당할 이유 없습니다."

자운세자의 얼굴이 시뻘겋게 달아올랐다. 궁녀들은 자운세자를 흘끔거리며 속살거렸다. 아무래도 일이 커질 것 같아

나서려는데 언제 왔는지 사로가 의후의 소매를 붙잡았다. 사로는 의후를 바라보며 고개를 저었다. 절대 나서시면 안 됩니다. 소리 없는 말이 분명히 들렸다. 의후는 망설였다.

"감히 이것이!"

어느새 자운세자가 칼을 뽑아들고 있었다.

"담로국 공주 따위는 죽여도 아무 뒤탈이 없다는 걸 모르느냐?"

칼날이 햇빛에 반짝였다. 히미코는 움츠러들기는커녕 일어서서 자운세자 앞으로 나섰다. 젠장. 의후는 붙잡는 사로를 뿌리치고 자운세자의 앞을 막아섰다.

"뭐 하는 게냐?"

자운세자가 의후를 노려보았다.

"진정하십시요, 저하."

"비켜라."

두 살이나 어린 아우는 언제나 의후에게 명령조였다.

"하찮은 담로국 공주 따위를 죽이는 것쯤은 아무 문제 되지 않습니다. 하지만 왜 그랬는지에 대해 세상 사람들이 얼마나 많은 뒷소리질을 하겠습니까? 일이 커져 소문이 퍼지면 오히려 세자저하께 누가 될 것입니다."

"하지만……."

"아직 어려 뭘 모르는 것이니 세자저하께서 너그러이 용서해주옵소서. 이런 하찮은 것 때문에 저하께서 전하의 노여움을 사실까 염려되어 드리는 말씀입니다."

'전하' 라는 한마디에 자운세자의 얼굴에 두려움이 피어올랐다.

"에잇!"

자운세자는 역정을 내며 칼을 집어던졌다. 내관 하나가 재빨리 칼을 집어들었다. 자운세자가 뒤돌아서자 숨죽이고 모여 있던 궁녀들이 재빨리 흩어졌다. 자운세자는 마지막으로 히미코를 한번 쏘아본 뒤 히미코를 향해 침을 퉤 뱉고는 가버렸다. 멀어져가는 자운세자의 뒷모습을 바라보며 의후는 히미코에게 손수건을 던져주었다.

"대답하지 않으셔도 알겠습니다."

얼굴에 묻은 침을 닦으며 히미코가 입을 열었다. 목숨을 잃을 뻔한 일을 겪고도 전혀 흔들림이 없었다.

"무슨 소리냐?"

"왜 그 문구를 알면서도 모른다고 하셨는지 제가 여쭈었잖습니까? 이젠 그 이유를 알겠습니다."

"어리석구나. 그런 일을 겪고도 아직 입을 함부로 놀리느냐?"

"어리석은 왕은 용서받을 수 있지요. 똑똑한 신하를 두면 되니까요. 하지만 자신의 어리석음을 모르고 오만한 왕은 용

116

서받을 수 없습니다. 게다가 옹졸하기까지 하다면 왕의 재목
은 못됩니다."

"건방지다. 네 어찌 왕의 됨됨이를 논한단 말이냐?"

"제가 왕이 될 사람이니까요."

자신 있는 말투였다. 그 굳은 믿음이 부러워 의후는 순간
할 말을 잃었다.

"그리고 비록 담로국이라고는 하나 한 나라의 공주입니다.
그렇게 하대하지 마십시오."

당돌하기까지 하군. 의후는 속으로 말을 삼키며 천천히 발
걸음을 뗐다. 의후는 뒤따라오는 아이를 바라보며 한숨을 내
쉬었다. 그에게도 저렇게 어린 시절이 있었다는 생각이 들었
다. 저렇게 무언가에 홀린 듯 눈을 반짝이던 순간이, 이 세상
의 무엇도 그의 길을 방해하지 못하리라 자신하던 순간이,
꿈을 꾸던 순간이 있었는데……. 의후는 픽 웃었다. 하긴 아
직도 꿈을 꾸고 있긴 하지. 아직까지도 포기 못하고…….

7

유난히 따뜻한 겨울날, 히미코는 햇살 속을 거닐었다. 어
린 공주들과 왕자들이 뜰에서 술래잡기를 하고 있었다. 궁녀
들은 상전이 뛰다가 넘어지기라도 할까 상전의 뒤를 졸졸 따

라다니고 있었다. 자운세자의 모습에 히미코는 발길을 돌렸다. 자운세자와 마주쳐 좋을 일은 없었다. 하지만 멀리서 아영이 뛰어와 자운세자에게 절을 하는 모습에 히미코는 멈춰섰다. 의후의 여동생. 의후와 달리 밝은 미소를 지닌 아이였다. 볼모로 잡혀 온 담로국의 왕자와 공주들에게까지 따돌림을 당하는 아영의 해맑은 미소는 이해하기 힘들었다. 하지만 그 미소를 지켜주고픈 자신의 마음도 이해하기 힘들긴 마찬가지였다.

"저하, 저도 놀이에 끼워주시면……."

"어림도 없는 소리!"

"저하."

아영은 자운세자의 소맷자락을 붙잡았다. 자운세자는 흠칫하며 아이의 손을 털어냈다.

"네가 감히 누구에게 손을 대는 게냐? 불결하게!"

아영의 눈에 눈물이 고였다.

"죽을죄를 지었습니다. 용서해주옵소서, 저하."

아영은 무릎을 꿇고 매달렸지만 자운세자는 쳐다보지도 않았다.

"빨리 가서 손 씻을 물과 갈아입을 옷을 대령하라. 그리고 이 아이를 빨리 내쫓아."

아영은 자신을 데리고 온 궁녀의 손에 이끌려 히미코 쪽으로 왔다. 궁녀는 우는 아이를 달래기는커녕 아이의 걸음을 재촉했다.

"빨리 걸으세요. 이러다 세자저하 더 노하십니다. 그러니까 안 된다고 말했잖아요."

불손한 말투. 히미코는 앞으로 나섰다.

"마마!"

궁녀가 놀라 펄쩍 뛰었다. 히미코는 궁녀를 노려보았다.

"네가 감히 상전을 그렇게 모시고도 살기를 바라느냐?"

"죽을죄를 졌습니다."

아영은 뭐가 잘못된 줄도 모르고 궁녀와 함께 고개를 숙였다. 숙인 고개 아래로 눈물이 뚝뚝 떨어졌다.

"그만 우세요."

히미코는 무릎을 굽히고 아영의 눈물을 닦아 주었다.

"자, 코를 푸십시오."

히미코는 손수건을 아영의 코에 댔다. 의후가 주었던 손수건이었다. 깨끗이 빨아서 수까지 놓았지만 돌려줄 기회가 없었다. 예쁜 자수가 놓인 손수건을 보며 아영은 망설였다.

"하지만 더러워질 텐데……."

"괜찮아요."

아영은 팽, 하고 코를 풀고는 손수건을 잡았다.

"제가 빨아서……."

"괜찮습니다."

히미코는 손수건을 주머니에 집어넣었다. 아직도 아영의 눈에는 눈물이 그렁그렁 맺혀 있었다. 겪어본 사람만이 안다. 거절당하는 일은 아무리 익숙해도 아팠다. 히미코는 아영을 향해 활짝 웃으며 물었다.

"우리 술래잡기할까요?"

아영은 믿을 수 없다는 듯 눈을 동그랗게 떴다. 고여 있던 눈물방울이 뚝 떨어져내렸다.

제 4 장
또 다른 꿈

"혼인을 시켜 준다고 하시더구나."

"혼인이요?"

"그래, 내가 원하는 어떤 여자라도 가질 수 있게 만들어주겠다고 하시더구나."

"어리석으십니다. 겨우 여자 하나에 목숨을 걸다니."

히미코의 눈빛이 흔들렸다.

"그러게 말이다. 나도 내가 이리 어리석을 줄 몰랐다."

"더 큰 꿈을 꾸시는 줄 알았습니다."

"더 큰 꿈이라……. 너처럼?"

의후의 물음에 히미코는 아무 대답도 하지 않았다.

"넌 아직도 왕이 되기를 꿈꾸느냐?"

1

의후는 시장을 돌아보며 연방 하품을 했다. 사로는 혼자 나서겠다는 의후의 말에 고개만 끄덕였다. 눈이 번쩍 뜨였다. 의후의 말에 고개를 끄덕이던 사로의 눈, 왠지 그 눈이 섬뜩했다. 과연 사로를 심복으로 부리는 것이 잘하는 일일까? 또다시 고개를 드는 의심에 술기운으로 둥둥 울리는 머리가 더 아파왔다. 의후는 손으로 관자놀이를 세게 누르며 나무에 몸을 기댔다.

사로는 달랐다. 권력자의 끄나풀이 흔히 그러는 것처럼 건들대지도 않았고 사리사욕을 채우는 일도 없었다. 게다가 모르는 것이 없었다. 또한 너무나 성실하고 충직했다. 하지만 왠지 믿을 수가 없었다.

왜라, 왜에서 왔다고 했다. 하지만 그 말을 모두 믿을 수는 없었다. 물론 선박이나 철기 혹은 도자기 기술을 가진 자들이 왜에 가면 떼돈을 벌 수 있다는 얘기는 들었다. 하지만 그런 기술을 가진 사람들은 구다라에서도 잘 살아갈 수 있었다. 아무리 돈에 욕심이 많다고 해도 미개한 왜에까지 가서 돈을 벌려는 사람들은 그리 많지 않았다. 그곳은 버림받은 땅이었다. 버림받은 사람들에게조차…….

사로는 아버지가 도자기 기술자라 어린 시절을 왜에서 보냈다고 했다. 하지만 그 말을 왜 믿을 수 없을까? 도자기 기술자의 아들이라고 해서 문자를 배우지 말라는 법도 없었고, 호기심 많은 아이라면 이것저것 배울 수도 있을 터였다. 하지만…… 그것은 단순히 호기심을 채우기 위한 지식이 아니었다. 그건, 사로가 가지고 있는 지식들은 분명 통치자를 위한 것이었다.

왜에는 망명자들도 많았다. 소라나 구다라 왕실에서 내몰린 사람들. 혹시 사로가 그 버림받은 왕실의 핏줄 중 하나라면……. 충분히 가능성 있는 얘기였다. 사로는 의후가 왕위에 오르는 데 모든 것을 바치겠다고 했다. 하지만 가끔 섬뜩했다. 오히려 자신보다 사로가 더 왕위에 집착하는 것 같아서. 감추려고 애쓰지만 무의식중에 드러나는 행동에서, 무심코 내뱉는 말에서 느낄 수 있었다.

함부로 사람을 가까이 해선 안 된다. 사로가 아니어도 의후의 주변은 충분히 복잡하게 꼬여 있었다. 제기랄, 제기랄, 오랜 습관으로 입 밖으로 나오지 않을 게 분명한 욕을 해대며 의후는 시장을 바라보았다.

봄의 한낮, 점심을 먹고 따뜻한 아랫목에 눕고 싶을 만도 하건만 행상들은 분주하게 오갔다. 떡을 사라고 소리치는 아낙도, 그 손을 잡고 잰걸음으로 쫓아가는 아이도, 낮술 한잔 걸쳤는지 불콰해진 얼굴로 지나가는 처녀들을 희롱하는 늙은이도, 무슨 시비가 붙었는지 서로 머리카락을 부여잡은 아낙들까지 아름다운 곳이었다. 그 활기에 젖어 모든 것을 잊어버릴 수 있을 만큼.

나라 사이의 관계가 어떻든 돈만 벌면 된다는 속셈인지 외국인들도 눈에 많이 띄었다. 싸구려가 분명한 모전(양털로 만든 깔개)의 첩포기(만든 이, 만든 곳, 가격 등이 적힌 꼬리표)를 보여 주며 사기치고 있는 소라인, 도자기를 팔고 있는 가야인, 바케(변신술)를 보여주고 있는 고구려인……. 그리고……, 히미코!

의후는 놀라서 넘어질 뻔했다. 나인 하나 없이 혼자였다. 법도를 중시하는 연경왕후가 외출을 허락했을 리 없으니 몰래 나온 게 틀림없었다. 연경왕후는 아영과 어울린다는 이유만으로 갖은 트집을 잡아 히미코를 괴롭히고 있었다. 사람을 앞에 두고 속삭이며 킥킥거리기, 무슨 냄새라도 나는 듯 홱 돌아서 무안주기 등등 그 교묘한 수법은 의후에게도 익숙했다.

연경왕후의 괴롭힘을 꿋꿋이 견디며 아영과 어울리는 히미코가 고맙기도 두렵기도 했다. 대체 무얼 원하기에 아영과 계속 어울리는 것인지……. 단순한 호의라기엔 지나쳤다. 그래서 의후는 하루걸러 한 번씩 히미코의 처소에 들렀다. 히미코가 원하는 게 무언지 알아내기 위해서였다.

히미코는 상인의 손사래에도 아랑곳 않고 물건을 들여다보고 있었다. 상인의 표정을 보니 잘못하면 큰 소리가 날 판이었다. 겁도 없지. 저러다 연경왕후에게 들키기라도 하는 날엔 큰일이었다. 의후는 히미코에게로 다가가려다 다시 나무에 등을 기대섰다. 왠지 다가가면 안 될 것 같은 기분, 사로 때문에 왜인에 대해 본능적으로 경계심이 생긴 모양이었다. 그것도 저렇게 작은 왜인 여자아이에게.

이상할 정도로 선명한 얼굴이었다. 경국지색이라……. 딱히 예쁜 얼굴은 아니었지만 무언가 마음을 끄는 구석이 있는 얼굴이었다. 언젠가부터 아영을 바라보는 시간보다는 히미코를 바라보는 시간이 늘어가고 있었다. 히미코는 하루가 다르게 성숙해지고 있었다. 아직은 어리지만 몇 년 후면, 아니 일 년만 지나도 여인이 될 터였다.

궁 안이 소란스러워지겠군. 의후는 피식 웃었다. 왕처럼 되고 싶지 않아 여자를 멀리하는 의후와 달리 자운세자는 여자라면 물불을 가리지 않았다. 혼례도 치르기 전에 아이만 셋이었다. 하지만 히미코는 자운세자가 영 못마땅한 모양이었다. 그래도 어쩔 수 없겠지, 자운세자가 원한다면. 의후는 히미코를 바라보며 쓴웃음을 삼켰다. 순간 히미코가 뒤를 돌아봤다. 마치 누구를 찾는 듯 시장을 한 바퀴 돌아본 히미코는 다시 상점 앞에 쭈그리고 앉았다. 순간적으로 사로의 얼굴이, 사로의 눈이 히미코에게 겹쳐 보였다.

'제가 왕이 될 사람이니까요.'

히미코의 맑은 목소리가 귓가에 울렸다. 너무나 자신 있는 말투에 아무 대꾸도 할 수 없었다. 히미코와 함께 온 사신들은 와타나베의 세자 책봉을 허락해달라 청했다. 며칠간의 실랑이 끝에 왕의 허락이 떨어지고 나서야 사신들은 떠났다. 하지만 히미코는 아무것도 모르는 모양이었다. 차마 알릴 수 없었다. 모르는 게 차라리 나았다. 자신이 버림받았다는 사실을 알고 좋아할 인간은 없을 테니.

히미코는 빈손으로 상점을 떠났다. 의후는 히미코가 있던 상점으로 걸음을 옮겼다. 무얼 그리도 갖고 싶어 상점 앞에 한참을 쭈그리고 있었는지 궁금했다.

"방금 간 여자아이가 무얼 보고 있었느냐?"

의후의 질문에 상점 주인은 수상하다는 듯 바라보았다.

"허 참, 별일이로세. 오늘따라 왜 이리 이상한 손님만 꼬이는지. 사지도 않을 거면서 들여다보고만 있는 아이가 있질 않나, 그 아이가 뭘 보고 있었는지 물어보질 않나. 재수가 없으려니까."

의후는 주인을 노려보며 돈주머니를 열어 보였다.[15] 집어 삼킬 듯 돈을 바라보던 주인은 땅에 닿을 정도로 머리를 조아렸다.

"죄송합니다, 손님. 제가 어리석어 귀한 분을 못 알아뵙고……."

의후는 쓴웃음을 지었다. 이게 세상이었다. 허름한 옷을 입고 있으면 무시당하다가도, 돈이 있으면 금세 귀한 분이 되어버리는…….

"됐으니 아이가 보고 있던 게 무언지 고해라."

"이 반지를 보고 있었습니다."

주인은 사슬로 매어 놓은 반지를 가리켰다. 반지에는 피처럼 검붉은 보석이 빛나고 있었다.

"서역에서 들여온 건데 가격이 워낙 엄청나 왕족들도 눈요기만 하고 가셨지요."

주인이 부르는 값은 엄청났다. 하지만 의후는 반지를 샀다. 아영의 유일한 친구였다. 그 사실만으로도 히미코는 반지를 받을 자격이 있었다. 다른 이유는 전혀 없었다. 의후는 전 재산을 털어 반지를 사며 자신에게 되뇌었다. 다른 이유는 전혀 없다고…….

2

히미코는 이른 시간부터 찾아온 의후를 보며 미소를 지었다. 궁녀가 씌워주고 있는 우산 속에서 뛰어나온 의후는 빗방울도 모두 비켜갔는지 마른 냄새가 났다. 아영은 장마가 지루한지 히미코의 다리를 베고 누워 잠들어 있었다. 아영은 매일 히미코에게 놀러 왔다. 그런 아영 때문에 의후도 히미코의 처소에 들르는 날이 늘어갔다.

의후는 히미코에게 멀찌감치 떨어져 앉았다. 언제나 둘 사이에서 종알거리던 아영이 잠들어 있으니 히미코도 어색했다.

후드득, 이번 장마는 정말 긴 것 같았다. 차라리 한꺼번에 쏟아지는 게 나을 것 같은데, 조금씩 내리기 시작한 지 달포가 지나도록 이 모양이었다.

어머니는 추적추적해 견딜 수가 없다며 장마를 싫어했다. 장마가 시작되면 혹시라도 비단옷이 망가질까봐 매일 다림질을 했었다(다리미는 8세기경 중국에서 처음 사용했다고 하나 백제의 유물 중 청동제 다리미가 발견되었고, 그전에도 비슷한 기능을 하는 도구들이 있었던 것으로 추정된다). 외할머니도 신경통이 도진다면서 비를 싫어했다. 어머니 신경질 받아내랴 외할머니 안마하랴 불평조차 할 수 없는 벙어리 레이코만 분주했었다. 하지만 그녀는 빗소리가 좋았다. 톡톡, 떨어져내리는 비를 보고 있으면 이상하게 행복했다.

의후는 히미코의 품 안에서 잠든 아영을 바라보다 눈을 돌렸다.

"아영에게 잘해줘서 고맙구나. 아무도 상대해주는 이 없어 많이 외로워했었는데, 널 만나고 나서는 웃음이 끊이질 않는구나."

히미코는 아영의 흘러내린 머리를 쓸어올려주었다. 아영이 히미코의 품을 파고들었다.

"죄인은 죄인끼리 어울려야지요."

"뭐?"

히미코에게서 멀찌감치 떨어져 있던 의후가 다가왔다.

"그게 무슨 소리냐? 대체 우리 아영이가, 네가 왜……?"

"이 세상에서 가장 나쁘고 악한 건 바로 아무것도 가지지 못한 거니까요. 재물도, 권력도, 명예도, 아무것도 지니지 못한 것, 그래서 힘없고 약한 것, 그게 바로 이 세상에서 가장 나쁘고 악한 거예요. 그러니 아영이도, 저도 죄인일 수밖에요."

의후의 시선이 느껴졌지만 히미코는 모른 척 빗방울만 바라보았다.

"도대체 넌 어떻게…… 그런 생각을……?"

히미코는 아무렇지도 않다는 듯 웃어 보였다. 왜 그런 이야기를 꺼냈을까? 아무에게도 하지 못했던 이야기를. 이상한 일이었다. 의후와 있으면 맘껏 숨을 쉴 수가 있었다. 그 탁 트인 기분이 좋아 무엇이든 이야기해도 될 것 같았다.

"어린 나이에 부정적이구나."

히미코는 담담하게 의후는 바라보았다.

"부정적이라도 죽지 않고 살아 있잖아요. 이 지긋지긋한 세상에."

의후의 눈이 휘둥그레졌다.

"죽고 싶다는 말처럼 들리는구나."

"수도 없이 많았지요."

의후의 눈이 더 커졌다.

항상 대 위에 달고 다니는 단도의 무게에 신경을 곤두세웠다. 언제라도 손을 뻗을 수 있도록. 그렇게 버틸 수 있었다. 언제, 누가, 어떻게 그녀를 해칠지 몰라 하루 종일 긴장을 풀 수 없었다. 잠이 들었을 때조차.

아니, 잠든 시간조차 힘들었다. 한겨울에 바람이라도 불면 그 바람소리와 함께 게이코의 울음소리가 들려왔다. 며칠 걸러 눈먼 게이코가 쫓아오는 꿈을 꿨다. 몇 년 간 그 악몽에서 벗어나기 위해 미친 듯이 공부에 몰두했다. 잊어버리길 바라면서, 하지만 이젠 포기했다. 어차피 그녀의 인생 자체가 악몽이었다.

시간이 흐를수록 겁이 났다. 다른 것은 겁나지 않았다. 그저 그녀 자신이 두려웠다. 가끔씩 포기하고 싶었다. 너무나 힘들고 지쳐 쓰러질 지경인데도 끝이 보이지 않아서. 대 위에 맨 단도의 칼날이 촛불에 반짝이는 것을 볼 때면 모든 것을 끝내고 싶다는 생각이 들었다. 그 차가운 칼날로 자신의 손목을 그어버리면 모든 것이 끝날 수 있었다. 언제라도.

"그런데?"

"이 세상에서 가장 슬픈 게 뭔지 알아요? 그건 버림받는 거예요. 어릴 때 알던 퇴물기생이 그랬죠. 버림받는 것만큼 슬픈 건 없다고. 항상 죽고 싶을 때마다 그 생각을 해요. 이 세상에서 가장 슬픈 건 버림받는 거라고. 그래서 살아야 했어요. 자살하면, 나 자신마저 날 버리는 거구나. 그러면 난 정말 버림받은 인생이 되는 거구나, 하는 생각 때문에."

히미코의 말에 의후는 한참을 입술만 달싹였다. 뭔가 할 말을 찾고 있는 모양이었다.

"누구도 한 번쯤 버림받지 않고는 살 수 없단다. 나조차도 그렇지. 나조차도."

의후는 다시 입을 닫았다. 마치 자신만의 생각에 빠져 있는 듯했다. 그래서 히미코는 다시 하늘로 시선을 돌렸다. 어느새 갠 맑은 하늘이 이상하게 슬퍼 보였다. 금방이라도 눈물을 뚝뚝 흘릴 것처럼.

싸늘한 냉기에 몸을 움츠릴 때 어깨에 뭔가가 와 닿았다. 의후의 손. 히미코는 물끄러미 어깨를 감싼 의후의 손을 바라보았다. 굉장히 크고 따뜻한 손이다, 생각했을 때 의후가 히미코의 머리를 끌어당겼다. 히미코는 어색하게 의후의 어깨에 기댔다. 한 번도 누군가가 자신을 안아주거나 보듬어 준 적 없었지만, 그래도 상상해본 적은 있었다. 상상 속에서보다 훨씬 편안하고 부드러운 온기에 그 품에서 잠들고 싶었다.

이 사람의 품에서라면 아무 걱정 없이 잠들 수 있겠구나, 이 사람이 날 지켜줄 테니까. 그런 생각을 했을 때 의후의 목소리가 귓가에 울려왔다.

"만약 다음에 또다시 그런 나쁜 생각이 들거든 거기에 이유 하나를 더 덧붙일래? 나, 라는 이유 말이야. 네가 죽어서는 안 되는 이유 중에 나도 포함시켜줘. 네가 있으면 나도 살아남을 수 있을 거 같거든. 아무리 지긋지긋해도……. 그러니까 날 버리지 마. 날 버리고 가지 마."

의후는 히미코의 눈물을 닦아주며 속삭였다.

3

히미코는 이파리 하나 남지 않은 스산한 나무에 몸을 기대고 왕궁 여기저기를 기웃거리고 있었다. 왜 히미코를 여기에 데려왔을까? 여긴 그만의 장소였다. 아무도 데리고 온 적이 없었다. 아니, 이렇게 왕궁이 훤히 들여다보이는 곳이 있다는 사실을 누구에게 이야기한 적조차 없었다. 그런데 왜 히미코를 여기에 데려왔을까? 내 어린 시절의 눈물로 자랐을 나무들이 있는 곳에.

"저게 뭐죠?"

히미코가 막새기와를 가리키며 물었다. 쉴 새 없이 퍼붓는 왕궁에 관한 질문에 대답하면서 의후는 묻고 싶었다. 쉴 새 없이 왕궁에 관해 질문하면서도 왕궁을 떠나고 싶다는 히미코에게 묻고 싶었다. 그러면 나와 함께 왕궁을 떠나지 않을래, 라고. 히미코를 데려가면, 히미코만 곁에 있다면 견딜 수 있을 지도 모른다고 생각하며 묻고 싶었다. 나와 함께 아무도 찾을 수 없는 산골마을에 가 살지 않을래, 라고. 하지만 결국 묻지 못했다. 나는 농사를 짓고, 너는 살림을 하고, 평범한 사람들처럼 그렇게 살지 않을래, 라고. 도저히 입을 뗄 수가 없었다.

히미코는 처소로 돌아오는 내내 조잘거렸다. 이 세상에서 가장 슬픈 일은 버림받는 거라고, 그렇게 말했던 아이는 온 데간데없었다. 하지만 히미코는 어린 나이에 지쳐 보였다.

처소로 돌아오자마자 아영이 달려나왔다.

"나만 빼놓고 둘이서 어딜 갔다 와요?"

아영의 칭얼거림을 히미코는 능숙하게 받아넘겼다.

"너무 곤히 잠들어 깨울 수 없었어. 잠든 모습이 어찌나 예쁜지……."

아영은 금세 웃으며 인형놀이를 하자고 졸랐다. 히미코는 아영이 잡아끄는 대로 끌려가주었다. 비 온 뒤의 깨끗한 공기를 가르며 달려가는 두 사람의 모습이 너무 맑았다. 의후는 자신도 모르게 미소를 지었다.

"약점이 될 겁니다."

어느새 사로가 옆에 다가와 말했다. 사로는 몸을 숨기고 움직이는 법을 알았다. 그래서 어디에 숨어 있다 나타날지 알 수 없었다. 의후는 사로가 불쑥 나타날 때마다 섬뜩했다.

"무슨 소리냐?"

"왜의 공주 말입니다."

"바보 같은 소리! 그저 아영을 귀여워하기에 어울리게 된 것뿐이다."

자신에게 항상 되뇌던 변명이었다. 하지만 사로는 속지 않았다.

"웃으시더이다. 제가 모신 이후로 처음 보았습니다. 그렇게 웃으신 일 한 번도 없으십니다. 그런데 왜의 공주와 함께 하실 때는 웃음이 떠나질 않으셨습니다."

의후는 입가에 남아 있던 미소를 지웠다. 누군가가 눈치챌 정도였나? 바람을 타고 히미코의 웃음소리가 들렸다. 의후는 이를 악물고 돌아섰다. 누군가에게 마음을 주기엔 모든 상황이 너무 복잡했다.

4

히미코는 의후의 언덕에 올라 왕궁을 바라보았다. 구다라의 왕궁은 검소하되 누추하지 않고, 화려하되 사치스럽지 않았다. 궁 안 곳곳에 있는 우물과 연못이 조금 많다 싶을 뿐이었다. 하긴, 물의 신을 섬기는 나라니 이상할 것도 없었다(백제의 전통신앙은 정천井泉신앙 혹은 용신龍神신앙으로 물의 신을 천지의 창조자로 여기고, 샘물 혹은 하천을 신성하게 여겨 궁 안에도 많은 연못을 만들었다). 물과 불이라…… 상극이었다. 아마테라스 오미카미는 태양신이니.

의후는 며칠째 히미코의 처소에 들르지 않았다. 날 버리지 마, 그렇게 말했던 의후는 히미코를 버려두고 있었다. 아무리 생각해도 이유를 알 수 없었다. 같은 꿈을 꾸는 사람이었고, 멀기만 한 꿈에 아파하는 모습조차 닮은 사람이었다. 처음으로 마음을 열어 보여준 사람이었다. 혹시나 어디가 아픈 건 아닐까, 하는 생각에 매일 밤잠을 설쳤다. 왜 갑자기 발길을 끊은 것일까, 이유를 알 수 없어 밥 한술 제대로 뜨지 못했다. 아영에게 넌지시 의후의 안부를 물었지만 아영은 고개만 저었다.

"제 처소에도 통 오지 않으십니다. 일이 바쁘다면서."

어쩌다 마주치는 일조차 없었다. 멀리서라도 볼 수 있을까 의후의 처소 옆을 서성이기도 했다. 하지만 일부러 피하기라도 하는 듯 의후는 나타나지 않았다. 한 번도 누군가를 이렇게 그리워해본 적이 없었다. 몇 년 동안 얼굴을 보지 못한 어머니조차.

어머니의 거울이 햇빛에 반짝였다. 거울 속의 히미코는 울고 있었다. 괜찮아. 히미코는 눈물을 닦았다. 넌 왕이 될 거잖아. 거울 속의 그녀에게 속삭였다. 그러니까 다른 꿈은 꾸지 마. 히미코는 거울 속의 그녀에게 웃어주었다.

5

의후는 자운세자를 따라 대전 뜰로 들어섰다. 아침부터 자운세자와 마주치다니 운이 나빴다. 나쁜 운은 계속되는지 히미코가 대전에서 나오고 있었다. 그리도 마주치지 않으려 노력했건만……, 신은 의후를 시험하고 있었다.

히미코는 그를 보고 움찔했다. 한 달 만이었다. 먼 길로 돌아가는 한이 있어도 히미코의 처소 근처로는 얼씬도 하지 않았다. 히미코의 소식을 듣지 않으려 아영까지 멀리했다. 하지만 아무 소용 없었다. 히미코를 본 순간 모든 결심이, 모든 노력이 우스웠다.

자운세자를 의식해서일까, 무슨 말을 하려던 히미코는 고개만 까닥이고는 돌아서 갔다. 의후는 히미코의 뒷모습을 보는 것만으로도 감사해 눈을 뗄 수가 없었다.

"이젠 이렇게 먼 데서 보아도 제법 여인의 태가 곱지 않느냐? 역시 아바마마의 눈은 틀림없다니까."

자운세자는 히미코의 뒷모습을 바라보며 느물거렸다.

"담로국 공주만 아니었어도 벌써 덮쳤을 것을. 싫다는 것을 강제로 덮치는 재미도 꽤 좋거든."

그 말에 의후는 품 안의 단도를 꺼낼 뻔했다. 다행히 세월이 의후에게 가르친 건 인내심밖에 없었다. 가슴을 뚫고 나올 것 같은 분노를 억누르려 의후는 가슴을 움켜쥐었다.

"저하."

부르긴 했지만, 자운세자가 돌아보았지만, 무슨 말을 해야 할지 알 수 없었다.

"걱정 말아라. 어차피 내 것이 될 것을 강제로 덮쳐 아바마마의 노여움을 살 정도로 어리석지는 않으니."

단도를 쥔 손이 부들부들 떨렸다. 단도를 떨어뜨리지 않으려, 단도를 꺼내지 않으려 얼마나 세게 움켜쥐었는지 칼날에 손이 베었다. 피가 손등을 타고 흘러내렸다. 의후는 주먹을 쥐며 등 뒤로 손을 감췄다.

"무, 무슨 뜻입니까?"

"아바마마께서 매일 하시는 말씀 아니냐? 세자랍시고 날 도와주는 건 혼인하는 것밖에 없구나. 어찌 그리 제대로 할 줄 아는 게 없는지 한심하구나."

자운세자는 왕의 말투를 흉내 내며 입술을 비틀었다.

"그러니 아바마마 좋아하시는 담로국 공주와의 혼인이라면 두 팔 벌려 환영하시겠지."

"하, 하지만 굳이 싫어하시는 여인과 혼인할 것까지는 없습니다."

"싫어한다고? 내가? 소문을 못 들은 모양이구나. 난 치마만 둘렀으면 모두 좋아하는걸. 그 소문 덕에 담로국 왕들이 딸 내주는 걸 싫어한다고 아바마마 꾸중이 이만저만 아니셨는데."

자운세자는 자랑스럽다는 듯 가슴을 쫙 펴며 말했다. 의후는 말을 바꿨다.

"하지만 저하께서 평소에 좋아하는 여인의 부류는 아닌 듯합니다."

"그런가? 하긴 너와 난 여인을 보는 눈이 참 달랐지."

"무슨 뜻인지 모르겠습니다."

"네가 저 아이와 가까이 지낸다는 소문이 궁 안에 파다하더구나. 궁녀 한 번 건드린 적 없던 네가……."

그게 이유였다.

'약점이 될 겁니다.'

사로의 말이 귓가를 울렸다. 사로도 알고 있었을까? 자운세자가 이리도 재빨리 약점을 파고들 줄?

"새로운 소문을 못 들으셨나봅니다. 발길을 끊은 지 꽤 되었습니다. 워낙 건방져서요."

"좀 건방지긴 하다만 혼인하고 나면 어림도 없지. 내 저 자존심을 단단히 짓밟아놓고 말 것이야."

자운세자는 넘어가지 않았다.

"다행이구나. 난 혹시나 네가 상처 입을까 걱정했는데."

상처 입히려 하는 말. 의후는 돌아서 가는 자운세자의 뒷모습을 바라보는 것밖에 할 수 있는 것이 없었다. 욱신거리는 손을 들어올리는데 소매 끝에 목걸이가 걸려 대롱거렸다. 칼날에 끊어진 모양이었다. 의후는 목걸이에 걸린 반지를 만지작거렸다. 어영부영하다 히미코에게 줄 기회를 놓쳐버렸다. 붉은 보석은 의후의 피에 젖어 반짝이고 있었다.

6

어머니는 왕과 함께였다. 아직은 이른 저녁인데 술상 옆으로 빈 술병이 가득했다. 의후는 왕과 어머니에게 형식적인 문안 인사만 하고 일어섰다.

"소자, 이만 물러가겠습니다."

"그러지 말고 게 앉아 전하의 술친구라도 해드리려무나. 난 원체 술을 못하니 전하 지루하실까 염려되는구나."

어머니는 눈치도 없이 의후를 붙잡았다. 의후는 한숨을 삼켰다. 왕은 앉으라는 말도, 나가라는 말도 하지 않는다. 결국 의후는 앉아서 왕의 빈 술잔을 채웠다. 왕은 한숨만 내쉬며 연거푸 술잔을 비웠다.

"전하, 아무리 심기 불편하시다 하나 이리 술을 드시다가는 옥체 상하실까 염려되옵니다."

어머니는 젓가락으로 왕에게 안주를 내밀며 왕을 달랬다.

"경명이 죽었는데, 술병 나는 게 문제겠소?"

경명이라면 왕의 어릴 적 놀이친구였다. 성격이 난폭한데도 왕은 옛정을 끊지 못하고 장군으로 임명했다.

"경명이라면 상구지 전쟁터에 나가 있는 것으로 아는데,

전사했습니까?"

왕은 술잔에서 눈을 떼고 의후를 바라보았다. 의후는 재빨리 고개를 숙였다. 술에 취했다고 생각하여 방심했다. 왕의 눈빛은 또렷하고 서늘했다.

"네가 전쟁에도 관심이 있었느냐?"

"그저 여기저기서 말들이 많으니 들은 것이지, 그다지 큰 관심을 두지는 않았습니다."

상구지는 북쪽에 있는 담로국이었다. 일 년 전 조공 보내기를 거부해 시작된 전쟁이었다. 모두들 우습게 여겼다. 농사나 짓던 백성들로 이루어진 군대 따위는 쉽게 무찌를 수 있을 거라 생각했다. 하지만 전쟁은 생각 외로 길어지고 있었다.

상구지 왕은 앞장서 군사들을 이끌었다. 목숨을 버려서라도 독립하겠다는 왕의 뜻에 상구지의 백성들은 한마음으로 독립을 돕고 있다고 했다. 하지만 구다라 수장으로 나선 경명은 전쟁이 길어지자 점점 더 심하게 부하들을 들볶았다. 군사들의 사기는 떨어질 대로 떨어졌다. 하루에도 몇 명씩 탈영병이 생겼다. 탈영병들은 무조건 죽인다는 군법은 오히려 사태를 악화시켰다. 숨어 살아야만 하는 탈영병들은 산적으로밖에 살 수 없었다.

"어찌 이런 일이……. 경명이 어찌 그리도 허무하게 갔는지. 암살이라니. 적군 첩자가 수장을 죽일 때까지 아랫것들은 무얼 하고 있었단 말인가!"

왕은 상을 손으로 내리쳤다. 어머니는 떨어지는 안주 접시를 재빨리 받았다. 암살이라……, 사실일까?

'그놈은 적군 칼에 죽는 게 아니라 제 부하 칼에 죽을 놈이지요.'

사로가 말했었다. 술에 취한 의후를 털려다 오히려 역습을 당한 사로는 의후 앞에 무릎을 꿇었다.

'관아에 끌려가느니 여기서 죽겠습니다. 탈영병이라 잡히면 무조건 죽음입니다.'

결국 의후는 사로를 죽이지 못했다.

"다음 수장은 누구로 정하셨습니까?"

"제 상관 하나 지키지 못하는 것들 중에서 수장을 뽑아야 하다니 참으로 한심하도다."

"다음 수장은 왕족 중에서 뽑으시는 것이 좋을 듯싶습니다."

"왕족? 어느 누가 편한 생활을 버리고 전장으로 나가겠다고 하겠느냐?"

"하지만 적군은 왕까지 나선 상황입니다. 군의 사기를 위해서라도 이쪽에서 누군가가 나서야 할 때입니다."

왕은 의후를 빤히 바라보다 술을 연거푸 마셨다. 어머니는 굳어버린 왕의 얼굴에 안절부절못했다. 술기운 때문이었다.

의후는 무심결에 속내를 내뱉은 것을 후회하며 일어섰다.

"소자, 이만 물러가겠습니다."

"아니, 잠시 나와 이야기를 나누자꾸나. 다예는 잠시 자리를 비켜주겠느냐?"

어머니는 걱정스런 눈으로 의후를 바라보며 일어섰다. 어머니의 걱정이 의후의 몸속을 파고들었다. 지나쳤던 걸까? 의후가 자운세자보다 글을 빨리 익혔다는 이유로 왕은 의후의 스승을 파직했다. 최고의 학자들이 자운세자를 가르치는 동안 의후는 숨어서 책을 봐야만 했다.

"네가 수장으로 나서지 않겠느냐?"

무심한 말투였지만 의후는 경계를 늦추지 않았다.

"하지만 소자는 그런 능력이 없습니다."

"능력이라, 그런 것은 아무 상관없다. 네 말대로 상구지는 왕까지 전쟁에 나섰다. 우리 쪽에서도 누가 나서야겠지. 그래야 군사들의 사기가 올라갈 것이야."

그러니까 자운세자 대신 위험에 뛰어들라는 뜻입니까? 친아들이 아닐지도 모르니 죽어도 상관없다는 뜻입니까? 의후는 고개를 저었다. 왕은 씩 웃었다.

"만일 네가 전쟁을 승리로 이끈다면 네 어미와 동생의 지위도 달라질 것이다."

의후는 침을 꿀꺽 삼켰다.

"무슨 뜻입니까?"

"다예를 왕후(백제의 혼인제도는 왕을 중심으로 한 상류사회에서는 일부다처제, 민간에서는 일부일처제가 일반적인 풍속이었다)로 만들어줄 수도 있다. 그러면 아영은 공주가 되겠지."

가장 큰 약점. 의후는 눈을 감았다. 왕의 가장 뛰어난 능력 중 하나였다. 타인의 약점을 파고드는 것. 그렇게 왕은 역사상 가장 큰 나라를 만들고, 역사상 가장 강한 왕이 되었다. 걸려들지 않을 것이다. 저잣거리에서 패싸움을 하는 것과 전쟁은 달랐다. 자신의 피뿐만 아니라 다른 이의 피로 온몸이 젖어들어야 하는 것이 전쟁이었다.

"나 대신 가는 것이다. 그것만으로도 영광스러운 것 아니더냐?"

당신은 손에 피 묻히길 두려워하면서 자식이 피투성이가 되는 것은 아무렇지도 않으십니까? 의후는 고개를 저었다. 어차피 피를 묻혀야 한다면 가치 있는 무언가를 위해서여야만 했다. 이름뿐인 지위 따위를 위해서는 아니었다.

"소자, 그런 영광을 감당할 만한 재목이 되지 못합니다."

왕은 의후의 눈을 붙잡고 놓지 않았다. 흔들려서는 안 된다. 결국 왕이 먼저 눈을 돌렸다.

"네가 생각하는 것과는 다르다."

엉뚱한 말에 의후는 눈썹을 들어올렸다. 왕은 술잔을 단숨에 비우고 말을 이었다.

"나도 다예를 왕후로 만들어주고 싶었다. 하지만 그러기엔 다예의 출신이 너무 비천하지. 만약 네가 전쟁에서 승리하고 돌아온다면, 아무도 다예를 왕후로 봉하는 데 반대하지 못할 것이야."

변명이었다. 하지만 조곤조곤한 목소리는 진실처럼 들렸다.

"내가 다예를 얼마나 아끼는지 넌 모를 게다. 너도 한 여자를 연모해봤다면……."

왕은 순간 눈을 빛내며 씩 웃었다. 끊긴 말이 불안했다. 왕은 의후의 눈을 붙잡고 놓지 않았다. 이번엔 의후가 먼저 눈을 돌렸다.

"다예가 왕후가 되면……."

왕은 말을 쉬었다.

"그렇게 되면 너도 왕자가 되는 것이다. 아마 그러면 네가 원하는 어떤 여자도 가질 수 있을 것이야. 내가 그렇게 만들어주마."

히미코……, 의후의 머릿속에 떠오른 단 하나였다.

7

"내게 첩지를 내리신다는구나. 이젠 너도 아영이도 군과

옹주가 되는 것이야."

처음이었다. 어머니가 그렇게 환하게 웃는 모습은. 하지만
의후는 돌아서 피식 웃었다. 의후의 출정이 왕족의 출정이라
는 것을 분명히 하기 위한 묘책이었다. 후궁 첩지조차 받지
못한 사람의 배에서 난 아들, 왕의 아들이 아닐지도 모른다
는 소문이 도는 아들을 내보내면서 왕족이 출정한다는 말을
하기는 왕도 쑥스러웠을 터였다.

어머니와 아영은 새로운 지위에 신나 의후의 출정 따위는
관심 밖이었다. 하지만 히미코는 달랐다.

"어리석은 짓입니다."

출정하는 날 새벽, 못 견디고 찾아간 의후에게 히미코는
싸늘하게 내뱉었다. 하지만 수척한 얼굴에는 걱정이 가득했
다. 의후는 자신의 부족한 인내심을 원망했다. 끝까지 보지
않고 떠났어야 했다. 하지만 잠들지 못하고 뜰을 거니는 히
미코를 본 순간 모든 생각은 멈췄다. 차갑고 건조한 왕궁에
서도, 검고 깊은 어둠 속에서도 따뜻했다.

"전장으로 떠나는 장수에게 할 말은 아니구나."

"지금이라도 늦지 않았습니다. 수장으로 나설 사람은 많습
니다."

히미코는 의후의 팔을 잡았다.

"무슨 이유로 반대하는 거냐? 어머니와 아영이 첩지를 받

았다. 그것만으로도 충분하다."

"세자 대신 사지에 뛰어들라는 뜻입니다. 전쟁에 승리하고 돌아오면 커진 세력이 불안해 경계할 것이고, 전쟁에 지고 돌아오면 졌다는 이유로 문제 삼겠지요. 어떻게 되든 결말은 좋지 못합니다."

"그 정도도 생각하지 못할 만큼 내가 어리석어 보이느냐?"

"다 알고 계시면서 왜 나서시는 겁니까? 혹시 다른 조건이 있는 겁니까?"

풋, 의후의 웃음에 히미코가 돌아봤다.

"다른 조건이 더 있었습니까?"

의후는 망설였다. 기다려달라고 부탁하고 싶었다. 하지만 언제 끝날지 모르는 전쟁이었다. 그 막연한 기다림의 고통을 지우고 싶지 않았다.

"혼인을 시켜준다고 하시더구나."

"혼인이요?"

"그래, 내가 원하는 어떤 여자라도 가질 수 있게 만들어주겠다고 하시더구나."

"어리석으십니다. 겨우 여자 하나에 목숨을 걸다니."

히미코의 눈빛이 흔들렸다.

"그러게 말이다. 나도 내가 이리 어리석을 줄 몰랐다."

"더 큰 꿈을 꾸시는 줄 알았습니다."

"더 큰 꿈이라……. 너처럼?"

의후의 물음에 히미코는 아무 대답도 하지 않았다.

"넌 아직도 왕이 되기를 꿈꾸느냐?"

히미코는 의후를 빤히 바라보다 고개를 돌렸다.

"예. 버림받는 사람이 없는 아름다운 나라를 만들 겁니다. 그게 제가 꾸는 유일한 꿈이지요."

히미코의 말에 한숨이 어렸다. 왜는 히미코를 돌려보내달라는 청 따위는 하지 않았다. 다른 담로국들이 하루가 멀다 하고 자기네 왕자를 돌려보내달라고 청하는 것과는 대조적이었다. 왕은 농담처럼 말했다. 돌려보내겠다고 하면 오히려 거절할지도 모르겠군. 볼모가 아니라 식객이라니까. 의후를 바라보며 왕은 웃었다.

멀어져만 가는 꿈만큼 사람을 지치게 만드는 것도 없다. 의후는 히미코의 손을 잡았다.

'대신 날 꿈꿔주겠니?'

나오지 못한 말들이 혀끝에서 맴돌았다.

"모든 것을 걸지는 말아라. 한 가지 꿈만 꾸는 거 지겨울지도 모르니 다른 꿈도 꾸는 것이……."

입이 떨어지지 않았다. 결국 왜의 세자책봉 이야기는 꺼내지 못했다. 히미코의 꿈을 자신의 입으로 깰 수는 없었다.

"제 가슴은 그 한 가지 꿈만으로도 가득 차버려요. 지쳐도 포기 안 해요, 아니 못해요. 멀어 보여도, 힘들어도 꿈꿀 수 있다는 것만으로 행복하니까요. 가질 수 없는 것처럼 보이더라도 언젠가는 가질 수 있을지 모르잖아요."

히미코는 억지로 웃어 보였다. 그 억지웃음을 지우려 의후는 목걸이를 풀었다. 어리석은 짓이었다. 하지만 히미코가 웃는 모습을 보며 떠나고 싶었다. 의후는 목걸이의 반지를 히미코의 손에 쥐어주었다.

"네가 가지고 싶어했던 것 하나쯤 주고 싶었다."

히미코는 놀라서 반지와 의후를 번갈아 바라보았다. 히미코의 눈 안에 의후가 가득했다. 희미한 기대와 선명한 불안……. 돌아오지 못할 수도 있는 길, 의후는 눈을 질끈 감았다.

"다른 뜻은 없으니 염려 말아라. 아영의 친구가 되어줬으니 선물을 줘야 한다고 생각했다. 내가 없을 때도 아영에게 잘해주었으면 좋겠구나."

히미코의 눈에서 희미한 기대마저 사라졌다.

"누군가의 친구라면 친구가 되어주었다는 이유로 선물을 받지는 않습니다."

단호한 대답. 하지만 히미코의 눈은 반지를 바라보고 있었다. 그 눈빛에 가질 수 없는 것을 가지고 싶어하는, 탐내서는 안 될 것을 탐하고 싶어하는 그 익숙한 눈빛에 의후는 한숨을 내쉬었다.

"그럼 네가 가진 무언가와 바꾸면 되지 않겠느냐?"

히미코는 의후를 빤히 바라보다 허리춤에서 무언가를 꺼내 건넸다. 작은 주머니 안에는 손거울이 들어 있었다. 의후는 웃음을 참았다.

"거울이라. 남자한테는 그리 쓸모 있는 물건이 아닌 것 같은데……."

"원래 그냥 주려고 했었는데……."

히미코는 말끝을 흐렸다. 의후는 기대하지 않으려 애썼다. 헛된 기대는 실망만 클 뿐이었다. 하지만 끝내 질문이 입 밖으로 나왔다.

"왜?"

"이 거울은 제게 가장 소중한 것이니까요. 게다가 거울은 아마테라스 오미카미의 상징이니까요."

"아마테라스 오미카미?"

"예. 이 나라 말로 하면 태양신이죠. 그러니까 깨뜨리면 안 됩니다."

태양신의 상징이라. 왜인들은 별것 아닌 것에도 갖다 붙이기를 좋아하는 모양이었다.

"아주 소중하게 다루겠다고 약속해주시겠습니까?"

"알았다. 잔소리가 많구나."

"이 거울이 지켜줄 겁니다. 그러니까 몸에서 떼놓지 마십시오."

"아예 몸에다 꿰매라고 하지?"

의후의 말에 히미코는 쑥스러운 듯 고개를 숙이고 반지만 만지작거렸다. 의후는 주먹을 쥐었다. 안 된다, 안 된다, 자신에게 되뇌었지만 손은 이미 히미코의 손을 향해 갔다. 히미코의 손가락에 반지를 끼워 주는 순간 모든 것을 잊어버렸다. 불안과 초조, 그리고 이루지 못할 꿈의 고통……, 그 모든 것을 잊고 행복했다.

"네게 좀 크구나."

의후는 손가락에서 빙빙 도는 반지를 만지작거렸다. 서로 멀리하던 그날부터 히미코는 수척해져갔다. 의후가 그랬던 것처럼……. 히미코는 빼앗기기라도 할까 겁나는 듯 손을 감싸며 감췄다.

"딱 맞아요."

의후는 웃으며 히미코의 손을 감싸쥐었다.

"내가 돌아올 때는 정말 딱 맞았으면 좋겠구나. 이렇게 말라서야, 바람에도 날아가겠어."

바람이 불 때마다 불안할 거야. 네가 날아가버리면 어쩌지? 아니면 내가 날아가버리면 어쩌지? 그래서 널 다시 못 본다면?

"꼭 돌아오실 거죠?"

히미코는 불안한 듯 물었다. 의후도 묻고 싶었다. 날 기다린다고 약속해줄래? 대답을 듣는다면 떠나는 발걸음이 가벼울 텐데.

"꼭 살아 돌아오셔야 합니다."

의후는 씩 웃었다. 지키지 못할 약속은 해서는 안 된다.

"대답하세요. 아니 약속하세요."

히미코는 새끼손가락을 내밀었다. 의후는 가녀린 손가락을 바라보았다. 안 된다, 안 된다. 그에게는 안 되는 일들만 가득했다. 단 한 번만, 이번 한 번만……. 의후는 히미코의 어깨를 잡아당기며 천천히 고개를 숙였다. 히미코는 천천히 눈을 감았다. 입 맞추는 그들 뒤로 태양이 떠오르고 있었다.

제 5 장

핏빛 눈

그게 이유일 거라 생각했다.

왕위를 빼앗긴 상처 때문에 돌아가기 싫다고 하는 줄 알았다.

애원하는 히미코를 두고 온 게 미안해 돌아갔다.

비겁하게 숨어서 엿듣고만 있었던 자신과 달리

용감하게도 자윤세자의 청혼을 거절하는 히미코에게 감사했다.

하지만 의후가 죽었다는 소식을 들은 히미코는 정신을 놓아버렸다.

그리고 와타나베는 심장을 잃어버렸다.

1

"또 공주 이야기입니까?"

와타나베는 대비의 짜증에도 물러서지 않았다. 하루 이틀 겪는 일도 아니었다. 히미코의 이야기를 꺼낼 때마다 대비의 짜증은 늘어갔다.

"하지만 한 나라의 공주가 다른 나라에 볼모로 잡혀가 있다는 게 말이 됩니까? 아무리 담로국이라 하나 왕실의 위엄이 서지 않습니다."

하루가 멀다 하고 히미코에게 편지를 띄웠다. 하지만 답장은 단 한 번도 오지 않았다. 아마도 중간에서 누가 장난을 치고 있는 것이리라. 대비든, 아버지든. 이젠 더 이상 참을 수 없었다.

"저도 공주가 보고 싶습니다."

드디어 왕이 거들고 나섰다. 어제 왕에게 한 말이 효과가 있는 모양이었다. 왕은 병이 중하다며 정사엔 일절 관여하지 않으면서도 매일 여자들과 놀아났다. 병을 치유하기 위한 환정법(還情法)[16]이라 했지만 이해할 수 없었다. 어떻게 어린 딸을 낯설고 먼 나라에 보내놓고 딸보다 어린 여자들과 놀아나는지……. 와타나베는 노여움 살 각오를 하고 왕의 약점을 파고들었다. 매일 아프다는 말을 입에 달고 사는 왕이었지만, 왕은 '나약한' 왕이라는 소리를 가장 듣기 싫어했다.

"사람들이 뒤에서 수군거린다 합니다. 하나뿐인 딸마저 구다라에 빼앗기고 드러누운 나약한 왕이라고요."

와타나베가 한 말을 앵무새처럼 반복하는 왕은 정말 나약해 보였다.

"누가 감히 그런 소리를 전했습니까?"

"그건 아실 필요 없습니다. 모든 것이 어마마마 원하시는 대로 다 되지 않았습니까? 이제 세자의 지위를 위협할 사람은 아무도 없습니다. 그러니 공주를 데려오게 해주십시오."

대비는 끙, 하는 신음 소리를 내며 돌아앉았다.

"대비마마……."

"어마마마……."

대비는 돌아앉은 채 말이 없었다.

"공주도 이제 혼인할 나이입니다. 언제까지 구다라에 두시

렵니까? 그러다 구다라에서 혼인까지 하는 것은 아닌지 걱정입니다."

왕의 말에 와타나베는 가슴이 철렁 내려앉았다. 충분히 가능한 얘기였다. 구다라는 중앙집권화를 위해 총력을 기울이고 있었다. 담로국 왕족과의 결혼은 중앙집권화의 가장 쉬운 방법 중 하나였다.

"대비마마, 이번에 조공을 보낼 때는 반드시 공주를 데려와야 합니다. 통촉해주시옵소서."

"알겠습니다. 그런 뜻을 전해보지요."

하지만 와타나베는 물러서지 않았다.

"제가 직접 가겠습니다."

"세자!"

대비가 놀라 돌아앉았다.

"그렇게 하겠습니다."

누구도 믿을 수 없었다. 누구도 말릴 수 없었다. 대비는 끙, 하는 신음 소리와 함께 돌아앉아버렸다.

2

의후가 사냥해 온 노루를 던져주자 군사들은 환호성을 질렀다. 얼마 뒤 사로가 구운 노루고기를 한 접시 들고 들어왔다.

"나한테까지 돌아올 게 있었느냐?"

사로는 뭐라 투덜거렸다.

"내가 들을 수 있게 말해. 그렇게 구시렁거리는 걸 내가 얼마나 싫어하는지 몰라?"

"군사들을 위하는 것도 정도껏 하십시오. 그러다가는 기강이 흐트러질 수도 있습니다."

의후는 씩 웃었다.

"어쨌든 탈영병은 없지 않느냐?"

사로는 말없이 접시를 의후 앞으로 밀어주었다. 사로의 말에도 일리는 있었다. 하지만 군사들 위에 군림하기보다는 그들의 전우가 되고 싶었다. 백성을 다스리는 왕이 되기보다는 백성을 위해 봉사하는 왕이 되고 싶었던 것처럼……. 잊어야할 꿈 생각에 의후는 한숨을 내쉬었다.

첫 꿈이었고, 첫 좌절이었고, 첫 기억이었다. 잊을 수 없는 게 당연했다. 다섯 살, 어머니는 커서 뭐가 되고 싶으냐고 물었다. 순진하게도 진실을 말했다. 왕이 되고 싶습니다. 굳어지는 어머니의 표정도, 옆에 있던 궁녀의 눈이 빛나는 것도 보지 못했다. 그저 신나서 자신의 꿈에 대해 떠들었다.

다음 날 연경왕후는 의후 대신 어머니를 벌했다. 의후는 두들겨 맞는 어머니를 보면서도 무얼 잘못했는지 몰랐다. 그래도 잘못했다고 빌었다. 어머니가 기절하고 나서야 연경왕후는 물었다. 아직도 왕이 되고 싶으냐? 그제야 깨달았다. 의후는 고개를 저었다.

어머니는 내관의 등에 업혀서야 처소로 돌아왔다. 부러진 다리에 부목을 대고 두 달이나 누워 있어야 했다. 하지만 어머니는 의후의 손을 토닥였다. 어떤 꿈이든 상관없습니다. 꿈을 꾸세요. 이 어미는 천하게 태어나 한 번도 꿈이라는 걸 갖지 못했습니다. 그러니 이 어미 몫까지 꿈꾸세요. 하지만 의후는 비만 오면 절뚝이는 어머니를 볼 때마다 꿈을 버리려 노력했다.

"입맛이 없으십니까?"

사로의 말에 의후는 고개를 들었다. 노루고기를 바라보며 사로는 군침을 삼키고 있었다.

"그래. 너나 먹도록 해라."

"하지만……."

사로는 망설였다.

"아니면 버리든지."

그 말에 사로는 덥석 고기를 집어들어 씹지도 않고 삼켰다. 군량미는 바닥을 드러내고 있었다. 군사들 대부분은 전쟁보다 굶주림에 지쳐 있었다. 지원 요청에도 왕은 묵묵부답이었다.

하지만 이제 곧 전쟁도 끝이었다. 상구지의 군사들은 골짜기로 내몰려 있었다. 한겨울, 포위당한 상황에서 빠져나갈 길은 없었다. 그저 항복을 기다리는 일만 남아 있었다. 비록 헐벗고 굶주려도 군사들의 사기는 하늘을 찔렀다. 며칠 남지 않았다. 승전나팔을 울리며 환궁할 날이.

얼마 후면 히미코를 볼 수 있다는 생각에 의후의 입가에 저절로 미소가 어렸다. 첫 기억이라도 쓰라리기만 하진 않다는 걸 알려준 사람이었다. 첫 입맞춤을 생각하며 의후는 자신의 입술을 쓸었다. 기다리겠습니다. 말하지 않았지만 들었다. 히미코 때문에 견딜 수 있었고, 히미코 때문에 견디기 힘들었다. 전쟁만 끝나면 볼 수 있었다. 왕도 분명 혼인을 허락하리라. 하지만 왜 이리 불안한 걸까? 왜 이리 초조한 걸까? 의후는 알 수 없었다.

3

"왜에서 사신이 왔답니다."

궁녀가 허겁지겁 들어와 고했다.

"그래?"

히미코는 책에서 눈을 떼지 않았다. 벌써 조공을 바칠 때가 되었나? 이젠 무얼 기대하지도, 무엇이 궁금하지도 않았다. 차라리 상구지의 소식이 궁금했다. 의후는 무사할까, 다치지는 않았을까, 아프지는 않을까, 하루하루가 걱정이었다. 너무 그리워 전쟁터로 달려가고 싶었다. 그래서 생각해낸 방법이 의술이었다.

다친 사람들을 돌볼 수 있을 정도의 의술이 있다면 구다라의 왕도 말리지 못할 터였다. 실력 있는 의관들은 위험한 전쟁터에 가는 걸 꺼렸다. 군의관이라고 하지만 진맥조차 하지 못하는 경우가 많았다. 왕에게 전쟁터에 보내달라 청할 날도 멀지 않았다. 이젠 궁 안의 의학서적들을 거의 다 읽어가고 있었다. 멀지 않았다. 의후를 볼 날이. 히미코는 다시 책 내용에 집중하려 눈을 부릅떴다.

"공주마마를 돌려보내달라고 청하러 왔답니다. 지금 대전에 들어 있습니다."

"뭐?"

내가 들은 게 맞는 걸까?

"아마 전하께서 허락하실 모양입니다. 드디어 고향으로 돌아가실 수 있는 겁니다."

궁녀의 달뜬 목소리가 귓가에서 윙윙거렸다. 히미코는 굳어버렸다. 자신이 태어나고 자란 나라, 피를 나눈 부모와 가족이 있는 나라, 그리워해야만 하는 나라. 하지만 히미코는 전혀 그립지 않았다.

히미코는 급히 대전으로 향했다. 그 짧은 시간에도 수많은 생각이 머릿속을 헤집었다. 왜 이제야 돌아오라고 하는 걸까? 돌아가면 다시는 의후를 볼 수 없을지도 모르는데…….
설마 왕세녀로 책봉한다는 건 아닐까? 부왕은 항상 병에 시달리고 있으니 충분히 가능성이 있었다. 왕위를 물려받기 위해서는 돌아가야 하는 걸까? 의후와 헤어져도? 온갖 생각에 빠져 반대편에서 오고 있던 자운세자와 부딪힐 뻔했다.

고개를 숙여 예를 표하는 히미코를 보는 자운세자의 눈이 반짝였다.

"소식을 듣고 오는 거겠지?"

히미코는 고개를 끄덕였다.

"왜의 세자가 직접 왔더구나."

세자? 히미코는 놀라서 굳어버렸다. 세자라니?

"세자라니요?"

자신도 모르게 입 밖으로 새어나온 질문에 자운세자가 황당하다는 듯 웃었다.

"몰랐더냐? 이미 오래전 일인데. 그래, 네가 왔을 때구나. 같이 온 사신들이 와타나베를 세자로 책봉해달라고 청했었는데. 물론 허락을 받아 돌아갔고."

낯선 이야기였다. 와타나베는 히미코가 떠날 때 많이도 울었다. 구다라에 홀로 남겨졌을 때 매일 신께 기도했었다. 내 나라로 돌아가게 해주세요. 왕위를 물려받지 않아도 좋다는 생각까지 했었다. 그저 와타나베가 그리워서, 어머니가 그리워서, 너무 외로워서……. 그 기도가 의후 때문에 시들해졌을 때는 죄책감마저 들었다. 기도할 때가 차라리 행복했다. 기도란 신이 들어주지 않을 때만 하는 거니까.

와타나베는 히미코의 서신에 한 번도 답하지 않았다. 누군가 중간에서 농간을 부리는 거라 생각했다. 하지만 그게 아니라면? 모든 게 그저 히미코가 왕위에 오르는 것을 막기 위해 부린 간교였다면? 히미코는 고개를 저었다.

하지만 기억들은 예전과 달라져 있었다. 왕족들과 친해져야 한다며 와타나베가 끌고 간 왕실 행사에서 히미코는 항상 골탕을 먹었다. 음식에 지렁이가 들어 있지 않나, 연못가를 거니는데 누가 등을 밀어 빠뜨리질 않나……. 그때마다 히미코는 미안해하는 와타나베가 더 미안해할까봐 괜찮다고 했다.

히미코가 마력을 써 와타나베를 홀렸다는 소문이 퍼질수록 왕족들은 그녀를 두려워하고 멀리했다. 히미코에게 공주라는 호칭을 붙여주기 위해 누구보다 애썼던 와타나베였지만 그건 구다라의 볼모로 어울리게 만들기 위해서였다. 한번 생긴 의심은 꼬리에 꼬리를 물고 늘어져 히미코의 목을 죄어왔다.

"정말 몰랐던 것 같구나. 의후가 알려주지 않았더냐? 왜의 일이라면 나보다 더 정통한 놈일 텐데, 왜 알려주지 않았을까?"

의후의 말이 울렸다.

'모든 것을 걸지는 말아라. 한 가지 꿈만 꾸는 거 지겨울지도 모르니……'

바보처럼 알아채지 못했다. 의후는 히미코의 꿈 이야기를 들을 때마다 아련한 표정으로 히미코를 바라봤다. 그저 같은 꿈을 꾸는 사람이어서, 그 꿈으로의 길이 얼마나 힘겨운지 잘 아는 사람이어서 그런 눈으로 바라본다고 생각했다. 그래도 히미코는 의후보다는 꿈에 조금 더 가까이 있으니까, 그래도 공주로 인정받았으니까 의후의 그 표정을 견뎌낼 수 있었다. 끝까지 혹시나 기대했었다. 의후와 헤어져야 한다는 생각에……, 미리 걱정까지 했었다. 바보처럼……. 히미코의 풀죽은 표정이 재미있다는 듯 자운세자는 입을 비죽거렸다.

"넌 기생의 딸이라지? 정말 네가 왕위를 이을 수 있을 거라 생각했더냐?"

자운세자의 놀림에도 히미코는 충격으로 움직이지 못했다. 히미코가 놀란 이유는 단 한 가지였다. 생각보다 아프지 않았다. 이제 의후와 헤어질 걱정은 필요 없었다. 의후가 곁에 있으니 아프지 않았다. 의후를 꿈꿀 수 있으니 아프지 않았다.

히미코가 놀란 가슴을 진정시키고 있는 사이 자운세자가 안됐다는 듯 혀를 차며 대전으로 들어갔다. 히미코는 약지에 낀 반지를 바라보았다. 이제 반지는 꼭 맞았다. 말하지 않아도 들렸다. 내가 목숨을 걸 정도로 원하는 여자는 바로 너야. 그 따뜻한 입맞춤만으로 충분했다.

얼마 후 와타나베가 대전에서 나왔다. 긴 시간 와타나베는 많이도 변했다. 하지만 그 눈빛만은 그대로였다. 연민과 동정이 가득한 눈은 언제나 그랬듯 히미코를 향하고 있었다. 과연 진실한 감정이긴 한 건지……. 한번 꼬인 의심의 매듭은 쉽게 풀리지 않았다. 그렇게 싫어했던 연민과 동정이었건만……, 이상하게도 아쉬웠다.

와타나베는 히미코를 보자마자 달려왔다.

"이게 얼마 만인지……."

와타나베는 차마 말을 잇지 못하고 히미코를 이리저리 뜯어보았다.

"정말 네가 내 앞에 서 있는 게 맞는 거지? 히미코가 맞는 거지? 이게 꿈은 아닌 거지?"

믿을 수 없다는 듯 와타나베는 혼자 중얼거렸다. 긴 여행에 지쳤는지 푸석한 얼굴이 눈물로 젖어갔다. 지나치리만큼 풍부한 감정표현은 가식적인 사람들의 특징이었다. 와타나베는 히미코의 손을 잡았다.

"왜 아무 말도 하는 않는 거냐? 너무 오래 내버려뒀다고 섭섭해서 그러는 게냐? 설마 날 잊지는 않았겠지?"

끊임없는 질문. 대답 대신 히미코는 와타나베에게 잡힌 손을 빼냈다. 와타나베는 물끄러미 내쳐진 자신의 손을 바라보다 고개를 들었다.

"그래. 섭섭하기도 하겠지. 하지만 나도 최선을 다했다. 아니, 이제 와 그런 이야기가 무슨 소용 있겠느냐? 이젠 걱정할 필요 없다. 전하께서 허락하셨으니 돌아가는 일만 남았다. 돌아가면 네가 섭섭했던 맘 다 잊을 수 있도록 해주마."

주저리주저리 변명하던 와타나베는 지쳐 갔다.

"왜 아무런 말이 없는 게냐? 아무 말이라도 해 보거라. 내가 그동안 어찌 지내는지 궁금하지 않으냐? 난 네 안부가 궁금해 매일 밤잠을 설쳤는데."

흐르는 눈물은 얼굴을 적시고, 목을 적시고, 옷을 적시고 있었다. 그 눈물 속에서도 와타나베는 억지웃음을 짓고 있었다. 하지만 히미코는 거짓 안부 인사조차 할 수 없었다.

"가고 싶지 않습니다."

생각보다 말이 불쑥 나왔다.

"뭐?"

와타나베의 얼굴에서 억지웃음마저 사라졌다.

"가고 싶지 않아요. 여기 남아 있고 싶습니다."

"어리석은 소리 하지 마."

"세자저하!"

와타나베는 눈을 피했다.

"세자저하!"

와타나베는 죄지은 사람처럼 고개를 들지 못했다.

"돌아가고 싶지 않습니다. 제가 돌아가지 않아도 세자저하께서 계시니 아무 문제 될 게 없지 않습니까? 오히려 제가 돌아가지 않는 것이 나을 겁니다. 그러니 남게 해주십시오."

"어리석은 소리!"

와타나베가 돌아섰다.

"저하!"

히미코는 와타나베의 뒷모습을 향해 애원했다. 하지만 와타나베는 꿋꿋이 걸어갔다.

"제발, 저하! 저하!"

히미코는 힘없이 주저앉았다. 아무리 불러도 와타나베는 돌아오지 않았다. 진실이었던 걸까? 정말 날 데려가고 싶은 걸까? 그러면 이젠 어떻게 해야 하는 걸까? 궁녀들이 힐끔거리는데도 일어날 수가 없었다. 일어나면 무언가를 해야 할 텐데, 무얼 할지 알 수 없었다.

"사람을 잘못 골랐구나."

비웃음 가득한 목소리가 등 뒤에서 울렸다. 자운세자가 어느새 대전에서 나온 모양이었다. 히미코는 힘없는 다리를 일으켜세웠다. 구다라 세자 따위 앞에서 주저앉은 모습을 보이고 싶지 않았다.

"무슨 뜻입니까?"

"와타나베가 아니라 내게 빌어야지. 여기 남을 수 있는 방법은 한 가지밖에 없어."

"그게 무엇입니까?"

급한 질문에 자운세자의 입꼬리가 올라갔다.

"그게 무엇입니까?"

아무리 생각해도 알 수 없었다. 자운세자는 한참 뜸을 들였다.

"알려주지 않으실 거라면 가겠습니다."

히미코는 돌아섰다. 그래야 자운세자의 대답을 들을 수 있었다. 히미코는 겨우 발걸음을 뗐다. 한 걸음, 두 걸음, 세 걸음, 자운세자가 부를 때가 됐는데…… 다시 돌아가서 물어봐야 하는 걸까? 애원해서라도? 히미코가 다시 돌아서기 직전 자운세자의 목소리가 들렸다.

"나와 혼인하면 되겠지."

히미코는 멈췄다. 가끔 스치던 자운세자의 눈길조차 견딜 수 없이 두려웠다. 혹시라도 의후가 그걸 알고 전쟁에 뛰어든 것은 아닐까 가슴 아팠다. 히미코는 뒤도 돌아보지 않고 다시 걸었다. 자운세자가 달려와 히미코의 팔을 낚아챘다.

"못 들었느냐? 나와 혼인하면 여기에 남을 수 있다고 했다."

"들었습니다."

"그래서?"

히미코는 대답하지 않았다. 누군가를 거절하는 방법을 알수 없었다. 그렇게 싫어했던 자운세자한테라도 거절의 답은, 상처가 될 수 있는 말은 할 수 없었다.

"거절이더냐?"

자운세자의 손에 힘이 가해졌다. 팔이 떨어져나갈 것 같았다. 세자는 히미코를 흔들었다.

"대답해라."

"망극합니다."

히미코의 대답에 자운세자의 손이 툭 떨어졌다. 세자는 부들부들 떨리는 손을 쥐어뜯고 있었다.

"단순한 혼인이 아니니라. 후궁이 아니야. 세자빈으로 만들어줄 수도 있다. 구다라의 왕후가 되는 것이야."

이미 세 명의 세자빈이 있었고, 후궁은 며칠에 한 번꼴로 생겨났다. 세자빈이라고 해서 딱히 영광스러울 것도 없었다.

"망극합니다."

히미코의 대답에 자운세자의 눈이 어두워졌다. 거짓 기대를 주는 잔인한 일은 피하고 싶었다. 하지만 자운세자는 이를 갈았다.

"어리석은 것. 구다라의 왕후가 어떤 것인지 아느냐? 다시 생각해보아라."

히미코는 단번에 자운세자의 말을 잘랐다.

"저하 말씀대로 어리석은 것이라 그러기는 어렵겠습니다."

자운세자의 입꼬리가 말려 올라갔다.

"내가 생각하는 그 이유 때문이냐?"

의후. 히미코는 흔들리는 눈을 내리깔았다.

"어떤 이유를 생각하시는지 모르겠으나 어쨌든 제 대답에는 변함이 없습니다."

자운세자의 눈이 히미코에게서 떠나지 않았다. 혹시나 마음을 알아볼까 히미코는 땅만 바라보며 걸었다. 자운세자의 발걸음소리가 뒤따랐다. 히미코는 걸음을 빨리했다. 자운세자의 걸음도 빨라졌다.

"그 이유가 사라졌다면?"

자운세자의 목소리에 히미코는 멈춰 섰다.

"무슨 뜻입니까?"

"말 그대로다. 그 이유가, 의후가 죽었다는구나."

히미코는 숨을 멈췄다. 그럴 리가 없었다. 천천히 고개를 저었지만 머릿속은 텅 비어버렸다.

"거짓입니다."

"그걸 어떻게 알지?"

숨을 쉬기가 힘들었다. 히미코는 가슴 위에 손을 가져갔다. 핏빛 광채가 히미코의 눈을 채웠다. 심장은 반지가 다가오자 더욱 거세게 뛰었다. 거짓이었다. 히미코는 심장을 달래려 애썼다. 하지만 자운세자는 히미코의 심장을 멎게 만들고 싶은 모양이었다.

"죽은 지 열흘쯤 되었나? 아직 아는 사람은 몇 명 안 되느니라. 워낙 크게 패배를 해서 혹시나 다른 담로국들이 일어설까 쉬쉬하고 있지. 하지만 분명 죽었느니라. 새로운 수장이 결정되면 정식으로 발표를 하고 장례를 치를 생각이다. 시신이 오는 중이거든."

자운세자의 목소리는 밝고 쾌활했다.

"장례는 보고 가야겠지? 내가 아바마마께 청해줄까?"

자운세자의 웃음소리가 소름끼쳐 히미코는 귀를 막고 돌아서 걸었다. 앞이 제대로 보이지 않았다. 자운세자의 웃음소리가 따라오는 것 같아 미친 듯이 뛰었는데도 자운세자의 웃음소리가 온몸에 배어 사라지지 않았다. 거짓말이야, 거짓말이야⋯⋯. 주문처럼 그 말만 되풀이하며 히미코는 걸었다.

어느새 까만 어둠 속이었다. 언제부터인지 주저앉아 있었다. 믿지 않는다, 믿을 수 없었다. 자운세자의 농간이었다. 히미코는 이를 악물고 일어나 다시 걸었다. 아무것도 보이지 않았다. 그래도 걸었다. 다리가 휘청거렸다. 그래도 걸었다.

　그녀는 미친 듯이 걸음을 빨리했다. 달리면 잊을 수 있을지도 모른다. 아니, 이렇게 끝없이 달리면 도망칠 수 있을지도 모른다. 하지만 더 이상 달릴 수가 없었다. 아무리 달려가도 그곳엔 의후가 없었다……. 갑자기 다리가 풀렸다.

4

　와타나베는 망설였다. 히미코는 짐 싸는 것조차 잊어버리고 멍하니 앉아 있었다. 와타나베가 꿈꾸던 여인의 모습 그대로인 히미코는 그의 꿈을 부수어버렸다. 상상조차 한 적이 없었다. 히미코가 다른 누군가를 사랑하는 모습은.

　히미코가 '세자저하'라고 부르는 순간 당황해서 다른 생각은 할 수 없었다.

　그 말이 듣기 싫었다. 항상 꿈꾸던 말이었다. 언젠가는 '세자'라는 말을 들으리라 꿈꿨다. 하지만 히미코가 그를 '세자저하'라고 부르던 순간, 처음으로 그 말이 싫었다. 너무나 자랑스럽게, 그리고 당연하게 받아들인 호칭이었다. 하지만 그 순간은 어디로 숨어버리고 싶었다. 마치 자신의 것이 아닌 무언가를 빼앗은 것 같아서.

　그게 이유일 거라 생각했다. 왕위를 빼앗긴 상처 때문에 돌아가기 싫다고 하는 줄 알았다. 애원하는 히미코를 두고 온 게 미안해 돌아갔다. 비겁하게 숨어서 엿듣고만 있었던 자신과 달리 용감하게도 자운세자의 청혼을 거절하는 히미코에게 감사했다. 하지만 의후가 죽었다는 소식을 들은 히미코는 정신을 놓아버렸다. 그리고 와타나베는 심장을 잃어버렸다.

거짓말이야. 거짓말이야……. 히미코는 중얼거리며 자운세자에게서 돌아섰다. 와타나베는 보이지도 않는 듯 지나쳐 갔다. 하지만 와타나베는 그런 히미코에게서조차 눈을 뗄 수 없었다. 미친 사람처럼 뛰어가는 히미코가 걱정스러워 쫓아가려는 와타나베를 붙잡은 건 자운세자였다.

"어리석기도 하지, 여자란 것들은."

자운세자의 말에 와타나베는 돌아섰다.

"무슨 뜻입니까?"

"잘난 척은 있는 대로 하면서 내 말을 곧이곧대로 믿는 게 우습군."

"그럼 하신 말씀이 거짓이란 말입니까?"

"맞아. 잘난 형님은 죽기는커녕 승승장구하고 있거든."

"그런데 왜……?"

자운세자가 입술을 비틀며 웃었다.

"이유는 네가 더 잘 알 텐데."

와타나베는 침을 꿀꺽 삼켰다.

"놀랐느냐? 여색만 밝힌다는 소문에 내가 바보인 줄 알았더냐? 바보가 구다라의 세자 자리를 지킬 수 있으리라 생각했더냐? 하긴 다른 일보다 여자에 관련된 일에 더 민감한 건 사실이지."

자운세자는 와타나베가 차마 묻지 못한 질문에 대답했다.

"너도 내 입장이었다면 똑같은 거짓말을 했을 게다. 그러니 내 앞에서 이유 따위는 묻지 마라. 내가 왜 방금 한 거짓말을 네 앞에서 뒤집었겠느냐? 너만큼 날 잘 이해해줄 사람이 없으니 그랬겠지. 네가 공주에게 진실을 알려줄 리 없다는 걸 확신하니 그랬겠지."

"그, 그걸 어떻게 확신하십니까?"

"네 눈. 히미코를 바라보는 네 눈에 그렇게 쓰여 있더군. 고맙다는 말은 됐느니라. 의후와 떼어놓았다고 해서 네가 히미코와 혼인할 수는 없을 테니."

와타나베는 놀라서 고개를 들었다.

"왜? 놀랐느냐? 내가 가질 수 없다면 다른 어느 누구도 가질 수 없는 법이지. 저 아이는 평생 처녀로 살아야 할 것이야. 절대 왜의 공주의 혼인은 허락하지 않을 게다."

자운세자는 이를 갈며 자리를 떴다. 자운세자의 뒤처리는 말끔했다. 다음 날 다예부인은 히미코에게 의후의 죽음을 확인해주었다.

"아영은 아직 모릅니다. 차마 오라비가 죽었다고 말해줄 수 없었습니다."

다예부인은 눈물까지 흘렸다. 히미코의 멍한 눈은 눈물조차 흘리지 못했다. 히미코가 의후의 죽음을 믿게 만들지 못하면 의후의 목숨을 빼앗겠다는 자운세자의 협박 때문이었다. 다예부인은 와타나베를 붙잡고 울었다.

"공주마마와 있을 때는 웃던 의후였습니다. 이제는 다시 웃지 않겠지요? 그래도 좋습니다. 한숨짓고 눈물짓는 아이라도 내겐 살아 있는 게 중요하니까요."

자운세자는 밤늦게 들러 멍한 눈의 히미코를 확인하고 돌아갔다. 그 잔인함에 치가 떨렸다. 하지만 자운세자는 와타나베를 바라보며 씩 웃었다.

'너 역시 마찬가지야. 히미코에게 진실을 말해주지 않는 한……'

자운세자의 눈이 그렇게 말하고 있었다. 말할 수 없었다. 단 한마디면 히미코가 멍한 눈을 반짝일 텐데도 말할 수 없었다. 며칠째 밥 한술 못 뜨는데도 말할 수 없었다. 내일이 출발이었다. 일단 구다라에서 떠나면 잊을 것이다. 그가 잊게 만들 터였다.

언제부터였는지 알 수 없었다. 경계어린 눈으로 자신을 바라보던 히미코를 처음 본 순간부터였는지도 모른다. 왕궁의 미움을 독차지하면서도 어깨를 꼿꼿이 펴고 걷던 히미코가 안쓰러워 다가간 그 순간부터였는지도 모른다. 기억할 수 없었다. 언제부터 히미코를 사랑했는지 기억할 수 없었다.

"마지막 인사를 하려고 들렀습니다."

어느새 아영이 뜰 안으로 들어서고 있었다. 아영을 본 히미코의 눈이 갑자기 반짝였다. 히미코는 아영을 끌고 방으로 들어갔다. 며칠만에 히미코는 살아 있는 것 같았다. 와타나베가 사랑했던 그 모습으로 돌아온 듯했다.

헤어지기 싫어요, 가지 말아요, 방 밖으로 새어나오는 아영의 칭얼거림은 한참 계속되었다. 아영은 퉁퉁 부은 눈으로 히미코의 방에서 나왔다. 아직도 눈에는 눈물이 글썽했다. 와타나베는 아영의 뒤를 조용히 따라갔다. 아영은 한참 후에야 눈치채고 와타나베를 돌아봤다.

"왜 절 따라오시는 겁니까?"

와타나베는 히미코의 처소를 돌아보았다. 아무도 없었다.

"주십시오."

와타나베는 손을 내밀었다. 아영은 흠칫 놀라며 물러섰다.

"무슨 말씀입니까?"

"공주가 맡긴 서신을 찾으러 왔습니다."

"전 무슨 말씀인지 도통 모르겠습니다."

아영은 고개를 내저으며 뒷걸음질쳤다.

"공주가 오라버니께 전해달라며 서신을 맡겼을 텐데요."

"하지만……."

아영은 히미코의 처소 쪽을 보며 망설였다. 역시! 히미코
는 아직도 의후의 죽음을 완전히 믿지 않는 모양이었다. 어
쩌면 믿고 싶지 않아서일 수도 있고. 계략이 난무하는 궁에
서 생활하면 누군가를 믿기 어려워졌다.

"공주가 찾아오라 부탁했습니다."

와타나베는 부드럽게 달랬다. 하지만 아영은 만만하지 않
았다.

"그렇다면 제가 가져다주겠습니다."

"절 못 믿겠다는 겁니까?"

"하지만 공주마마께서 아무에게도 주면 안 된다고 하셨습
니다."

힘으로 빼앗을 수도 있었다. 하지만 아영은 곧바로 히미코
에게 그 사실을 전할 터였다.

"그 서신을 오라버니께 전한다면 공주는 영영 구다라에 돌
아오지 못합니다."

"예?"

아영의 눈이 커졌다.

"그래도 좋습니까? 다시는 공주를 보고 싶지 않으십니까?"

아영은 입술을 깨물며 망설였다.

"이 서신을 돌려주면 정말 공주마마가 다시 돌아올 수 있는 겁니까?"

"서신에 관해서는 누구에게라도 절대 말하지 마십시오. 그러면 다시 볼 날이 올 것입니다."

와타나베의 말에 아영은 소매에 숨겨두었던 서신을 꺼내주었다. 와타나베는 아영의 모습이 사라지자마자 서신을 불태워버렸다. 읽어보고 싶지도 않았다.

5

왕은 의후의 잔에 술을 부었다. 술은 썼다. 옆에 앉은 궁녀가 안주를 집어 내밀었지만 의후는 고개를 저었다.

"다른 것을 드릴까요, 마마?"

궁녀의 말에 의후는 술상을 둘러보았다. 둘러본다는 말이 딱 맞았다. 한 척도 넘는 상 위에는 안주가 가득했다. 하지만 승리하고 돌아온 의후의 군사들은 고구마죽도 제대로 얻어먹지 못했다.

"네 공이 크구나. 내 넉넉히 지원조차 해주지 못했는데."

일부러 지원을 끊으신 건 아닙니까? 제가 거기서 죽기를 바라신 건 아닙니까? 의후는 맴도는 의심을 지웠다.

"승리한 상으로 무엇을 원하느냐?"

분명 어머니를 왕후로 만들어주겠다고 했다. 분명 원하는 여인과 혼인할 수 있게 해주겠다고 했다. 하지만 왕은 묻고 있었다. 약속을 잊은 듯……

"약속하셨습니다. 어머니를 왕후로……"

왕은 의후의 말을 잘랐다.

"상구지의 꼴을 보고도 정신 차리지 못하는 나라가 꽤 있구나. 네가 좀 더 도와줘야겠다."

왕은 약속을 지킬 생각이 없었다. 아마 처음부터 그랬을 것이다. 의후는 이용당했다는 생각에 치를 떨며 대전을 나섰다. 히미코 때문에 그나마 참을 수 있었다. 히미코라면 이 피비린내를 잊게 만들 수 있을 터였다. 생각만으로도 의후의 입가에 미소가 어렸다. 하지만 한걸음에 달려간 히미코의 처소는 텅 비어 있었다.

의후는 미친 듯이 처소 곳곳을 뒤졌다. 오랫동안 인적이 없었는지 먼지가 풀썩였다. 설마, 설마, 의후는 의심을 지우려 고개를 흔들었다. 순간 등 뒤에서 들리는 인기척에 의후는 칼을 뽑아들었다.

"이런, 이런."

의후는 재빨리 칼을 거두었지만 자운세자는 비꼬기를 멈추지 않았다.

"세자에게 칼을 들이밀다니, 아무리 대승을 거두고 온 장수라지만 대역죄를 피할 수는 없겠구나."

"망극합니다. 전쟁터에서 버릇이 되어서 실수를 했습니다."

의후는 억지로 고개를 숙였다.

"실수라……. 무의식중에 진심이 나오는 법이지."

"단, 순, 한 실수였습니다."

말이 뚝뚝 끊겼다. 자운세자는 씩 웃으며 주위를 둘러보았다.

"농담을 너무 진지하게 받아들이는구나. 연회가 한창인데 이런 외진 곳에서 무얼 하는 게냐? 누굴 찾느냐?"

의후는 이를 갈았다. 약을 올리려 하는 자에게 약이 오르는 건 어리석은 짓이었다.

"너무 오랜만에 궁에 돌아오다보니 길을 잃었나봅니다."

"길을 잃었다?"

자운세자는 혼잣말처럼 중얼거렸다.

"겨우 일 년 만인데 그새 궁의 지리조차 잊다니 대단하구나."

의후는 자운세자의 말을 건성으로 들었다. 대체 히미코는 어디로 간 걸까? 다른 처소로 옮긴 걸까? 아니면, 혹시?

"여기에 누가 있었는지는 기억하느냐?"

의후는 무심하게 굴려 애썼다. 들켜서는 안 된다.

"후궁의 처소 아니었습니까?"

의후의 질문에 자운세자의 입꼬리 한쪽이 올라갔다.

"우습구나. 나한테 그런 얕은 수가 통하리라 생각하느냐? 아무리 아바마마께 못난 놈이라고 매일 야단을 맞아도 이 나라의 세자니라."

"무슨 뜻인지 모르겠습니다."

"왜의 공주가 있었다는 걸 분명 기억하고 있을 텐데."

"그랬습니까?"

의후는 끝까지 모른 척했다. 어차피 지금 아는 척해봤자 자운세자의 화만 돋을 뿐이었다.

"그랬지. 다른 담로국 왕족들보다 좀 오래 있었지. 네가 떠나고 나서 얼마 안 돼 향수병에 걸려 눈물바람이었어."

"그랬습니까?"

히미코의 외로움이 심장을 파고들었다. 곁에서 지켜줬어야 했는데…… 어리석었다. 의후는 후회의 한숨을 내쉬었다.

"얼마나 고향으로 가길 원했으면 나한테 몸까지 바쳤을까? 어쩌겠냐? 나도 남자인데, 약속은 지켜야지."

한숨을 쉬느라 벌어진 입이 다물어지지 않았다. 숨을 쉴 수가 없었다. 거짓이었다.

"하지만 잘못한 것 같구나. 여기에 있었다면 목숨만은 건질 수 있었을 텐데……."

"무슨 말씀입니까?"

"태풍을 만났다고 하더구나. 운이 없었지. 여름도 아닌데 갑자기 태풍이 치다니……. 그나마 처녀귀신은 면했으니 다행인 게지. 난 연회나 즐기러 가야겠구나."

거짓이었다. 자운세자의 입에서 나오는 진실은 추악하고 잔인한 것밖에 없었다. 바로 지금처럼…….

의후는 바보처럼 그 말을 믿으려는 머리를 벽에 박았다. 믿어서는 안 된다. 분명 살아 있다. 내가 살아 있으니, 히미코도 살아 있다. 세상 끝까지 가서라도 찾아야 했다. 이마에서 흐른 피가 눈물과 섞여 흘렀다.

"그만하십시오."

어느새 사로가 다가와 의후를 붙잡았다. 의후는 그런 사로를 뿌리쳤다. 처음으로 보는 의후의 거친 모습에 놀랐는지 사로는 바닥에 널브러져 일어나지도 못했다.

"사실이더냐?"

의후의 질문에 사로는 눈을 피했다. 왕궁 소식이라면 누구보다 정통한 사로였다.

"세자의 말이 사실이더냐? 정말 히미코가 죽었느냐?"

어느새 정신을 차리고 일어난 사로는 옷에 묻은 먼지를 털어냈다.

"내가 묻지 않느냐!"

의후의 고함소리가 텅 빈 히미코의 처소를 울렸다. 사로는 마침내 고개를 들어 의후를 똑바로 바라보았다.

"예. 사실입니다."

의후는 다시 연회장으로 향했다.

이젠 술이 달았다. 아무리 마셔도 달았다. 그리고 아무리 마셔도 취하지 않았다. 궁녀들이 의후에게 달라붙었다. 의후는 양팔에 궁녀들을 품었다. 하지만 아무리 마셔도 히미코를 잊을 수는 없었다. 아무리 취해도 궁녀들의 얼굴은 히미코로 보이지 않았다. 그래서 의후는 전쟁터로 향했다.

6

"공주는 아직도 그 상태더냐?"

와타나베가 고개를 끄덕이자 대비는 못마땅하다는 듯 이맛살을 찌푸리며 돌아앉았다.

아무리 맛있는 음식에도 히미코는 반응을 보이지 않았다. 억지로 멀건 죽만 몇 숟가락 뜰 뿐 매일 드러누워 천장만 바라보고 있었다.

"제 간청대로 하심이 좋을 것 같습니다."

대비의 뒷모습에 대고 와타나베는 애원했다.

"어리석구나."

알고 있었다. 아버지가 아신다면 불호령이 떨어질 것이다.

그래도 히미코가 일어난다면 상관없었다.

"좋다. 내일부터 너와 함께 덴무의 가르침을 받도록 허락한다."

와타나베는 좋아서 소리를 지를 뻔했다. 책이라면 히미코도 상처를 극복할 수 있을 것이다. 다른 일에 전념한다면 잊을 수 있을 것이다. 기다릴 수 있었다. 언제까지라도 기다릴 수 있었다. 히미코가 그를 바라보는 그날을.

히미코에게 빨리 소식을 알리려 일어서던 와타나베는 아마가시의 말에 도로 앉았다.

"마마, 구다라 소식입니다."

대비는 이상하다는 듯 와타나베를 바라보았다.

"왜? 공주에게 빨리 소식을 전하고 싶을 텐데."

"제가 들으면 안 될 이야기입니까?"

당돌한 질문에 대비는 눈썹을 치켜떴다.

"그럴 리가 있나. 네가 구다라에 관심이 있는 줄은 몰랐구나."

와타나베의 관심은 구다라가 아닌 의후였다.

"구다라에 다녀오고 나니 흥미가 생겼습니다. 전쟁 상황도 궁금합니다."

"전쟁이라. 상구지 말이더냐?"

"예."

대비는 아무런 의심 없이 첩자를 들였다. 첩자는 먼 길에 피곤한지 빨간 눈으로 들어와 눈치를 보며 상구지의 패배 소식을 전했다.

"정말 패배했단 말이냐?"

대비는 다시 물었다. 첩자는 슬금슬금 뒤로 물러나고 있었다. 대비의 짜증이 배가되었다.

"어떻게 그럴 수가? 구다라에서는 별다른 원조도 하지 않는다고 했거늘. 의후인지 뭔지 그놈이 미워 그렇다고 하지 않았더냐? 그런데 대체 무슨 수를 썼단 말이냐?"

"골짜기로 내몰리고서도 적군이 오랫동안 저항하자 나무로 맹수 모양을 만들어 항복하지 않으면 맹수를 풀겠다고 협박하여 큰 피해 없이 항복을 받아냈다 합니다(이사부의 우산국, 즉 울릉도 정벌 일화로 『삼국사기』에 실려 있다)."

"제법 머리를 쓸 줄 아는구나. 그놈이 그리 뛰어난 장수란 말이지."

"오랜 전쟁에 지친 백성들의 신망이 하늘을 찌르고 있습니다. 자신은 굶는 한이 있어도 부하들을 배불리 먹이고, 승리의 대가로 받은 금과 포목까지 골고루 나누어주었답니다. 서로 의후왕자님의 부하가 되겠다고 나서 오히려 골치라 합니다."

첩자의 말에서 존경이 묻어났다. 대비의 얼굴이 점점 어두워졌다.

"그래서? 의후는 지금 어떻게 되었느냐? 그 정도라면 세자에게 위협이 될 텐데."

"며칠 쉬지도 못하고 또 다른 전쟁에 나갔습니다."

"그으래?"

그 소식에 대비의 얼굴이 좀 밝아졌다. 이유를 알 수 없는 대비의 변덕에 와타나베는 조용히 밖으로 나왔다. 대비는 혼자만의 생각에 빠져 인사조차 받지 않았다. 상관없었다. 지금은 히미코가 의후를 잊는 것이 가장 중요했다. 의후가 살아 있다는 사실을 모르게 하는 것은 더 중요했다. 그러기 위해선 히미코를 왕족들에게서 떼어놓아야 했다.

7

의후는 주위를 둘러보고 검을 내려놓았다. 승리에 취한 군사들의 함성에 벌판이 흔들렸다. 하지만 의후는 말을 몰았다. 새하얀 눈 사이로 피가 녹아들어 만들어진 길로.

눈발은 점점 거세졌다. 띄엄띄엄 보이는 민가에서는 개도 짖지 않았다. 온몸에서 피비린내가 요동쳤다. 말이 한 걸음 한 걸음 내달릴 때마다 의후의 등 뒤로 핏자국이 남는다. 하지만 그는 돌아보지 않았다.

마침내 실개천을 발견한 의후는 말을 끌고 언덕을 내려가기 시작했다. 가파른 데다 자갈투성이 길이라 말이 자꾸만 뒷걸음쳤다. 의후는 말갈기를 어루만지며 달랬다. 말갈기는 피로 흥건하게 젖어 있었다.

겨우겨우 말을 끌고 내려왔건만 실개천은 얼어 있었다. 게다가 그 위로 쌓여 있는 눈은 아무리 치워도 바닥이 보이지 않았다. 마침내 두꺼운 얼음이 모습을 드러내기 시작하자 의후는 검을 들어 얼음을 내리쳤다. 횡, 하는 소리와 함께 검은 의후에게 핏빛 눈을 내렸다. 검에 묻어 있던 핏방울들이 그새 얼어서 떨어져내렸다.

냇가에 있는 바위를 가져와 내리치고서야 얼음은 깨졌다. 의후는 갑옷을 벗고 차가운 물에 팀벙 뛰어들었다.

아무리 씻어내도 피비린내는 사라지지 않는다. 여름에는 끈적거리며 들러붙어 떨어지지 않았고, 겨울에는 얼어붙어 녹아내리지 않았다. 피란, 인간의 피란 그렇게 끝까지 흔적을 남기기 마련이었다. 한 인간의 존재가 사라짐을 아쉬워하기라도 하듯…….

가끔씩 의후는 생각했다. 내 몸에 묻은 죽은 자들의 피가 내 속으로 스며드는 것은 아닐까, 그래서 항상 이 피비린내를 기억하는 것은 아닐까?

"세 번째 담로국 정복을 경하드립니다, 마마. 전하께는 이미 전령을 보냈습니다."

어느새 사로가 냇가에 와 있었다. 언제 준비했는지 깨끗한 옷과 수건까지 들고 있었다. 하지만 사로의 갑옷은 피로 번들거렸다. 의후는 고개를 돌렸다.

　"어림잡아 스무 명은 베셨을 겁니다."

　사로는 전투가 있을 때마다 그렇게 말해주었다. 의후가 죽인 사람의 숫자를. 마치 의후가 모르고 있다는 듯, 아니 의후에게 상기시켜주려는 듯 꼭 짚어 몇 명이라고 말했다. 그리고 그 숫자는 항상 정확했다. 하지만 사로가 정작 하고 싶었던 말은 따로 있지 않을까?

　그 사람들의 피를 헛되게 하지 마십시오, 필히 왕위에 오르셔야 합니다. 아마 그런 말을 삼켰겠지.

　의후는 차가운 물속으로 빠져들었다.

제 6 장
별이 쏟아진다

별이 쏟아져 내리고 있었다.

아마가시도 수인의 시선을 따라가다 보았는지 놀라서 신음했다.

가을 하늘에 별이 쏟아져 내리고 있었다.

수많은 별들이 하늘에서 땅으로

긴 여운을 남기며 떨어지고 있었다.

처음 보는 모습에 당황한 궁녀들이 수군거리는 소리가 들렸다.

1

히미코는 덴무가 나가자 뻐근한 목을 주물렀다. 땀이 흥건
하게 손을 적셨다. 덴무는 히미코가 지칠 때까지 공부를 시
켰다. 조금은 이상하다는 생각이 들었다. 덴무가 가르치는
내용은 왕에게 필요한 것이지 공주에게 필요한 것이 아니었
다. 만일 대비가 이런 사실을 안다면 덴무도 무사하지는 못
할 것이다. 그래서 히미코는 덴무의 수업이 아무리 힘들어도
참았다. 이유야 어찌되었건 목숨을 걸고 히미코를 가르치는
덴무를 실망시킬 수는 없었다.

게다가 책을 보고 있을 때는 의후를 잊을 수 있었다. 날 버
리지 마, 의후의 목소리가 울렸다. 살아야 했다. 의후가 한 유
일한 부탁이니까. 살아서 의후가 꾸었던 꿈을 이뤄야 했다.

왕족들의 따돌림은 더 심해졌다. 그들의 안녕을 위해 낯선

구다라까지 갔다 온 히미코의 희생 따위는 안중에도 없었다. 하지만 백성들은 달랐다. 구다라의 선진문물을 전해줄 때의 백성들의 눈빛이 좋았다. 와타나베의 동정어린 눈도 왕족들의 경멸어린 눈도 아닌 경외감으로 가득 찬 그들의 눈빛이 좋았다.

그래서 히미코는 하루가 멀다 하고 구다라에서 보고 들은 것을 전했다. 소를 이용하는 보습이나 철편을 꼬아서 만든 가위, 청동제 다리미의 편리함에 백성들은 눈이 휘둥그레졌다. 하지만 방바닥 밑에 숯을 넣고 방을 데우는 특이한 구조는 실패를 거듭하고 있었다. 대체 뭐가 잘못된 거지? 히미코는 다시 설계도를 꺼내들었다. 오늘밤은 무슨 일이 있어도 설계도를 완성시키고 싶었다.

2

수인은 치밀어오르는 짜증을 억눌렀다. 덴무는 말을 빙빙 돌리며 대답을 미루고 있었다. 아이가 전한 구다라의 선진문물에 대해서는 수인도 이미 알고 있었다.

"언제까지 기다려야 하느냐?"

"예?"

덴무는 놀라서 물었다.

"내가 원하는 답을 듣기 위해서 언제까지 기다려야 하는 거냐고!"

수인의 호통에도 덴무는 끝내 망설였다.

"옛 속담을 아십니까? 뻐꾸기가 울지 않을 때 사람들이 하는 행동에는 세 가지가 있다고 했습니다."

결국 덴무는 비유로 입을 뗐다. 수인은 냉큼 물고 늘어졌다.

"그래, 나도 그건 들어서 잘 알고 있다. 처세를 뜻하는 행동들이지. 울지 않으면 죽여 버려라. 울지 않으면 울게 만들어라. 울지 않으면 울 때까지 기다려라. 이 세 가지였지?"[17]

"예."

덴무를 고개를 살짝 들어 수인의 눈치를 살폈다. 아이에게 왕에게 필요한 교육을 시키라고 명했을 때처럼…….

학자로서는 훌륭하지만 처세는 형편없어 웬만한 벼슬자리 하나 유지하지 못했던 덴무였다. 그 대쪽같은 성품 때문에 와타나베의 스승으로는 최고라 생각했다. 그래서 아이를 같이 맡길 때는 많이 망설였다. 한번 옳다고 생각하면 힘든 길이라도 꾸역꾸역 가버릴 덴무임을 알기에. 덴무는 헛기침을 몇 번 했다. 그리고 단호하게 말했다.

"비유를 하자면 세자께서는 울지 않으면 울 때까지 기다리시는 것을 택할 테고, 공주께서는 울지 않으면 울게 만드실 것입니다. 굶기든 때리든 죽이든, 어떻게든 울게 만드실 수 있는 분이 공주마마이십니다."

목숨을 걸고 고하는 진실이었다. 덴무는 완전히 돌아선 것이다. 그 아이에게. 와타나베가 태어날 때부터 가르쳤던 덴무였다. 아이를 가르친 지 사흘 만에 찾아와 세자의 스승으로만 남고 싶다고 애원했던 덴무였다. 차마 이유를 말하진 못했지만 그때부터 흔들리고 있었던 것이리라. 덴무는 와타나베에게서 돌아선 것처럼 수인에게 등을 보이며 나갔다. 아이와 함께한 지 일 년 만이었다.

끝까지 버렸어야 했다. 하지만 비쩍 말라 돌아온 아이를 그대로 죽일 수는 없었다. 늙어가는 모양이었다. 정 따위에 이끌려 일을 그르치다니. 수인은 다시 한숨을 내쉬었다.

머리가 아파왔다. 의후의 세력은 점점 커지고 있었다. 머지않아 분명 큰 내분이 일어날 터였다. 구다라의 내분은 담로국에는 기회였다. 누가 왕이 되느냐에 따라서 이 나라의 운명이 완전히 뒤바뀔 수 있었다. 지금은 아이 같은 왕이 필요했다. 하지만 아이가 커갈수록 의심은 깊어졌다. 아이는 왕을 전혀 닮지 않았다. 그렇다고 그 기생년을 닮지도 않았다. 어쩌면 전혀 상관없는 아이일 수도 있었다.

후우, 수인은 긴 한숨을 뱉었다. 우스웠다. 친자식인지 의심스러워 자질이 뛰어난 의후를 전쟁터로 내몬 구다라 왕을 그리도 비웃어놓고 똑같은 생각을 하는 자신이 우스웠다.

수인은 복잡한 머리를 식히기 위해 뜰로 나왔다.

"조공으로 가는 물품의 양이 얼마나 엄청난지 아십니까?"

수인은 아이의 목소리를 향해 다가갔다. 아이와 와타나베는 공터에 가득 쌓인 조공 옆에 서 있었다. 날이 갈수록 구다라에서 요구하는 조공은 많아졌다. 끝날 것 같지 않은 전쟁에 뒷돈을 대는 것도 버거웠다.

"아무리 우리나라가 구다라의 담로국이라고는 하나 머나먼 땅입니다. 저 조공들이 어디에서 나왔습니까? 모두 우리 백성들의 피와 땀입니다. 게다가 우리나라에서 나는 철을 모두 구다라에 바쳐버려 우리는 오히려 철이 부족할 지경입니다. 구다라에 바치는 철의 반만 있어도 백성들의 삶은 완전히 달라질 것입니다."

누구나 알고 있는 사실이었다. 모두들 울분을 터뜨리지만 그것이 다였다. 약자가 할 수 있는 일이라고는 서글픈 현실에 울분을 터뜨리는 것밖에 없었다.

"어쩌겠느냐? 구다라에서 요구하는 것을."

"나약하십니다. 방법을 찾아야지요."

"뭐? 방법이 있단 말이냐?"

"있지요."

"그 방법이 무엇이냐? 어떻게 하면 구다라에 조공을 보내지 않을 수 있느냐?"

수인도 다가섰다. 대체 무슨 방법이기에 아이가 저렇게 자신에 차 있을까?

"독립하면 됩니다."

아이는 조금도 주저 없이 말했다. 그 속에 담긴 열정에 수인까지 휩쓸려 들어갔다.

"담로국이라고 하지만 크기로 보나 그 무엇으로 봐도 우리나라는 구다라에 뒤지지 않습니다. 그런데 왜 우리 민족이 그런 수모를 겪어야 합니까? 우리가 스스로를 왕족이라 칭해도 백성들은 비웃을 뿐입니다. 담로국의 왕인데 누가 비웃지 않겠습니까? 제가 왕이라면 이 나라를 구다라에서 완전히 독립시킬 것입니다."

아이는 당당하게, 거리낌 없이 말했다. 하지만 수인을 본 와타나베는 놀라서 아이를 쿡쿡 찔러대기만 했다. 노여움을 살까봐 두려워서였을 것이다. 하지만 아이는 멈추지 않았다. 분명 아이도 그녀가 듣고 있다는 것을 알고 있었을 터였다. 어쩌면 일부러 들으라고 한 소리인지도 몰랐다.

수인은 모른 척 다시 처소 안으로 들어왔다. 아이의 얼굴이 아른거리고 아이의 목소리가 귓가에 맴돌았다. 조금 더 기다려보자. 와타나베도 달라지고 있었다. 예전에는 아이를 왕족들 틈에 끼워주지 못해 안달이었는데 요즘은 떼어놓지 못해 안달이었다. 와타나베의 지지 세력이 커져가는 만큼 아이의 반대 세력이 늘어갔다. 조금 더 기다리면 와타나베도 아이처럼 될 수 있지 않을까? 수인은 마음을 다잡았다. 하지만 왕도, 미도리도 닮지 않은 아이의 얼굴이 자꾸 어른거렸다. 온갖 감정을 실어 '독립'이라는 단어를 내뱉던 아이의 목소리와 함께……

3

어젯밤 온 눈이 발밑에 버석하게 밟혔다. 대전으로 들어서자마자 아마가시가 보였다. 아마가시가 여기 있다면 대비도 여기 있는 거였다. 대비의 얼굴을 마주할 생각을 하니 가슴이 답답해졌다.

"어마마마, 보십시오. 우리 공주가 참으로 기특하기도 하지요. 다른 이들은 제가 자식 복이 없다 생각할지도 모르지만 전 우리 공주 하나로 족합니다. 하루에도 몇 번씩 아비를 찾아와 위로하려고 하는 것이 얼마나 기특한지. 이렇게 효성스러우니, 참으로 요즘에는 이 아이를 보는 일 아니면 인생의 낙이 하나도 없답니다."

웬일일까? 왕께서 오늘은 기분이 좋은 모양이었다. 병중이라 그런 건지, 아니면 원래 성격이 그런 건지 왕은 변덕이 죽 끓듯 했다. 대비는 왕의 말에 아무런 대꾸도 없었다.

"망극하여 소녀 몸둘 바를 모르겠습니다."

"넌 내 하나뿐인 자식이니라. 왕의 하나뿐인 딸이야. 참, 내가 잊어버리고 있었구나. 구다라에서 병까지 얻을 정도로 힘들게 지내다 왔는데 상을 줘야지. 네가 원하는 게 있으면 고해보아라. 어떤 것이라도 들어줄 테니."

벌써 일 년도 지난 일이었다. 이제 와 상이라니? 히미코는 그제야 이상한 낌새를 챘다. 어쩐지 아침부터 대비가 여기 와 있는 게 이상하다 했다. 아마 무언가 의견다툼이 있었던 모양이었다. 결과는 뻔히 대비의 승리였을 테고. 평소엔 히미코가 어떻게 지내든 관심조차 없던 왕이었다. 부풀었던 가슴이 싸늘하게 식어갔다.

히미코는 망설였다. 대비의 얼굴을 보아하니 못마땅한 기색이 역력했다. 하지만 뭐라 반박할 거리도 없을 테지. 히미코는 어떤 소원을 말해야 할지 계속 궁리했다. 갖고 싶은 것? 하고 싶은 것? 여기서 왕이 되고 싶다고 하면 어떻게 될까? 무엇이 좋을까? 궁리하던 히미코는 슬며시 미소를 지으며 말했다.

"어머니를 뵙고 싶습니다."

4

"벌건 대낮에 기생년을 궁에 들이라고? 어림도 없지."

대비는 미도리의 입궁은 절대 안 된다고 못박았다.

"단 한 번, 나가는 것은 허락한다고 일러."

바로 옆에 있는데도 대비는 아마가시에게 명을 전했다. 아마가시가 입을 떼기도 전에 히미코가 반박했다.

"하지만 분명히 전하께서는……."

"서신을 교환하는 것까지는 막지 않겠다고 전해. 하지만 그 이상은 안 돼. 아무리 전하의 명이라도……."

대비는 이를 갈며 히미코에게서 돌아섰다. 그래도 좋았다. 어머니를 만날 수 있었다.

아마가시는 대비의 명이라며 마중을 나왔다. 그리고 히미코가 준비한 선물들을 모두 **빼앗아갔다**. 그래도 왕이 기분 좋을 때마다 주었던 금붙이 몇 조각은 들키지 않았다. 히미코는 가마가 집 앞에 멈추기도 전에 달려나갔다. 하지만 마중 나온 사람들 틈에 어머니는 없었다.

어머니는 술에 취해 방바닥에 널브러져 있었다. 어떻게 딸이 온다는데 취해서 잠들어 있을 수 있을까? 난 어머니를 본다는 생각에 한숨도 자지 못했는데. 섭섭한 마음을 억누르며 어머니에게 다가가던 히미코는 놀라서 멈칫했다.

버석하고 누렇게 뜬 피부와 퀭한 눈, 갈라진 입술과 누런 이……. 한 번도 화장하지 않은 어머니의 모습을 본 적이 없었다. 그래서 항상 어색했다. 어머니의 모습이 아닌 여인의 모습이라서 어머니에게 쉽게 다가설 수 없었다. 그런데 이렇게 추한 모습이라니…….

"공주마마 오셨다. 빨리 일어나."

외할머니가 어머니를 흔들었다. 어머니는 부스스 일어나 초점 없는 눈을 깜박였다. 히미코를 스친 눈은 갑자기 빛났다. 어머니도 날 기다렸구나, 하는 생각에 히미코는 가슴이 아팠다. 딸을 빼앗긴 모진 세월을 술로 견뎌낼 수밖에 없었겠구나, 하는 생각에 죄책감마저 들었다. 하지만 어머니의 눈은 싸늘하게 식어갔다.

"공주? 웃기고 있네. 구다라 천민을 누가 공주래?"

모든 것이 멈췄다. 히미코는 꼼짝할 수 없었다. 술 때문에 혀가 꼬여 말이 잘못 나온 모양이었다. 아니, 취한 발음은 엉성했다. 분명 자신이 잘못 들은 거였다. 밤잠을 설쳐 귀까지 멍해진 모양이었다.

"얘가 아직 술이 덜 깼나? 무슨 소릴 하는 게야?"

외할머니는 급히 어머니의 입을 막았다. 하지만 어머니는 외할머니의 손을 깨물었다.

"그래! 술 덜 깼다. 그래서 거짓말 꾸미기도 귀찮다고. 웃겨. 왕과 아무 상관도 없는 년은 공주랍시고 궁에서 사는데 왜 난 궁에 들어가는 것조차 안 된다는 건지."

외할머니는 재빨리 방문을 닫았다. 술주정일 수 없는 말이었다. 왕과 아무 상관도 없다니? 어머니는 놀란 히미코를 보며 웃어댔다. 잔인하게 빛나는 누런 눈을 바라보며 히미코는 소름이 돋았다. 싸늘하게 몸이 식어가고 기분 나쁜 떨림이 퍼진다. 그런데 왜 심장은 멈춘 거지? 히미코는 심장이 뛰고 있는지 확인하려 가슴 위로 손을 가져갔다. 아무것도 느껴지지 않았다. 히미코는 애써 자신을 안심시켰다. 괜찮아, 아직 살아 있는걸. 숨을 쉬고 있잖아.

"술이나 더 가져와. 술 깨려는지 속이 쓰리니까 해장해야겠어."

방문 틈으로 밖의 동정을 살피던 외할머니는 한숨을 내쉬며 밖으로 나갔다. 외할머니의 표정에는 두려움만 있을 뿐 황당함은 없었다. 어머니의 이야기가 사실이라는 뜻……. 히미코는 차갑게 식어가는 손을 비볐다. 그럼 난 누구지? 히미코는 하얀 세상에서 빠져나오려고 눈을 깜박였다. 아냐, 난 공주야. 왕이 될, 세상을 다스리게 될 공주라고. 어머니가 술주정을 하는 거야. 어머니가 거짓말을 하는 거야! 어머니의 입에서 나오는 말들이 히미코의 살 속으로 파고들었다.

히미코는 내내 허공만 바라보며 숨을 쉬기 위해 노력했다. 후후후, 후, 후. 숨쉬는 것을 잊어버릴까 무서웠다.

믿어서는 안 돼. 하지만…… 자꾸…… 자꾸 어머니의 말이 진실처럼 다가온다. 그녀는 왕의 '하나뿐인' 자식이었다. 항상 좋아했던 그 수식어가 이젠 부담스러웠다. 어머니의 말들이 밀려들어온다. 왕은 자식이 하나도 없었지, 난 낳고 싶었어, 그래서 널 데리고 온 거야……. 충분히 그럴 수 있는 사람이 자신의 어머니였다. 자신의 어머니라…… 태어나면서부터 습관이 되어 이제는 어머니가 아니라는 것을 알아도 어머니라 부르게 되는 사람.

"네 생모의 이름은 순덕이라고 해. 참 이상하지? 너처럼 영특한 아이가 어떻게 한 번도 의심하지 않았을까? 어떻게 왕의 딸이라는 말을 철석같이 믿을 수 있었을까?"

히미코는 이를 악물었다. 너무 세게 물지 마. 그러다 어금니가 내려앉아버릴 거야. 아냐, 이미 내려앉았을지도 모르지. 이미 아주 오래전에. 어머니는 이야기를 꾸미는 재주 따윈 없었다. 순덕이라…… 아냐. 절대 인정하지 않을 거야. 절대! 우스웠다. 어디서 그런 싸구려 이야기를 지어냈을까? 하지만 미도리는 계속했다.

"네 생모는 널 버리고도 행복하지. 나한테 돈까지 뜯어갔어. 어디에 있는지는 절대 알려줄 수 없어……."

아니었다. 절대로 인정할 수 없었다. 그런데 왜 눈에선 눈물이 흐르는 걸까.

"처음에는 반점이 생기더니, 이젠 살이 썩어가. 이렇게 죽을 수는 없어. 후궁이라도 좋아. 죽을 때는 귀한 신분으로 죽고 싶어. 아니면 대비한테 가서 다 불어버릴 거야. 내가 널 공주로 만들어줬으니까 그 정도는 해줄 수 있지 않아?"

협박이었다. 어머니는 번들거리는 눈으로 히미코를 바라보며 대답을 기다렸다. 그래도 자신을 기른 사람이었다. 그런데 어떻게 이럴 수가 있는 걸까? 아냐, 그런 생각 하지 마. 어머니가 거짓말하는 거라니까. 어머니 주정을 받아줄 필요는 없어. 히미코는 온 힘을 다해 겨우 고개를 저었다.

"믿지 않을 거예요. 증거도 없잖아요."

어머니는 깔깔거리며 배를 잡고 뒹굴었다. 바드득 이가 갈렸다. 어머니는 웃다가 사레가 들린 듯 가래 섞인 기침을 내뱉으며 일어나 앉았다. 퉤퉤, 어머니는 방구석에 누런 가래를 뱉었다.

"우스워. 우스워. 내 말을 믿지 않는다고? 증거가 필요하다고? 자기가 낳은 자식을 사지로 끌고 가는 어미도 있어?"

히미코는 눈을 질끈 감았다. 아니, 아냐. 그런 사람도 있을 수 있을 거야. 안 믿을 거야. 믿지 않을 거야. 난 공주야, 이 나라의 공주. 내가 믿지 않으면 누가 믿겠어?

"가. 난 할 이야기 다했으니."

어머니는 누워서 등을 돌렸다. 하지만 히미코는 일어설 수가 없었다. 어떻게 해야 할까? 무얼 해야 하는 거지? 히미코는 머리를 감싸쥐었다. 세상이 모두 무너져내렸다. 식어가는 심장이 터져버릴 것 같았다.

"제발 가. 널 보면 속이 더 쓰리니까."

어머니는 잠꼬대처럼 말했다.

"널 보면 내 불행이 떠올라. 기생집 주인이 친어미인 줄 알고 사랑받기 위해 종종거리던 내가 기억나. 넌 내 말이라면 뭐든 했지. 아무리 힘들어도, 아무리 어려워도, 아무리 아파도 꾹 참고 내 말대로 했지. 그래서 널 사랑할 수 없었어."

어머니는 갑자기 일어나 미친 사람처럼 히미코를 때리다 갑자기 돌아서서 울기 시작했고, 결국 울다 지쳐 잠이 들었다. 히미코도 지쳤다. 머릿속이 멍해 아무 생각도 하고 싶지 않았다. 그래서 히미코는 멍하니 어머니만 바라봤다.

어머니는 팔다리를 모아 몸을 잔뜩 웅크리고 모로 누워 쌕쌕거렸다. 아기, 같다는 생각에 히미코는 고개를 흔들었다. 그저 버릇일 뿐이었다. 어머니는 항상 그렇게 자는걸. 다른 기생들도 그랬고. 아마 기생들은 전부 그렇게 자는 모양이지. 그러고보니 궁녀들도 그렇게 자는 것 같았다. 그리고 그녀도……

히미코는 애써 고개를 흔들었다. 궁녀나 기생들과는 어떤 것이라도 공통분모를 가지고 싶지 않았다. 그들은 버림받은 인생이었다. 오늘 밤부터는 온몸을 꼿꼿이 세우고 잘 거야. 그렇게 버림받지 않을 거야.

어머니라, 우스웠다. 그녀에게 어머니 따위는 없었다. 그녀를 버리고 행복할 순덕도, 그녀를 신분상승의 수단으로 키웠던 미도리도. 어머니라, 그딴 건 생각하지 않을 거야. 필요 없으니까. 그저 왕위만 생각할 거야. 이제 와서 포기할 수는 없어. 왕이 될 거야. 무슨 짓을 해서라도.

아무리 천민의 자식이라도 왕이 되지 말라는 법은 없었다. 구다라도, 고구려도, 소라도, 하물며 진(秦, B. C. 221년, 시황제始皇帝가 천하를 통일해 세웠고 B. C. 207년 멸망하였다. 'china'라는 명칭의 유래가 진Chin이라고 한다)을 세운 사람도 처음부터 왕은 아니었다. 왕이 될 거야. 그러면 다시 심장이 뛰겠지. 아무리 천한 신분이라도 왕이 되어 백성들에게 갚으면 되는 거야. 무슨 수를 써서라도 왕이 되는 거야. 훌륭한 왕이. 히미코는 다시 뛰는 심장을 움켜쥐고 일어섰다.

"넌 왕이 돼야 해. 그게 바로 그놈의 지긋지긋한 왕실에 대한 복수야. 날 천하다고 무시한 왕족들에 대한 복수라고. 구다라 천민 아이를 왕으로 만드는 것이……."

어머니의 눈물 섞인 잠꼬대가 히미코의 등 뒤에서 울렸다.

5

히미코는 구다라에서 들어온 천문학 서적에 집중하려 노

력했다. 하늘의 움직임을 읽는 능력은 중요했다. 하늘은 인간의 운명을, 나라의 흥망을 결정했다. 신녀들 중에도 태어날 때는 영적 능력이 없었지만 신어머니를 모시며 노력해 훌륭한 점쟁이가 되는 경우도 많았다. 게다가 이번에 들어온 서적에는 날씨를 예측하는 방법까지 나와 있었다. 이 방법이 맞는다면 백성들이 농사를 짓는 데 큰 도움이 될 터였다.

하지만 아무리 마음을 다잡아도 도통 집중할 수가 없었다. 이 모든 게 카오리왕후 때문이었다. 어머니의 말대로라면 왕은 불임이었다. 게다가 카오리왕후의 나이는 마흔에 가까웠다. 하지만 히미코의 의심을 비웃기라도 하듯 카오리왕후의 배는 점점 불러왔다. 더운 날씨에 쩍쩍 달라붙는 옷 위로 드러난 배는 보고 있기 민망할 정도였다.

물컹한 배를 안고 뒤뚱뒤뚱 왕궁 뜰을 산책하는 카오리왕후에게서는 아무런 낌새도 엿보이지 않았다. 그저 더운 날씨에 부른 배가 짜증스러운지 성질만 더 더러워졌을 뿐이다. 벌써 카오리왕후 처소에 있는 궁녀 중 몇 명이 죽어나갔는지 열 손가락으로 꼽을 수도 없을 지경이었다. 결국은 잡을 꼬투리도 떨어졌는지 어제는 궁녀 한 명을 가마솥에 넣고 삶아버렸다. 명분은 무사한 해산을 위한 지사이라고 했지만, 말 그대로 개죽음이었다. 하지만 대비는 회임을 했다는 이유만으로 카오리왕후에게 싫은 소리 한 번 하지 않았다.

카오리왕후의 수태 소식을 들은 어머니는 코웃음을 쳤다. 아니, 쳤을 것이다.

'절대로 그대로 두어서는 안 돼. 만약 사내아이라도 태어나면 그 아이는 네게 가장 큰 적이 될 테니까. 몰래 가서 지켜보면 뭔가 약점을 찾을 수 있을 거야.'

어머니는 서신에 그렇게 갈겨 써놓았다. 차라리 서신교환도 허락하지 않으면 좋으련만. 대비의 속은 알다가도 모를 일이었다. 어머니는 매일같이 닦달했다.

'내가 후궁 첩지라도 받아야 네게 이로울 것이야. 구다라 천민 따위를 공주까지 만들어줬으니 네겐 내가 은인이나 마찬가지잖아!'

서신을 가져온 레이코는 히미코의 눈조차 마주치지 못했다. 레이코가 죄지은 사람처럼 구석에 웅크리고 있는 동안 히미코는 답장을 썼다. 조금만 기다리세요. 제발…… 어머니의 서신이 그렇듯 히미코의 답장도 매일 같은 내용이었다. 그래도 어머니는 매일 서신을 보냈다.

너무 지긋지긋해서 그만두고 싶었다. 방법은 간단했다. 어머니를…… 죽이면…… 된다. 작은 금덩어리 하나면 자객 하나 쓰는 것쯤은 문제도 아니었다. 하지만 차마 그럴 수는 없었다. 널 보면 내 불행이 기억나…… 사랑받기 위해 종종거리던……. 어머니의 눈물 섞인 잠꼬대가 심장에 박혀서.

히미코는 어지러운 머리를 흔들었다. 지금은 카오리왕후 일이 더 급했다. 저녁 수라를 나른 궁녀는 카오리왕후의 진통이 시작되었다고 했다. 히미코는 어둠을 틈타 재빨리 카오리왕후의 처소 안으로 숨어들었다. 카오리왕후의 뜰은 아기자기하게 꾸며져 있어 숨을 곳이 많은 편이었다. 히미코는 큰 돌 뒤로 갔다.

어머니는 무언가 계략이 있을 거라 했지만 히미코는 확신할 수 없었다. 만일 정말 왕의 아이라면 어떻게 해야 하는 걸까? 쭈그리고 앉아 있어서인지 허벅지에 땀이 흥건하게 고였다. 자세를 바꾸기 위해 고개를 돌리던 히미코는 궁녀 하나가 다가오는 것을 보고 재빨리 고개를 숙였다.

엔유였다. 어린 시절부터 카오리왕후의 시중을 들었고, 왕궁에 들어올 때도 데리고 왔다는 카오리왕후의 손발이나 다름없는 궁녀였다. 엔유는 주위를 살피며 히미코 쪽으로 다가오고 있었다. 히미코는 엔유가 한 발자국 한 발자국 다가올 때마다 조금씩 몸을 틀었다. 언제나 몸을 숨기는 데는 자신 있었다. 바위 하나를 사이에 두고 있는 엔유는 그녀의 존재를 전혀 눈치채지 못한 것 같았다.

히미코는 어둠 속에서 눈을 가늘게 떴다. 엔유는 모 속에서 무엇을 꺼내고 있었다. 분홍색 보자기 안의 것은 살아 있는지 자꾸 꾸물거리고 있었다. 엔유가 그녀 쪽으로 고개를 돌리자 히미코는 몸을 더 움츠렸다. 저게 뭘까?

마치 그녀가 거기 있다는 것을 알고 약을 올리기라도 하듯 엔유는 몸을 틀어 히미코의 시선을 등으로 가로막아버렸다. 히미코는 고개를 내뺐지만 엔유의 등만 보일 뿐이었다. 결국 히미코가 일어서려고 하는 순간 무슨 소리가 들렸다. 히미코는 너무 놀라서 뒤로 엎어져버렸다. 이 소린?

돼지였다.

엔유는 다시 그녀 쪽으로 얼굴을 맞대고 있었다. 히미코는 엔유와 시선이 마주칠까 조마조마했지만 엔유는 히미코에게는 관심도 없었다. 칼을 꺼내들고는 작고 통통한 새끼돼지를 보며 얼굴을 한껏 찌푸리고 있을 뿐이었다. 드디어 엔유가 눈을 질끈 감고 돼지의 배를 갈랐다. 그리고 바가지에 돼지의 피와 내장들을 담았다.

히미코는 피비린내에 구역질이 나올 것 같아 입을 틀어막았다. 이제 엔유는 죽은 돼지를 땅에 파묻고 있었다. 카오리왕후의 심복이 카오리왕후가 산통을 겪는 동안 돼지를 죽이고 있다? 분명히 무언가가 있었다. 별의별 미신이라면 다 믿는다는 카오리왕후라 해도 이건 좀 수상했다.

히미코는 엔유가 바가지를 들고 카오리왕후의 처소 뒤편으로 가는 것을 눈여겨보았다. 얼마 뒤 카오리왕후의 비명이 그치고 왕자가 태어났다는 궁녀의 외침이 들렸다. 히미코는 돼지를 묻은 자리를 잘 봐두고는 바위 뒤에서 몰래 나왔다. 궁녀들은 해산한 뒤 뒤치다꺼리를 하느라 바쁜지 코빼기도 보이지 않았다. 발뒤꿈치를 들고 처소 문을 나서려는 순간 등 뒤로 엔유의 목소리가 들렸다.

"어딜 가십니까, 마마?"

히미코는 천천히 뒤돌아섰다.

6

카오리왕후는 차를 마시고 있었다. 히미코는 인사도 없이 자리에 앉았다. 어차피 겁날 것이 없었다. 하지만 카오리왕후는 이상하게도 당당했다.

"돼지 피는 아이에게 발라주셨나 보죠? 더 큰 돼지를 잡지 그러셨어요? 좀 모자랐을 것 같은데. 감히 왕실을 능멸하고서도 너무나 당당하십니다."

카오리왕후는 히미코의 말에 큰 소리로 웃기 시작했다.

"왕실을 능멸한 죄라! 왕실을 능멸한 죄! 네가 그런 말을 할 자격이 있더냐?"

"전 이 나라의 공주입니다. 그것이면 충분하지 않겠습니까?"

그 말에 카오리왕후의 웃음소리가 더 커졌다. 뭐가 그리

우스운지 이젠 아예 사레가 들릴 지경이다. 설마…… 알고 있는 걸까? 히미코는 스멀스멀 기어오르는 불안감을 누르며 다시 한 번 강조했다.

"이젠 정말 겁나는 게 없으신 모양입니다. 절 협박해 어떻게 해보려는 것이라면 생각도 마십시오."

하, 하하하. 카오리왕후의 웃음소리는 항상 듣기 싫었다. 숨이 넘어갈 듯한 웃음소리는 사람을 긴장하게 만든다. 차라리 웃다가 목이라도 막혀 죽어버렸으면. 카오리왕후는 사레 들렸는지 마른기침을 해댔다. 엔유는 부드러운 손길로 카오리왕후의 등을 쓸어주고 있다. 히미코는 그 꼴이 보기 싫어 고개를 숙였다.

"웃기지 마. 넌 구다라 천민의 딸일 뿐이야."

히미코는 고개도 들지 않았다. 침착해야 해, 그러지 않으면 살아남을 수 없어.

"내가 모를 줄 알았더냐? 아무래도 이상했지. 난 혼인한 지 십 년이 넘도록 아이가 생기지 않았어. 다른 왕후나 후궁들도 마찬가지지. 그런데 어떻게 네 어미가 승은을 입은 지 몇 달도 안 돼 임신을 할 수 있지? 생각도 못했어. 기생년 따위가 그런 일을 꾸밀 줄은."

히미코는 아무렇지도 않게 대꾸했다.

"어머니의 집에까지 첩자를 심어놓으셨습니까?"

자신이 흔들리면 그것으로 끝장이었다. 주전자를 들어 찻잔에 차를 따르고 찻잔을 집어들었다. 찻잔에서는 김이 모락모락 났다. 그런데 왜 차갑지? 찻잔에서 피어오르는 김 때문에 카오리왕후의 모습이 아른거린다.

"기특하구나. 널 협박하는 어미도 어미라고?"

찻잔이 통째로 흔들렸다. 물이 넘쳐흐를 것 같다. 하지만 히미코는 흔들리지 않았다.

"네가 오늘 본 일을 대비께 고하는 날, 너도 죽는 게야. 우리 모두 죽게 되겠지. 너도 들어봤겠지? 구카다치(끓는 물 속에 손을 집어넣는 심문으로 거짓을 고하면 손을 데고 진실을 고하면 멀쩡하다고 한다)라고. 대비께서는 증언이 바른 것임을 입증할 때 꼭 구카다치를 하시지. 하지만 끓는 물 속에 손을 집어넣어서 이제껏 무사히 살아남은 사람은 아무도 없었어. 살아남는다고 해도 손 하나를 잘라내야겠지. 아니, 팔 전체를 잘라내고도 살아남은 사람은 없었어."

카오리왕후는 친절하게도 설명한다.

"네 어미에게 가서 전해라. 어떻게 그런 생각을 했는지는 모르겠지만 고맙다고. 그 기생년이 아니었으면 나도 이런 짓을 꾸미지는 못했을 게야. 원래 예정되었던 아이가 여자라서 사내아이를 구하느라 얼마나 골머리를 썩였는지 이젠 좀 쉬고 싶구나. 그럼 나가주실까, 공주마마?"

히미코의 등 뒤로 카오리왕후의 웃음이 따라왔다. 깔딱, 깔딱. 저놈의 목숨도 질기지. 히미코는 하늘을 바라보았다. 여름의 태양은 어떻게 그리도 긴 여운을 남기는 건지. 손 안에 흥건하게 고인 땀을 모에 닦는 손길에 짜증이 가득했다.

7

"도대체 듣고 계시기는 한 겁니까?"

"예."

와타나베의 대답에 아버지는 깊은 한숨을 내쉬었다. 그러고는 똑같은 이야기를 되풀이했다. 히미코가 와타나베를 죽일 거란 이야기……, 점쟁이들마다 한다는 이야기……, 듣는 것만으로도 히미코에게 죄가 되는 듯한 이야기…….

"공주뿐이라면 제가 이렇게 걱정을 하지도 않습니다. 왕자까지 태어난 마당에 이렇게 맥을 놓고 계시다니, 정말 이해할 수가 없습니다. 아무리 왕자가……."

아버지는 차마 말을 뱉지 못했다. 헤이제이왕자는 뭔가 모자라 보였다. 석 달이 지나도록 눈에 초점이 없었고, 제대로 꼼지락거리지도 못했다. 하지만 둥글고 큰 눈은 그득했다. 그리고 히미코는 그런 헤이제이를 좋아해서 카오리왕후의 처소에서 살다시피 했다. 그도 히미코를 보고 싶으면 카오리왕후의 처소로 먼저 갈 정도였다.

"서둘러 혼인해야 합니다. 여염집이었다면 벌써 아이를 낳아도 몇은 낳았을 나이입니다. 세손까지 있다면 누구도 세자위에 대해 말을 꺼내지 못할 겁니다."

세손이라⋯⋯. 히미코가 헤이제이를 안고 있는 모습을 볼때면 뭔가 울컥 솟구쳤다. 만일 누군가가 그의 아이를 안고있는 모습을 그린다면 그 누군가는 바로 히미코였다. 다른사람은 상상할 수도 없었다.

"공주와 혼인하고 싶습니다."

자신도 모르게 꺼낸 말에 아버지는 벌어진 입을 다물 줄몰랐다.

"전하의 피를 물려받은 공주와 혼인한다면 누구도 세자위를 넘볼 수 없을 겁니다. 헤이제이왕자를 세자로 삼아야 한다고 주장하는 이들이 내세우는 명분이 제가 전하의 친자식이 아니라는 것이니까요."

"그게 말이 된다고 생각하십니까? 대비께서 공주를 얼마나 미워하는지 잊으셨습니까?"

"제가 만약 혼인을 한다면 히미코 외에 다른 사람은 생각하고 싶지 않습니다."

"세자!"

아버지의 고함에도 와타나베는 끄덕도 하지 않았다. 아버지는 그저 놀라서 중얼거렸다.

"어떻게 세자께서 이리 변하셨습니까? 어떻게 세자께서……."

그 말을 끝으로 계속 술만 마실 뿐 아버지는 한동안 말이 없었다. 그는 계속 아버지의 술잔을 채워주었다. 술병을 다 비웠을 때, 아버지는 깊은 한숨을 내쉬고는 입을 열었다.

"저도 왕이 되고 싶었습니다."

와타나베는 고개를 번쩍 들었다. 역모로 몰릴 수도 있는 말이었다.

"하지만 되지 못했습니다. 누가 봐도 전하보다 뛰어난 능력을 지녔는데도. 어마마마는 형님을 선택했지요."

그도 알고 있었다. 도성 안에는 아직도 소문이 무성했다. 그렇게 냉정한 대비가 왜 장남을 선택했는지에 대해. 게다가 왕을 딱히 편애하는 것도 아니었다. 하지만 대비는 선왕의 반대에도 불구하고 지금의 왕을 세자로 책봉했다. 아무도 그 이유를 알 수 없었다.

"궁금하지 않습니까? 왜 대비가 형님을 선택했는지?"

대비가? 무엄한 말투에 와타나베는 움찔했다. 하지만 아버지는 태연하게 마지막 술잔을 비우고 한숨을 내쉬었다.

"제가 친자식이 아니니까요. 바로 그게 이유입니다."

숨이 멎는 줄 알았다. 와타나베는 고개를 들었다. 하지만 아버지는 시선을 피했다.

"제 어머니는 선왕의 두 번째 왕후셨던 에바왕후입니다."

에바왕후라면 와타나베도 아는 사람이었다. 대비의 가장
큰 적이었던 걸로 유명했으니까. 그래서인지 에바왕후의 알
수 없는 죽음을 놓고 말들도 많았다. 물론 공식적으로는 아
이를 낳다가 죽었고, 아이는 사산되었다고 했다. 하지만 그
사실을 곧이곧대로 믿는 사람은 거의 없었다.

"아무도 모르는 일입니다. 후후, 아니지요. 대비께서는 알
고 있을 테니까요."

"차근차근 말씀해주십시오. 전 도무지 무슨 말씀인지 알아
들을 수가 없습니다."

"이젠 좀 궁금하십니까, 세자?"

살살 약 올리는 듯한 말투였다. 와타나베가 다시 묻기 전
에 아버지는 말을 이었다.

"말하지 않으려고 했습니다. 혹시라도 이 일 때문에 영향
을 받을까 염려되어 묻어두려고 했습니다. 하지만 어쩔 수
없군요. 세자께서 흔들리는 것 같아 불안합니다. 그래서 이
야기하는 겁니다."

와타나베는 숨을 죽였다. 아버지가 말하는 진실에……

대비는 구다라 왕실 사람이었다. 하지만 에바왕후는 집안
대대로 이 나라에서 살아왔다. 백성들이 에바왕후에게 기우

는 건 당연했다. 선왕도 구다라 왕실의 명만 아니었다면 세자 시절부터 사모해왔던 에바왕후를 첫째 비로 맞아들였을 거라고 했다.

하지만 아무리 대비가 구다라를 등에 업고 있다고 해도 구다라는 멀고 먼 땅이었다. 대비가 낳은 아이가 세자로 봉해지기도 전에 에바왕후가 아들을 낳는다면 문제는 심각했다. 물론 대비는 서둘렀지만 에바왕후 쪽도 만만치 않았다. 그러던 중 에바왕후가 회임을 하자 대비의 불안은 극에 달했다.

대비는 치밀하게 계획을 세웠다. 대비의 거짓 임신에 선왕은 아무것도 모르고 기뻐하기만 했다. 대비는 그 틈을 타 빠르게 움직였다. 결국 모든 것이 대비의 뜻대로 되었다. 에바왕후를 죽이고, 태어난 아이는 자신이 낳은 것으로 꾸몄다. 의심받을 일도 없었다. 에바왕후가 진통을 시작하는 동시에 대비도 진통을 시작하는 것처럼 꾸몄으니까.

아버지는 그 말을 하면서 울었다. 나이 든 궁녀가 죽기 전에 전해준 이야기라고 했다. 에바왕후 집안은 이미 대비의 교묘한 수에 의해 풍비박산이 난 상태였다. 아버지가 할 수 있는 일은 아무것도 없었다. 그저 이를 갈며 간사하고 교활한 대비를 원망하는 것밖에는.

그래서 왕이 되어야 한다고 했다. 억울하게 죽은 친할머니의 한을 풀기 위해서라도. 무슨 수를 써서라도 왕이 되어야 한다고 했다. 와타나베는 힘겹게 고개를 끄덕였다. 그제야 아버지는 눈물을 닦았다.

8

수인은 제법 시원해진 바람에 시마다마게(머리 장식의 일종) 사이로 빠져나온 머리카락을 귀 뒤로 넘겼다. 멀리 아이가 보였다. 어른까지도 들뜨게 만드는 마쓰리(축제. 일본은 축제의 나라라고 할 만큼 축제가 많다. 모내기나 추수, 풍년기원 등 기본적인 농경사회의 행사 외에도 건강, 행복 등을 기원하기 위해 많은 축제를 열었다)건만 아이는 흔들리는 세상을 비웃는 듯 무심했다. 하긴 이제는 아이라는 말이 어울리지 않는 나이다.

아이는 내리깐 눈으로 말판을 바라보고 있었다. 모두 모여 스고로꾸(쌍륙놀이. 장기와 윷놀이의 특성이 혼합된 놀이로 서역에서 중국, 백제를 거쳐 일본에 전해진 것으로 추정된다)라도 하자는 카오리왕후의 제의로 마련된 자리였다. 하지만 아이는 시답지 않다는 표정이다. 그런 아이를 바라보는 와타나베도 스고로꾸에는 흥미가 없어 보였다. 와타나베는 말판보다는 아이를 바라보는 시간이 더 길었다.

흥! 에바왕후의 손자라고? 고얀 것. 감히 그딴 이야기를 꾸며대? 내가 그놈을 어떻게 길렀는데. 고얀 놈!

수인은 한숨을 내쉬었다. 왕위가 그리도 탐났던 걸까? 친어미를 부정하면서까지 와타나베를 왕위에 하게 만들고 싶을 정도로? 다카미와 닮은 와타나베를 보고 있자니 눌렀던 화가 다시 끓어오르기 시작했다. 그래서 다카미를 왕으로 만들지 않았다. 집착이란 화를 불러오기 마련이었다. 훌륭한 왕이라면 언제라도 왕위를 버릴 수 있어야 했다.

멍청한 놈! 그래도 하나는 맞았다. 구다라, 그놈의 구다라, 자신이 그곳에서 왔다는 것, 그것 외에는 모두 틀렸다. 구다라, 자신의 운명을 결정지은 곳…….

백성들도 신하들도 모두 자신이 구다라를 등에 업고 권력을 잡았기 때문에, 구다라가 모국이기 때문에 그곳에 보내는 조공이 늘어만 간다고 생각하고 있을 것이다. 구다라가 자신이 권력을 다지는 데 도움이 되었던 것은 인정할 수밖에 없는 사실이었다. 하지만 구다라를 자신의 나라라고 생각해본 적은 없었다.

담로국을 시찰하던 구다라 왕족의 눈에 띄어 강간당한 어미가 낳은 아이였지만 어린 시절을 구다라에서 보냈고, 구다라 왕실의 명으로 담로국 왕과 혼인하긴 했지만 한 번도 구다라를 자신의 나라라고 생각해본 적은 없었다. 그저 권력을 단단히 해줄 무언가가 필요했었다. 하지만 언제나 받는 것이 있으면 주어야 할 것도 있는 법이었다.

구다라, 자신의 나라라고 생각해본 적이 없지만 자신의 나라인 구다라, 모든 것의 시작인 나라, 구다라……. 하지만 시작에서 벗어나야 무언가를 향해 갈 수 있었다. 그것이 무엇이든.

아이는 벗어나야만 한다고 했다. 벗어날 수 있다고 했다. 물론 그때는 아이가 자신의 출생에 관해 전혀 모르고 있었다. 하지만 수인은 지금도 아이의 생각이 변치 않았을 거라고 확신할 수 있었다. 아이는 무언가에 얽매이는 성격이 아니었다. 그저 옳은 것만 고집했다. 다카미는 그래서 글러먹었다. 능력이 문제가 아니었다. 성격, 그것도 올바른 성격이 왕의 첫 번째 자질인 것을, 아직도 그걸 모르고 헤매다니.

스고로꾸 주사위를 던지는 소리에 수인은 다시 고개를 들었다. 모두들 떨어지는 주사위를 바라보고 있건만, 아이는 여전히 고개를 갸웃한 자세로 눈만 깜박이고 있었다. 미유키왕후가 던진 주사위가 요행수를 불렀는지 모두들 숨죽이고 말판을 바라보고 있었다.

3과 4. 말 하나를 일곱 칸 전진하면 상대편의 말 하나를 잡을 수 있다. 더 많은 말이 더 빨리 도착하는 것이 스고로꾸의 핵심이었다. 말 하나를 잡는다는 것은 그만큼 상대편을 따라잡는 것을 의미했다. 하지만 미유키왕후는 망설이고 있었다.

아무래도 상대편인 카오리왕후의 눈길이 곱지 않다. 엄연히 서열상으로 먼저건만 성품이 둥근 미유키왕후로선 카오리왕후를 이기기 힘든 모양이었다. 카오리왕후의 재주는 하늘이 내렸는지 사람을 모욕 주는 데는 아무도 당할 자가 없었다.

미유키왕후는 눈치를 보다 아이와 눈이 마주쳤다. 이상한 일이다. 모두들 아이를 어려워하면서도 아이에게 의지하려 들었다. 무심한 아이의 눈길에 일순 동정이 어린다. 아이는 조금은 귀찮다는 듯 한숨을 내쉬며 말 하나를 거친 손길로 옮겼다. 툭, 툭, 툭. 툭, 툭, 툭툭. 머리 부분을 도금한 검은 말이 모깃불에 비쳐 반짝인다. 미유키왕후는 자신의 고민을 해결해준 아이가 고마운지 안도감을 숨기려 하지도 않는다. 하지만 아이는 아무런 공치사도 하지 않았다. 언제나 그랬듯이.

아무리 아이를 따돌리려고 해도, 이젠 와타나베까지 아이를 왕족들에게서 떼어놓으려 애쓰는데도 아이의 주변에는 사람이 넘쳤다. 궁녀들은 아프면 의관보다 아이를 먼저 찾았고, 대신들은 중요한 행사가 있을 때면 날씨를 알아보려 아이를 찾았고, 왕후들은 회임할 수 있는 날을 받기 위해 아이를 찾았다. 그리고 자신들이 바라던 것을 얻으면 아이에게서 돌아서버렸다.

그래도 아이는 인사조차 하지 않던 궁녀의 피고름을 입으로 빨아 짜내고, 모른 척하는 대신들에게 먼저 다가가 폭풍 소식을 알리며 백성들을 대피시켰다. 아이가 다른 이들을 위해 뛰어다니는 동안 왕이란 놈은 기력을 회복한다는 핑계로 전국의 숫처녀들을 모아 음중(陰中)에 대추를 쑤셔 박는 데만 열을 올렸다(동진東秦시대에 저술된 『습유기拾遺記』에 따르면 음중에 삽입해두었던 말린 대추는 어떤 명약보다 기력회복에 좋다고 한다). 그런 꼴을 볼 때면 왕이 다카미보다 나은 선택이라 믿었던 자신이 우스웠다. 이번에는 절대 실수를 해서는 안 된다.

수인은 어른거리는 불빛에 잘 보이지 않는 말판을 보려 눈을 가늘게 떴다. 흔히 스고로꾸는 주사위 숫자에 따라 승패가 갈린다고 하지만 절대로 그렇지 않다. 숫자에 따라 어떤 말을 쓰느냐가 승패의 관건이다. 흰색 말 대부분이 아이 편인 검은 말을 앞지르고 있었다. 승부는 거의 끝나 있었다.

"왜 지켜만 보고 계신 겁니까?"

아마가시가 드디어 말문을 열었다. 답답한 모양이었다.

"저쪽으로 가시겠습니까? 쌍륙놀이라면 언제나 즐거워하셨지요."

수인은 눈살을 찌푸리며 아마가시를 돌아보았다.

"네 이름이 뭐냐?"

"예?"

아마가시는 엉뚱한 물음에 놀랐는지 이마를 접고 되물었다.

"네 이름은 아마가시야, 점례가 아니라. 알겠느냐? 저 놀이도 쌍륙놀이가 아니라 스고로꾸고. 다시는 구다라인 티를 내지 말라고 했을 텐데."

질질 끄는 어투에 아마가시는 기죽어 눈치만 살피고 있었다. 죽은 어미 대신 그녀를 업어 키우다시피 한 아마가시였다. 채 자라지도 않은 어린 나이에 무거운 아기를 매일 업다 보니 어른이 되기도 전에 허리가 굽은 아마가시였다.

수인은 찌푸렸던 인상을 펴며 성급한 자신을 탓했다. 중년이 될 때까지 구다라에서 지낸 아마가시가 구다라를 떨쳐버리기 힘든 것은 당연했다. 하지만 아마가시는 모른다. 구다라가 지금 얼마나 큰 위협이 되고 있는지.

수인은 한숨을 내쉬었다. 평소 같으면 그저 웃으면서 주의만 주고 말았을 일을 가지고 성급하게 굴다니. 이게 모두 저 아이 때문이야. 저 아이 때문에 신경이 날카로워진 게야. 수인은 다시 아이 쪽으로 눈을 돌렸다.

추수가 끝났는데도 모기가 극성이라 모깃불을 피워놓았다. 흔들리는 모깃불에 아이의 모습이 어른거린다. 바람이 방향을 바꾸자 연기가 아이에게 몰려들었다. 아이는 눈이 매운지 손을 들어 눈가로 가져갔다. 별이 보였다. 반짝이는 붉은 별. 수인은 입술을 지그시 깨물었다. 아이도 별을 본 모양이었다. 눈에 갑작스럽고 강렬한 감정이 돌았다. 바로 별을 만들 때와 같은 눈이었다.

처음부터 딱히 무슨 생각이 있었던 것은 아니었다. 그저 워낙 유명한 점쟁이라 하여 불러들인 것이었다. 혼란스러운 마음을 다잡고 싶은 이유도 있었다. 점쟁이에게 완전히 의지한다는 뜻은 결코 아니었다. 그저 도움이 될까 해서 불러들인 것뿐이었다.

하지만 아이는 달랐다. 비웃는 아이의 눈에 다시 돌려보낼까 하는 생각도 들었다. 왠지 아이가 그녀의 마음을 꿰뚫고 있는 것 같아 두려웠다. 그녀의 갈등을 모두 이해한다는 듯, 그녀의 불안을 모두 알고 있다는 듯 점쟁이를 바라보는 아이의 눈에 소름이 돋았다.

하지만 아이는 아무 말도 않고 스이코에게 손을 내밀었다. 와타나베에 대한 칭찬으로 목이 쉬어버린 스이코는 아무 말이 없었다. 아주 오랫동안 아이의 손을 뚫어지게 바라만 보았다. 스이코가 아이의 손을 바라보는 시간이 길어질수록 수인의 불안은 커져갔다. 수인은 숨 쉬는 것까지 잊고 있었다. 스이코가 아이의 손을 내려놓을 때까지.

스이코는 조심스럽게 말했다.

"좋은 손금입니다."

와타나베에게 덕이 많다느니, 자손이 번성할 거라느니 묻지 않은 말까지 다 하던 점쟁이는 말을 아꼈다. 아이는 그저 한쪽 눈썹을 추켜올리고는 수인을 흘낏 바라보았다. 장난스러운 눈길. 아이는 스이코에게 물었다.

"그래? 정말 운명이 손금으로 결정되는 게냐? 인간의 운명이 손에 있는 금 몇 개로 좌우된다고 확신하는 게냐?"

"예?"

스이코는 당황했는지 되물었다. 아마 어떤 사람도 그런 질문을 하지는 않았으리라. 그저 당연히 믿는 것이었다. 신이 있다는 걸 믿는 것처럼, 자신이 살아 있다는 것을 믿는 것처럼 손금으로 운명이 결정되는 것도 당연했다.

아마도 다른 또래의 아이라면 어떤 남자와 혼인을 하나요, 혹은 아이는 많이 낳나요, 같은 질문을 했을 터였다. 스이코는 부르르 떨며 대꾸했다.

"당연하지요. 손금에는 모든 운명이 다 나와 있습니다."

나라 안에서 제일가는 점쟁이였다. 대신들까지 좌지우지할 정도로 신통력이 대단한 점쟁이였다. 하지만 대답하는 스이코의 음성은 조금 떨렸다. 분명 자신의 신통력을 의심하는 데 대한 모욕으로 인한 떨림은 아니었다. 몰래 나쁜 짓을 하다 들켰다는 듯한 표정. 뭔가 이상했다.

아이는 스이코를 똑바로 바라보았다. 그리고 눈을 떼지 않은 채 물었다.

"그렇다면 위대한 왕이 될 수 있는 손금은 어떤 거냐?"

순간적으로 와타나베가 고개를 들었다. 수인은 와타나베의 눈에 서린 불안을 무시한 채 스이코에게 물었다.

"그래, 나도 궁금하구나. 위대한 왕이 될 수 있는 손금도 따로 있을 게 아니더냐? 그런 손금은 어떤 것이냐?"

수인의 물음에 스이코는 곤란한 표정으로 말을 고르고 있었다.

"세자마마께서도, 공주마마께서도 좋은 손금을 타고나셨습니다."

어쩔 줄 몰라 하는 말투였다.

"그래서? 내가 물은 것은 그것이 아니었을 텐데."

수인은 스이코를 노려보았다. 스이코는 수인을, 와타나베를, 그리고 마지막으로 아이를 한 번 둘러보더니 눈을 질끈 감았다.

"위대한 왕의 손금은 별이라고 했습니다.[18] 예로부터 전해오기를 별 모양의 손금이 있는 자는 천하를 지배하고 모든 것을 얻을 거라 했습니다."

말이 끝나기도 전에 아이와 와타나베가 동시에 고개를 숙였다. 펼친 손바닥을 뒤지는 눈들이 실망으로 힘없이 감겼다. 와타나베는 쓸쓸하게 웃으며 고개를 들었다. 하지만 아이는 숨을 쌕쌕거리며 분을 삭이고 있었다. 믿을 수 없는 모양이었다.

수인은 비웃음으로 입술 한쪽 끝을 올리며 아이를 보았다. 처음으로 아이를 자신의 발밑에 놓아둔 기분. 별 따윈 없었다. 그 아이에게도……. 혹시나 하여 숨죽이고 있었건만 별 따위는 없었다. 그녀는 아이에게서 눈을 떼지 않으며 물었다.

"그런 전설도 있었더냐?"

"예, 저도 구다라에서 그런 전설을 들은 적이 있습니다."

아마가시가 끼어들었다.

그때였다. 아이가 대에 매달린 단도를 뽑아든 것이! 수인은 놀라서 소리쳤다.

"감히 어느 안전이라고 칼을 뽑아드는 게냐?"

하지만 말은 점점 기어들어갔다. 아이의 눈에 살기가 번뜩였다. 누구도 자신이 하는 일을 방해할 생각은 말라는, 무언의 명령에 모두들 숨을 죽였다.

와타나베는 놀랐지만 조용히 달했다.

"칼을 놓으세요, 공주. 이게 무슨 짓입니까?"

하지만 아이는 와타나베 쪽을 돌아보지도 않았다. 그저 촛불에 번뜩이는 시퍼런 칼날과 자신의 손을 번갈아 바라보고 있을 뿐이었다. 스이코는 당황해 무릎을 꿇고 고개를 조아리며 울부짖었다.

"마마! 살려주십시오. 소인 어리석어 아직 아는 게 없습니다. 별 모양의 손금이라는 것도 그저 전해 내려오는 이야기일 뿐입니다. 제 스승조차 한 번도 본 적이 없다 했습니다. 실제로 그런 손금이 있는지도 의심스럽습니다. 소인 어리석어 망극한 말씀을 전했습니다. 마마, 살려주십시오."

스이코는 아이가 자신을 돌아보지도 않자 수인과 와타나베에게 울면서 매달렸다. 하지만 아무도 스이코를 보지 않았다. 아마가시조차도. 모두 아이만 바라보고 있었다. 아이는 단도를 든 채 파리한 얼굴로 떨고 있었다.

와타나베는 조심스레 아이에게 다가가 손을 내밀었다.

"공주! 위험합니다. 단도를 내게 주세요."

하지만 아이는 와타나베의 말에 대꾸하지 않고 왼손을 치켜들었다. 그리고 칼로 천천히 손바닥을 그었다. 예리하고 쓰라린 처음의 고통 때문에 더 이상 아픔은 느껴지지 않는지, 처음에만 조금 눈썹을 일그러뜨렸을 뿐 표정 하나 변하지 않았다. 검붉은 피가 바닥으로 떨어져내렸다.

아마가시는 놀라서 어의를 부르라고 소리쳤다. 아마가시의 고함소리에 달려온 궁녀는 아이의 옷을 타고 흘러내리는 피를 보고는 놀라 비명을 질렀다. 하지만 그것도 잠시였다. 모두들 입을 벌린 채 뚝뚝 떨어지는 피만 바라보았다. 열린 문으로 놀란 궁녀들의 얼굴이 탑을 쌓고 있었다. 하지만 수인은 아이를 바라보느라 궁녀들에게 신경 쓸 여유가 없었다.

와타나베는 아이를 말리려 다가갔지만, 아이는 와타나베에게 칼을 들이밀며 고개를 내저었다. 다가오지 마, 분명한 의미에 와타나베는 결국 주저앉았다.

아이는 계속해서 칼로 별 모양을 새기기 시작했다. 한 줄, 또 한 줄, 그리고 다시 한 줄, 그리고 마지막으로 한 줄. 마침내 아이의 손에 커다란 별이 붉게 빛나고 있었다. 뚝뚝 떨어지는 피의 여운조차 흐릿했다. 붉은 별에 모든 것이 희미했다.

아이는 왼손을 들고는 수인을, 와타나베를, 스이코를, 그리고 모여든 궁녀들을 둘러보며 아무렇지도 않게 말했다.

"손금이 운명을 결정한다고 했습니까? 정말 그것을 믿으십니까? 그렇다면 모두 고개를 들어 내 손을 보세요. 보이십니까, 이 커다란 별이."

아이는 손을 휘 내둘렀다.

"위대한 왕은 손에 별이 있어야 한다고 했습니다. 그렇다면 이렇게 커다란 별을 가진 저는 위대한 왕이 될 겁니다. 그렇지 않습니까?"

아이가 장난스럽게 덧붙였다.

"만약 손금이라는 것으로 정말 운명이 결정된다면 말이지요."

별 모양을 확인시키기 위해 아이는 손바닥을 한껏 펼쳤다. 벌어진 상처 사이로 하얀 뼈가 드러나 있었다. 수인은 물끄러미 그 모양을 바라보기만 했다.

아이는 다 말하지 않았다. 손에 별이 있는 사람이 위대한 왕이 되는 거라면, 그런데 내 손에 별이 없다면, 난 별을 새겨서라도 위대한 왕이 될 것입니다. 똑똑히 보십시오. 내 손에 빛나는 별을. 이 별이, 이 붉게 빛나는 별이 내가 누구보다 위대한 왕이 될 것임을 증명해줄 겁니다. 아이는 그렇게 말하고 싶었을 것이다.

궁녀 중 하나가 재빨리 수건을 가지고 왔다. 하지만 아이는 수건을 내치며 희미한 신음을 삼켰다.

아이의 옷은 흘러내린 피에 젖어 저벅거렸다. 아이가 처소로 돌아가고도 그 저벅거리는 소리가 들렸다. 아마가시가 덩어리진 채 굳어버린 핏자국을 닦으며 구시렁거리는 내내, 문을 활짝 열고 피비린내를 몰아내는 내내 그 저벅거리는 소리가 들렸다. 눈앞에 아른거리는 붉은 별과 함께.

수인은 주사위를 높이 던지는 아이를 보며 한숨을 내쉬었다. 구다라 아이라, 아비도 어미도 누군지 모르는 아이라……. 붉은 별이 빛나고 있었다. 결정을 내려야만 했다. 수인은 아이의 붉은 별을 바라보며 아마가시에게 말했다.

"난 들어가야겠구나. 넌 따라오지 말고 스고로꾸를 지켜보고 있어라."

"예?"

호기심을 잘 드러내지 않는 아마가시이지만 엉뚱한 명을 받자 되물었다. 오늘로 벌써 두 번째다. 수인의 얼굴에 짜증이 실렸다.

"누가 스고로꾸에서 이기는지 알아 오라는 얘기다. 누가 어떤 수를 쓰는 지도 잘 봐두고."

아마가시는 더 이상 묻지 않고 고개를 숙여 절하고는 물러갔다. 수인은 한숨을 내쉬며 처소로 향했다. 빨리 결정을 내려야 했다. 되도록 빨리.

아무리 기다려도 오지 않는 아마가시 때문에 수인은 결국 다시 뜰로 향했다. 자신의 명을 이행하지도 않고 다른 곳으로 샐 아마가시가 아니건만 초조해서 견딜 수가 없었다. 그때 아마가시가 달려오다 걸음을 늦추는 것이 보였다. 왕궁 안에서 뛰어다닌다고 한소리를 들을 것이 걱정인 모양이었다. 하지만 수인은 다가온 아마가시를 야단칠 여유조차 없었다.

"누가 이겼느냐?"

"예, 미유키왕후 편이 이겼습니다."

"미유키왕후?"

"예."

아마가시의 어리석음에 수인은 지나가는 듯 물었다. 듣고 있는 귀가 너무 많았다.

"왕후 편이 누구누구였느냐?"

"예, 미유키왕후와 히로스에왕후, 그리고 히미코공주께서 같은 편이었습니다."

수인은 다시 한숨을 내쉬다 하늘을 바라보았다. 아마가시는 뭐가 잘못된지 몰라 눈치를 살피고 있었다. 하지만 수인의 눈길은 하늘에서 떨어지지 않았다.

별이 쏟아져내리고 있었다. 아마가시도 수인의 시선을 따라가다 보았는지 놀라서 신음했다. 가을 하늘에 별이 쏟아져내리고 있었다. 수많은 별들이 하늘에서 땅으로 긴 여운을 남기며 떨어지고 있었다. 처음 보는 광경에 당황한 궁녀들이 수군거리는 소리가 들렸다.

아마 모두들 놀라서 정신이 없겠지. 마쓰리에 흥겨워하던 젊은이들도, 병상에 누워 있다 별이 떨어진다는 말을 듣고 밖으로 나왔을 왕도, 스고로꾸에 지고 엉뚱한 궁녀에게나 화풀이를 하고 있을 카오리왕후도, 번민으로 가득하던 와타나베도, 그리고 별을 지니고 있는 그 아이도……. 별이 쏟아져내리는 것을 보고 있겠지. 각자 다른 생각을 하면서.

난세라 했다. 수많은 별들이 떨어져내리는 것은 난세라 했다.[19] 지금의 상황을 이보다 잘 설명해줄 수 있는 말이 또 있을까. 수인은 쏟아져내리는 별을 바라보며 한숨을 내쉬었다. 결정은 이미 내려졌다.

제 7 장
세상에서 가장 큰 죄

그저 죽이고 싶었다. 누구든 상관없었다.

그저 누군가를 죽일 수만 있다면……

"전쟁터로 가자꾸나."

의후의 말에 사로는 아무 대답도 하지 않았다.

의후도 대답을 바라지 않았다. 히미코가 그랬었지.

이 세상에서 가장 큰 죄는 약한 거라고.

히미코가 그랬었지. 이 세상에서 가장 악한 사람은 약한 사람이라고.

왕이 되어야만 한다. 이 세상을 모두 피로 뒤덮는 한이 있어도……

더 이상 이렇게 살 수는 없었다.

1

"어찌 된 일이냐?"

의후는 급하게 아영의 처소 안으로 들어섰다. 웅성거리며 모여 있던 궁녀들이 전부 고개를 숙였다.

"모두 귀가 먹었느냐? 어찌 된 일이냐고 물었다!"

하지만 모두 바들바들 떨기만 할 뿐 앞으로 나서는 자는 없었다.

"영언! 어디 있느냐?"

쩌렁쩌렁 울리는 의후의 호통에 영언이란 늙은 궁녀가 바들바들 떨면서 나왔다.

"어찌 된 일이냐?"

"모르겠습니다, 마마. 처소에 돌아오신 뒤 갑자기 거품을 물고 쓰러지셨습니다."

"그게 대체 답이 된다고 생각하느냐? 방금 전까지 나와 함께 있었던 공주다. 그런데 날 보고 그걸 믿으란 말이냐?"

어의가 급히 뛰어오는 것이 보였다. 의후는 어의와 함께 방으로 들어섰다. 아영은 눈을 감고 있었다. 파리한 얼굴을 보자 의후는 차마 손을 대지도 못했다. 손을 댔는데 아영의 얼굴이 차가울까 걱정스러웠다. 어의는 뭔가를 찾느라 뭉그적거리고 있었다.

"도대체 뭘 하는 게냐? 빨리 진맥하지 않고!"

"그것이 명주천이 어디에 있는지……."

"지금 당장 진맥하지 못할까?"

"하지만 왕실의 법도가……."

"그깟 왕실 법도가 공주의 목숨보다 중하단 말이냐?"

의후는 어의의 손을 잡아 아영의 손목에 댔다. 어의의 손보다 의후의 손이 더 떨렸다. 제기랄, 아영의 얼굴이 너무 파리했다. 방금 전까지 나를 보고 생긋생긋 웃었는데, 제기랄. 의후는 미친 사람처럼 방 안을 서성였다.

진맥을 마친 어의의 표정은 도통 알 수가 없었다. 대체 뭘 알긴 하는 놈인지.

"어찌 된 일이냐?"

어의는 말이 없었다. 의후는 가슴이 터질 것 같았다. 아영은 울컥울컥 토해내고 있었다. 궁녀가 다가와 아영의 토사물을 받아내고 입가를 닦아주었다.

"아영아! 정신이 드느냐?"

하지만 아영은 눈을 감은 채였다. 의후는 아영을 잡고 흔들었다. 토사물이 옷으로 튀었지만 상관없었다. 아니, 눈에 들어오지도 않았다.

"아영아! 아영아!"

어의가 의후의 손을 잡았다.

"마마, 이러면 오히려 해롭습니다."

그 말에 의후는 황급히 손을 뗐다. 그리고 어의를 다그쳤다.

"대체 어디가 잘못된 것인지 빨리 고하지 못할까?"

하지만 어의는 대답 없이 일어섰다.

"무슨 일이냐?"

왕이 급히 들어서며 물었다. 의후는 마지못해 일어섰다.

"아영이 아프다고? 진맥은 했더냐?"

왕의 말에 어의가 고개를 주억거렸다.

"예. 그런데 그것이……."

"냉큼 고하지 못할까?"

"전하, 다른 사람을 다 물리소서. 그런 연후에……."

"당장 고하라. 여기서! 지금!"

왕의 호통에 어의는 한숨을 내쉬었다. 설마 공주가……. 의후는 고개를 내저었다. 아닐 거야, 아닐 거야. 저렇게 순진한 아이를 누가……? 나라면 몰라도 아영은 아닐 거야.

"그, 극, 극약을 드신 것 같습니다."

"뭐?"

어의의 말에 의후와 왕이 동시에 물었다.

"치사량은 아닌 것 같습니다만, 극약을 드신 게 분명합니다."

왕은 멈칫했지만 금세 안정을 찾았다.

"감히 네가 무슨 소리를 하고 있는지 아느냐? 극약을 먹었다니? 공주가 극약을 먹다니! 그 말이 어떤 뜻인지 알고 내뱉는 것이냐?"

어의는 무릎을 꿇었다.

"하지만 그것이 사실인 것을…….."

왕은 눈을 부릅떴다.

"이런 고얀 놈을 보았나? 여봐라, 게 누구 있느냐? 당장 이 자를 끌어내라."

금세 내관들이 들어와 어의를 끌어냈다. 어의는 끌려가면서도 억울함을 호소하고 있었다. 하지만 지금은 어의가 문제가 아니었다.

"하지만 전하!"

의후는 무릎을 꿇었다. 그러나 왕은 의후를 바라보지 않았다.

"여기 있는 사람은 모두 새겨들어라. 이 일은 누구도 발설해서는 안 될 것이야. 만약 누구라도 이 일을 발설할 시에는, 아니 조금이라도 이 비슷한 이야기가 새어나갈 때는 여기 있는 모두의 혀를 잘라버리겠다. 알겠느냐?"

모두들 놀라서 무릎을 꿇었다.

"알겠느냐고 물었다!"

"예."

덜덜 떨리는 목소리들이 처소 안을 울렸다. 왕은 닫힌 방문을 바라보며 혀를 찼다.

"저런 놈도 어의라고……, 쯧쯧. 보자, 우리 공주. 뭘 잘못 먹었기에 그리 토하는지……."

왕은 아영에게 다가갔다. 의후는 무릎으로 기어 왕의 앞을 가로막았다.

"전하, 진상을 조사하여야……. 범인을 잡아야 어떤 독을 썼는지 알아낼 수 있고, 그래야 빨리 고칠 수 있습니다."

"진상이라니? 무슨 진상 말이냐? 저 어의 놈이 한 말을 믿는 게냐? 쯧쯧, 네 나이가 도대체 몇인데 아직도 그 모양이란 말이더냐? 의관이란 것들은 원래 다 그런 법이야. 그저 제가 모르는 병이면 지레 겁을 먹고 딴소리를 해대지."

"하지만……."

의후가 용포를 붙들었지만 왕은 싸늘하게 의후의 손을 내쳤다.

"내가 분명히 말해두지만, 아영은 금세 자리를 털고 일어
날 거야. 두고봐라. 원래 어릴 때는 한 번씩 크게 앓는 법이
거늘. 두고보아라."

왕은 자신에게 말하듯 되뇌었다.

"두고봐라. 금세 일어날 것이야. 그리고 오늘이 무슨 날이
더냐? 네 탄신일이다. 이렇게 좋은 날, 그런 말도 안 되는 수
작을 부리는 놈 따위는 죽여도 마땅찮을 것을. 쯧쯧, 어찌 그
말을 믿고, 이렇게 추한 꼴을 보이는 게냐? 일어나라. 그리
고 처소로 돌아가. 탄신일이니 즐겁게 보내야지."

왕은 그 말을 끝으로 뒤도 돌아보지 않고 방을 나가버렸다.

"빨리 다른 의관을 불러오지 않고 뭐 하는 게냐!"

의후의 호통에 궁녀들이 황급히 방을 나섰다. 아영은 다시
토해내고 있었다. 의후는 손으로 토사물을 닦다 멈칫했다.
검붉은 피가 섞여 나오고 있었다.

"게 누구 없느냐!"

의후는 아영을 껴안고 울부짖었다. 하지만 거센 바람소리
만 들릴 뿐이었다.

"눈을 떠보아라. 아영아. 제발……."

의후의 애원에도 아영은 축 늘어져 있었다. 궁에 돌아올
때면 지겨울 정도로 붙어 조잘거리던 아영이었지만 아무런

대답이 없었다.

"다시는 전쟁터에 나가지 말아요."

아영은 의후가 궁에 돌아오자마자 울음을 터뜨렸다. 아직도 철없는 아이처럼 울 수 있는 아영이 다행스러웠다.

"그래도 내가 전쟁에 이긴 덕에 어머니는 왕후가 되고 넌 공주가 되지 않았느냐?"

농담으로 한 대답에 아영은 주저앉았다.

"공주 따위 되지 않아도 좋아요. 오라버니 목숨 걸고 얻어 낸 공주 신분 따위 지금이라도 버릴 수 있어요. 아니, 노예라도 될 수 있어요. 오라버니만 전쟁터에서 꺼내 올 수 있다면……."

어떻게 내 맘을 읽었을까? 피비린내가 지루하다고 느끼는 자신이 소름끼쳤다. 그만두고 싶었다. 하지만 왕은 계속 의후를 전쟁터로 내몰았다.

다시는 전쟁터에 나가지 않겠다는 다짐을 받고서도 아영은 울음을 멈추지 않았다. 울보랍니다, 우리 공주는……. 울보랍니다, 우리 공주는……. 의후의 놀림에 쏘아보면서도 아영은 계속 울었다. 의후가 전쟁터로 떠나지 않고 석 달이 지나서야 아영은 울음을 그쳤다.

"눈을 떠라. 아영아. 제발……. 일어나 울기라도 해. 제발……."

울지 않는 아영을 대신해 의후는 울면서 빌었다. 제발, 신이 있다면 제발…….

2

제기랄, 의후는 방 안을 어슬렁거렸다. 아영은 며칠째 일어나지 못하고 있었다. 무당을 불러 굿을 하는 사이 의후는 방으로 돌아왔다.

독 때문이라고 주장했던 의관은 행방이 묘연했다. 아마도 왕이 뒤처리를 깨끗이 한 모양이었다. 정말 독 때문이라면 누가 그랬는지 알아내야 했다. 어떤 독을 썼는지 알아야 해독제도 쓸 수 있었다. 제기랄, 과연 누가……? 대체 아영이 무슨 죄가 있다고? 나라면 몰라도…….

"마마, 사로입니다. 들어가도 되겠습니까?"

사로가 들어서자마자 의후는 물었다.

"좀 알아보았느냐?"

"예, 그런데 그것이……."

"왜?"

"그날 공주마마께서는 여기서 아침을 드신 것 외에는……."

사로는 말을 질질 끌었다.

"뭐야?"

"죄송합니다."

사로는 의후의 얼굴을 한 번 훔쳐보고는 다시 고개를 숙였다.

"아마 그 어의가 실수를 한 것 같습니다."

"정말 그렇게 생각하느냐? 거품을 물고 쓰러졌다 했어. 게다가 토악질이 얼마나 심한지 며칠을 토해내고 있어. 그런데도 어의가 실수를 했다고? 왜 아무런 대답이 없느냐? 네 의견을 묻지 않느냐?"

사로는 미친 듯이 방 안을 왔다 갔다 하는 의후를 바라보기만 할 뿐 말이 없었다.

"정말 아무것도 나오지 않았단 말이냐?"

"마마, 더 이상은 건드려 좋을 게 없습니다. 혹시라도 마마께서 의심을 받을 수 있습니다."

"뭐?"

"제 의견을 구하시니 답을 드리지요. 공주마마께서 보이시는 증세는 극약을 드신 것과 비슷합니다. 하지만 이 일이 퍼져나가면 왕실은 물론 조정 전체가 혼란해집니다. 그래서 전하께서도 입을 다물라 하신 거구요. 게다가 더 깊이 들어가 조사한다 해도 나올 것은 별로 없습니다. 오히려 잘못하면 마마께서 범인으로 몰리실 수도 있습니다. 극약이란 본디 아무리 적은 양을 먹어도 금세 효과가 나타나는 법입니다. 그런데 공주마마께서 쓰러지기 직전 계셨던 곳이 바로 이곳입니다."

사로의 냉정한 말에 의후는 치를 떨었다. 하지만 뭐라 반박할 거리도 없었다.

"그저 어의가 실수한 겁니다. 그렇게 생각하십시오."

사로는 그 말을 끝으로 방을 나섰다.

대체 이게 무슨 일일까? 의후는 털썩 주저앉았다. 어의가 함부로 '독살'을 입에 담았을 리 없었다. 이대로 무작정 당하고만 있어야 하는 건가? 의후는 방을 둘러보았다. 구석에는 아직도 탄신 하례물품들이 쌓여 있었다. 이젠 완전히 달라진 의후의 입지를 증명하듯 하례물품은 끝도 없었다. 아영은 하례물품들을 뜯어보며 마냥 좋아했다. 희미한 촛불 그림자에 어른거리는 하례물품들이 괴물처럼 보였다.

"밖에 누구 있느냐?"

궁녀 하나가 금세 들어왔다.

"저것들을 치워라."

궁녀는 나가서 다른 사람들을 데리고 왔다. 궁녀들이 물건을 집을 때마다 아영이 했던 말들이 떠올랐다.

오라버니, 이거 나 줄래요?

피, 이건 나한테는 아무 쓸모도 없잖아.

와, 이거 정말 맛있겠다. 나 이거 하나 먹어도 돼요?

제기랄, 의후는 벌떡 일어섰다. 그리고 놀라서 바라보는 궁녀의 손에 든 상자를 빼앗아 들었다. 상자를 여는 손이 벌벌 떨렸다. 나무상자는 텅 비어 있었다. 종이봉지 외에는 아무것도 없었다. 한과를 쌌던 종이봉지는 끈적거리는 물엿 때문인지 의후의 손에 쩍쩍 달라붙었다.

아영은 하례물품 중에 섞여 있던 색색의 한과를 먹고 싶어했었다. 하지만 의후는 궁녀들이 먼저 시식을 한 뒤에 먹어야 한다고 달랬다. 그리고 잠시 자리를 떴다가 되돌아왔을 땐 잊고 있었다. 제기랄, 의후는 한과봉지를 거머쥐고 뛰었다.

3

도끼질 소리에 의후는 아영을 더 세게 끌어안았다. 하지만 의후의 온기에도 아영은 따뜻해지지 않았다. 며칠이나 지났을까? 아영의 죽음에 정신을 잃은 어머니가 실려나간 후 의후는 방문을 못으로 박아버렸다. 아영의 시신을 내가려는 궁녀들이 밖에서 애원했지만 의후는 아영만 끌어안고 있었다.

"만약 이 세상에 태어나지 말았어야 하는 사람이 있다면 그건 바로 나야. 만약 이 세상에 단 한 명 누군가가 죽어야 한다면 바로 그게 나야."

의후는 아영에게 울면서 속삭였다.

"이 세상에 죽어야 할 사람이 있다면 그건 나야, 네가 아니라."

아영은 그런 의후를 보며 웃고 있었다. 언제나 그랬듯이, 생긋생긋 웃고 있었다.

"마마, 사로입니다. 벌써 사흘째입니다, 마마. 이만 털고 일어나십시오. 그리고 이제 장례도……."

이젠 사로까지 나설 모양이었다. 의후는 문밖을 향해 소리를 질렀다.

"장례라니? 공주가 죽었다. 그것도 독살이야. 그런데 검시(檢屍)도 하지 않고 장례라니!"

"왜 이러십니까, 마마? 왜 검시를 못하는지 그 이유를 몰라서 이러십니까?"

알고 있었다. 지체 높은 이는 검시가 허용되지 않았다. 시신을 모독하는 행위이므로. 하지만 의후는 상관하지 않았다. 이렇게 억울하게 아영을 보낼 수는 없었다.

"언제까지 그러고 계실 수는 없습니다. 도끼질에 문이 나가 떨어지기 전에 직접 열어주십시오. 강인한 모습을 보여주십시오."

사로의 말이 끝나기 무섭게 쾅, 하는 소리와 함께 방문이 무너져내렸다. 의후는 꼼짝하지 않았다. 무사들이 무섭게 달려들었다. 맨몸으로 무사들을 막으면서도 아영을 잡은 손을 놓지 않으려 애썼다. 하지만 어느 순간 내관들이 재빨리 아영의 시신을 내가고 있었다.

"안 된다. 감히 누가 공주의 몸에 손을 대는 게냐!"

이렇게 보낼 수는 없었다. 의후는 미친 듯이 발악했다. 그리고 쓰러진 무사의 칼을 잡고 자신을 막는 무사들을 마구 찔러댔다.

"마마, 저입니다. 절 못 알아보시겠습니까?"

무사 하나가 의후의 칼을 피하며 애원했다.

"제발 이성을 찾으십시오, 마마!"

칼을 맞은 무사 하나는 쓰러져서도 울부짖었다. 하지만 의후는 아무것도 눈에 보이지 않았다.

"마마를 해치고 싶지는 않습니다."

멀리서 활을 든 사로가 소리쳤다. 하지만 의후는 멈추지 않았다. 사로가 쏜 화살은 의후에게 닿지 못하고 바닥에 떨어졌다. 사로가 실수할 때도 있군. 그렇게 안심했을 때 갑자기 다리가 풀리기 시작했다. 가슴에 작은 화살 하나가 박혀 있었다. 독살(속이 빈 큰 화살 속에 넣어 쏘는 작은 화살. 속력이 빠른 데다 바깥쪽의 긴 화살이 떨어지고 나서도 멀리 날아가 적의 눈을 쉽게 속일 수 있다)이었다. 재빨리 화살을 뽑았지만 가물거리는 정신을 붙잡을 수는 없었다.

4

혹시나 살아 있는 것은 아닐까? 혹시 살아 있는데, 아니
혹시 깨어날지도 모르는데 땅에 묻은 것은 아닐까?

관 위로 흙이 쏟아져내렸다. 엉엉, 통곡하는 어머니를 바
라보는 왕후들의 시선이 따가웠다. 하지만 순간 의후도 그렇
게 울고 싶었다. 엉엉, 그러면 오히려 실감이 날 것 같았다.
아영이 죽었다는 것이.

하지만 의후는 단 한 방울의 눈물도 흘리지 않았다. 아무
생각도 하고 싶지 않았다. 생각을 하면 아영이 죽었다는 생
각을 해야 하니까, 생각하고 싶지 않았다.

그저 죽이고 싶었다. 누구든 상관없었다. 그저 누군가를
죽일 수만 있다면…….

"전쟁터로 가자꾸나."

의후의 말에 사로는 아무 대답도 하지 않았다. 의후도 대
답을 바라지 않았다. 히미코가 그랬었지. 이 세상에서 가장
큰 죄는 약한 거라고. 히미코가 그랬었지. 이 세상에서 가장
악한 사람은 약한 사람이라고. 왕이 되어야만 한다. 이 세상
을 모두 피로 뒤덮는 한이 있어도……. 더 이상 이렇게 살

수는 없었다.

5

"왕자란 말이야……."

의후는 왕궁이 보이는 언덕에서 반나절을 보내고 나서야 말을 꺼냈다. 그래서 사로는 의후의 말을 막을 수가 없었다.

"왕자란 말이야, 세자가 되지 못한 왕자란 고귀하면서도 비천한 거야. 혹시라도 세자에게 무슨 일이 생겼을 때를 대비한 예비용, 마치 보리가 쌀을 대신하는 것처럼. 사람들은 모두 쌀밥을 먹고 싶어하지, 그러지 못할 경우가 아니면."

의후는 그 말을 꺼내고는 픽 웃는다.

"그런데 말이야. 만약 사람들이 보리밥을 더 먹고 싶어한다면 세상은 어떻게 될까?"

사로는 아무 대답도 하지 않았다. 한 번도 자신의 신분에 대해 불평할 줄 모르던 의후였다. 자고로 왕자란 세자보다 항상 못한 존재여야 했다. 그렇지 않을 경우엔……, 사로는 생각을 멈췄다. 잊어야 했다.

어디선가 까마귀가 날아들어 울고 있었다. 한겨울 숲에는 먹을 것이 다 떨어졌는지 힘없는 울음이었다. 한 달 동안 비가 내리지 않아 땅조차 말라 있었다. 이번 전쟁은 어느 때보다 치열했다. 승리라고는 하지만 아군의 희생도 만만치 않았다.

"그런데 더 웃긴 건 말이지, 쌀을 대신할 수 있는 건 꼭 보리가 아니어도 된다는 거야. 다른 것도 많거든."

의후는 혼잣말처럼 중얼거리더니 배가 고프다며 언덕을 내려가기 시작했다. 너무나 건조해 썩지 못하고 마른 낙엽들이 의후의 발에 바스러진다. 사로는 한숨을 내쉬었다. 의후의 뒷모습이 오늘따라 쓸쓸해 보였다. 처음으로 목을 벤적군이 겨우 열다섯 남짓 돼 보이는 담로국의 왕자라는 것을 알았을 때 짓던 표정과 비슷했다. 하지만 어쩔 수 없었다. 어차피 시작된 전쟁이었다. 세자보다 뛰어난 왕자는 결코 피 없이는 살 수 없는 법이었다. 사로의 할아버지가 그랬듯이……

6

휘녕이 한 걸음 한 걸음 내디딜 때마다 머리 위의 금관이 햇살에 반짝인다. 따사롭게만 느껴지는 겨울 햇살이 휘녕과 세자의 앞길에 깔려 있었다. 휘녕은 그의 앞을 지날 때 살짝 돌아보았다. 하지만 의후는 모른 척 고개를 돌렸다. 휘녕은 온몸을 금으로 감싸고 있었다. 정교한 누금세공의 심엽형 영락(瓔珞)만으로도 한 나라를 사고 남을 것이다. 양 손목에는 팔찌를, 열 손가락에는 반지를 끼고 있었다. 아마 손가락이 열 개밖에 되지 않아 서운했을 터였다.

원래 그의 아내가 될 여자였다. 그가 완전히 정복한 담로국의 공주였다. 그에게서 눈길을 떼지 못했던 여자였다. 의후가 휘녕의 나라를 정복하고 대전에서 묶는 첫날밤에 겁도 없이 찾아든 여자였다.

하지만 휘녕은, 그를 사모한다고 속삭이던 그 여자는 그보다 세자에게 맘이 쏠렸다. 풋, 의후는 웃었다. 여자란 그런 동물이었다. 울며불며 빌어서 왕궁에 데려다놓았더니, 감히 세자를 꼬드겨? 여자라면 누구 못지않게 밝히는 세자였다. 휘녕의 남자 후리는 재주도 누구 못지않았고. 자신까지도 깜박 속아넘어갈 뻔했으니까.

평화적인 정복이란 명분 아래 왕은 세자와 휘녕의 혼인을 허락했다. 웃기는 일이었다. 이미 많은 피를 보고 정복한 나라였다. 하지만 왕은 휘녕과 세자의 혼인으로 그 많은 피를 덮을 수 있으리라 생각하는 모양이었다. 모든 것이 휘녕의 뜻대로 되었다.

의후는 사로의 눈길을 모른 척 넘겼다. 걱정스런 눈길, 사로답지 않았다. 사로가 어떻게 생각하는지 훤히 들여다보였다. 하지만 처음으로 사로의 생각이 틀렸다. 휘녕과의 혼례를 생각하고 있을 때에도 휘녕을 사랑하지는 않았다. 그저, 쉴 곳이 필요했다. 그리고 그때 휘녕이 나타났다. 그를 사랑한다고, 죽도록 사랑한다고 맹세하는, 히미코를 닮은 휘녕이…….

왕도 반대할 이유가 없는 혼사라 생각했다. 정복당한 담로국 공주의 신분이었다. 오히려 천민보다 못할 수도 있는 신분이었기에 왕도 허락할 거라 생각했다. 쉬고 싶었다. 하지만 세상은 그를 내버려두지 않았다.

혼례식이 끝나자마자 시작된 잔치는 사흘을 넘기고 있었다. 의후는 술에 취해 휘청거리는 몸을 억지로 가누고 방으로 들어섰다. 더 이상 악사들의 연주를 듣고 있기가 민망했다. 그놈의 신나는 음악을 들으며 웃고 있기가 힘들었다.

방은 서늘했다. 사람이 없는 방은 항상 서늘하기 마련이었다. 하지만 오늘따라 그 서늘함이 깊이 다가왔다.

얼마나 되었지, 이 방을 떠난 것이? 기억할 수도 없었다. 의후는 털썩 주저앉았다. 바닥은 지글지글 끓고 있었다. 하지만 의후는 부르르 떨었다. 항상 몸의 한구석이 차가웠다. 아무리 더운 여름날에도 몸 깊은 곳이 싸늘했다.

의후는 일어나 방 구석구석을 살펴보았다. 떠날 때와 똑같은 모습의 방인데도 낯설었다. 가득 쌓인 책들은 위에 쌓인 먼지만 떨어냈는지 펼쳐들자마자 풀썩 먼지를 토해냈다. 의후는 물건들을 정리하기 시작했다. 이젠 정리해야 할 때였다. 모든 것을.

책들을 정리하는 일은 오히려 쉬웠다. 모두 버리고 갈 것이기에. 의후는 마지막으로 상자를 꺼냈다. 자신만의 비밀 상자, 추억이 깃든 물건들이 가득한 상자를 열기 전 의후는 잠시 망설였다. 처음 나온 것은 아영이 처음으로 수놓아주었던 주머니였다. 얼기설기 어설픈 솜씨로 몇 달이나 고생해 만든 주머니를 내밀던 아영은 웃고 있었다. 나머지 물건들도 비슷했다. 어머니가 만들어준 예복이나 자질구레한 장식품들⋯⋯. 마지막으로 나온 것은 거울이었다. 히미코. 생소한 발음이 익숙해질 만큼 혀끝에서 맴도는 이름. 마치 어딘가에 살아 있을 것만 같았다. 의후가 그렇듯 그리움에 애달파하면서⋯⋯.

후, 내가 정말 미쳤나보군. 휘녕 때문에 그런 걸까? 전체적인 분위기는 완전히 달랐지만 휘녕은 그 생김새가 히미코와 비슷했다. 아마 그래서인지도 모른다. 다른 여자들과 휘녕이 달라 보였던 것이. 그저 히미코와 닮았다는 이유만으로.

그리웠다. 가끔씩 히미코가 그리워 미칠 지경이었다. 특히 이렇게 혼자 있을 때에는, 아니 혼자라고 느낄 때에는⋯⋯. 의후는 그 생각에 고개를 내저었다. 사로는 한 글자도 틀리지 않고 세자의 말을 반복했다. 죽었답니다. 태풍이 휘몰아쳐서……. 왜로 돌아가기 전에 세자저하의 처소에 자주 들렀다 합니다. 궐 안에 소문이 파다하더이다.

의후는 버릴 물건이 있는 쪽으로 거울을 던져두었다. 그리고 아영이 만들어준 주머니를 대(帶)에 매달고 방을 나섰다.

제 8 장

굴장

굴장은 죽은 사람의 영혼이 다시는 세상으로 나오지 못하도록 한다고 했다.

아기처럼 웅크린 자세로 묻어 버리면

아무리 귀신이라도 무덤 속을 빠져나오지 못한다고 했다.

언제나 아기처럼 웅송그리고 자던 어머니였지만 좋아하지 않았을 것이다.

'내가 귀신이 되어서라도 널 꼭 왕으로 만들 것이야.

네가 왕이 되는 걸 도울 수만 있다면 저승에 가지 않아도 좋아.

영원히 여기서 떠도는 잡귀가 되어도 좋아. 네가 왕만 될 수 있다면……'

1

히미코는 헤이제이를 안아 올려 부글부글 끓는 듯한 침을 손으로 닦아주었다. 카오리왕후가 봤으면 더럽다고 한 소리를 했겠지. 유모는 카오리왕후를 닮았는지 헤이제이에게는 전혀 관심이 없었다. 누가 보지 않으면 방구석에 처박아놓기 일쑤였다. 그래도 헤이제이는 울지 않았다. 착하기도 하지. 히미코는 헤이제이의 통통한 볼에 입을 맞추었다. 소리 없는 웃음. 다시 침이 질질 흐른다. 히미코는 옆에 놓인 손수건을 들어 침을 닦아주었다.

잠깐 뒷간에 간다며 나간 유모는 아직도 올 생각을 하지 않는다. 젖 먹일 시간이 다 되었는데. 히미코는 한숨을 내쉬었다. 분명 어디서 또 주저앉아 떠들기 바쁜 모양이다. 모두들 헤이제이에게는 관심이 없었다. 히미코에게 그렇듯이……

히미코는 팔이 아파 헤이제이를 요 위에 내려놓았다. 칭얼거리지 않는 아인데 어쩐 일인지 울먹인다. 히미코는 재빨리 다시 아기를 안아올렸다. 헤이제이는 그제야 실쭉 웃는다. 전하 앞에서도 그렇게 웃으면 좋잖아. 그러면 좋아하실 텐데……. 하지만 헤이제이는 히미코에게만 웃어준다.

여염집 아낙이라면 벌써 혼인해 아기를 낳았을 나이였다. 의후가 살았다면……. 부질없는 생각을 지우려 히미코는 고개를 저었다. 다행히 대비는 와타나베도 히미코도 혼인시키고 싶어하지 않았다.

대비는 아직 아무런 말이 없었다. 카오리왕후는 그런 대비가 불안한지 매일 똑같은 소리만 되풀이한다. 원래 신동이 늦되는 법이라는 말. 하지만 카오리왕후는 자신의 말을 무색케 만드는 짓을 혼자 다 하고 있었다.

하루걸러 굿을 하고 하루걸러 점쟁이를 데리고 왔다. 거북이 등껍질을 태우고, 사슴 뼈를 태우고……. 이젠 더 태울 것도 남아 있지 않았다. 나라 안의 점쟁이들을 전부 먹여 살리려는지.

초조한 사람은 카오리왕후뿐만이 아니었다. 서신에 따르면 어머니도 매일 굿을 하는 모양이고, 다카미도 점쟁이란 점쟁이는 다 불러모으는 것 같았다. 초연한 사람은 와타나베뿐이었다.

어떻게 아무렇지도 않을 수 있을까. 자신의 세자 자리가 위태로운 이 상황에. 자신의 신분과 출생이 귀하다는 것 때문에? 히미코는 고개를 가로저었다. 얼마나 세게 고개를 저었는지 헤이제이가 꼼지락거린다. 그딴 건 아무 소용 없는 거야.

방 밖에서 들리는 기척에 히미코는 재빨리 옷매무새를 가다듬었다. 유모가 돌아온 모양이었다. 오늘은 정말 가만두지 않을 거야. 하지만 방문을 열고 들어선 궁녀는 뜻밖에도 아마가시였다. 히미코는 절을 하는 아마가시를 처음 보는 사람처럼 뚫어지게 바라보았다. 무슨 일일까?

"무슨 일이냐?"

"대비마마께서 찾으십니다."

대비가 자신을 찾는다? 대비가 무슨 일로? 오늘 아침 문안 때까지만 해도 아무 말이 없었는데. 대비는 언제나 그랬듯이 히미코를 대했다. 보이지 않는 인간처럼. 궁에 들어온 후 대비는 단 한 번도 히미코에게 말을 걸지 않았다. 차라리 그게 나았다. 요즘에는 대비가 그녀에게 무슨 말을 할까봐 더 두려웠다. 히미코는 뛰는 심장을 달랬다. 대비가 그녀의 출생에 대해 알았다면 아마가시가 아닌 무사들이 들이닥쳤을 터였다.

히미코는 아마가시에게 헤이제이를 맡기고 일어섰다. 갑

자기 헤이제이가 울기 시작했다. 잘 울지 않는 아이인데. 히미코는 억지로 무거운 걸음을 뗐다.

2

히미코는 기다렸다. 절을 하고 앉은 후에도 대비는 아무 말이 없었다. 조금씩 보이지 않는 손이 자신의 목을 졸라오는 듯해 견딜 수가 없었다. 대비는 지금 히미코의 인내심을 시험하는 중이었고, 그것을 아는 한 먼저 말을 꺼낼 수는 없었다.

아마가시가 다과상을 들고 왔다. 대비는 차를 마시면서 아마가시와 이야기를 나누었다. 차에 관한 이야기, 궁녀에 관한 이야기, 목걸이와 귀고리에 관한 이야기……. 마치 히미코가 그 자리에 없는 듯 둘은 정답게도 이야기를 했다.

히미코는 기다렸다. 질 수 없었다. 기다리라고 하면 천년도 기다릴 수 있었다. 지는 것보다는 이렇게 앉아 죽는 것이 나았다. 이제는 할 얘기가 떨어졌는지 아마가시와의 대화도 끊긴 상태였다. 아마가시는 침묵이 버거운지 몸을 꿈틀거리고 있었다. 결국 대비가 먼저 말문을 열었다.

"네 어미가 어제 죽었다고 하더구나."

"예?"

히미코는 놀라서 고개를 번쩍 들었다.

"못 들었느냐? 네 어미가 죽었다고 했다."

냉정하고 차가운 어조. 귀고리에 관한 이야기를 할 때보다 더 무관심한 말투였다. 별것 아니라는 듯, 당연하다는 듯. 그 말투가 믿을 수 없어 히미코는 다시 물었다.

"그게 무슨 말씀이십니까?"

"어린 게 벌써 귀가 먹었느냐? 네 어미가 어제 죽었다고 했느니라."

다시 손에 땀이 나기 시작했다. 어머니가 죽었다고? 믿을 수 없었다. 어제 온 서신에는 건강이 좋아졌다고 했는데. 어머니의 병세가 차도를 보이는데도 기뻐할 수도 없었지만. 어머니가 죽었다고? 믿을 수가 없었다. 아니, 믿고 싶지 않았다.

"어떻게 그렇게 갑자기……?"

히미코는 차마 말을 잇지 못했다.

"그거야 나도 알 수 없지. 그렇게 몸을 함부로 굴리고 다녔으니 신이 노하실 만도 하지. 그러잖아도 내가 굴장(屈葬, 유체를 구부려 묻는 방법)[20]을 하라고 명했다."

히미코는 순간적으로 굳어버렸다.

굴장은 죽은 사람의 영혼이 다시는 세상으로 나오지 못하도록 한다고 했다. 아기처럼 웅크린 자세로 묻어버리면 아무리 귀신이라도 무덤 속을 빠져나오지 못한다고 했다. 언제나 아기처럼 옹송그리고 자던 어머니였지만 좋아하지 않았을 것이다.

'내가 귀신이 되어서라도 널 꼭 왕으로 만들 것이야. 네가 왕이 되는 걸 도울 수만 있다면 저승에 가지 않아도 좋아. 영원히 여기서 떠도는 잡귀가 되어도 좋아. 네가 왕만 될 수 있다면……'

거칠고 꺼릴 것 없는 말투, 군데군데 틀린 맞춤법. 어머니가 마지막으로 보낸 서신이었다.

'건강이 조금 좋아졌어. 사람이 죽기 전에는 잠시 몸이 나아진다고 하던데……'

불안하던 말투. 어머니가 보낸 마지막 서신이었다.

'좋은 왕이 되어야 한다. 그래서 나같이 한 맺힌 사람이 없게 만들어야 한다.'

히미코는 이를 물었다. 어제, 마지막으로 온 서신은 그렇게 끝맺었다. 처음으로 '후궁'이라는 두 글자가 보이지 않았다.

눈이 알싸하다. 하지만 대비 앞에서 눈물을 보일 수는 없었다. 대비는 환히 웃고 있으니까. 손톱이 손바닥을 파고들었다. 하지만 히미코는 주먹을 더 세게 쥐었다. 왕이 될 사람은 울어선 안 된다. 어머니는 그렇게 말했다. 히미코는 눈에다 힘을 주고 대비를 바라보았다.

"더 하실 말씀이 있으십니까?"

대비는 그런 히미코가 우스운지, 아니면 어머니가 죽어서 기쁜지 입술을 일그러뜨린다. 하지만 순식간에 싸늘해지는 눈.

"그러니 이제 네 일이 밖으로 새어나갈 일은 없을 것이야."

대비의 말에 히미코는 숨쉬는 것을 잊었다. 너무 놀라서일까? 눈물이 뚝, 떨어져버렸다. 한번 흐른 눈물은 멈추지 않았다.

"눈물이라……. 우습구나. 그렇게 애써 슬픈 척할 필요 없다. 어차피 친어미도 아니지 않느냐?"

눈물이 쏙 들어갔다. 그저 머릿속이 멍했다.

"내가 모를 거라 생각했느냐? 말이 대비지 실제로 이 나라를 다스린 사람이 나다. 그런데 그깟 사기극 하나 눈치채지 못할 거라고 생각했단 말이더냐?"

차분해야 한다, 냉정해야 한다, 히미코는 태연히 찻잔을 집어들고는 차를 한 모금 마셨다. 바싹하게 마른 입안은 차한 모금으로는 어림도 없었지만. 그리고 당당하게 고개를 들었다.

"알고 계셨습니까? 그렇다면 어째서 저를 그대로 두시는 겁니까?"

"넌 그렇게 멍청하지 않으니 이유를 알 텐데. 아직까지 널 살려둔 이유 말이다."

대비는 태연한 히미코를 신기하다는 듯이 보고 있었다.

"전하 때문이겠지요."

왕이 그녀를 좋아한다는 뜻은 아니었다. 남들에게 모두 있는 것이니 자신도 있어야 한다는, 그것이 왕이 '자식'에 대해 가진 생각의 전부였다.

"맞아. 역시 똑똑하구나. 하지만 이젠 살려둘 이유가 없겠지. 헤이제이도 있으니……."

차마 입이 떨어지지 않았다. 헤이제이도 주워온 아이란 걸 알면 대비의 생각이 달라질 수 있었다. 하지만 그 선한 눈빛을, 가슴을 파고들던 꼬물거리던 손길을 배반할 수는 없었다. 차라리 자신이 죽는 게 나았다.

"왜 아무 말 없는 게냐? 헤이제이에 관해 할 말이 있을 텐데?"

"무슨 말씀이십니까?"

히미코는 모른 척 되물었다.

"무슨 소린지 정녕 모른단 말이냐?"

히미코는 고개를 숙였다. 대비가 모를 수도 있다고 기대했던 자신이 어리석었다. 숙인 머리 위로 대비의 싸늘한 말이 울렸다.

"알아서 하여라. 어차피 둘은 필요 없어. 하나만 있어도 전하는 만족하실 게다. 우선은 카오리부터 시작해라. 헤이제이는 그다음이고."

"하지만 왕자는 아무런 죄도 없습니다."

"그래서? 그러면 네가 왕자 대신 죽겠느냐?"

그 말에 히미코는 더 이상 아무런 질문도 하지 않고 방을 나섰다.

3

아이는 싸늘한 얼굴로 방을 나섰다. 아이의 얼굴만 보고서는 충격적인 소식을 몇 가지나 접했다는 사실을 아무도 알수 없을 것이다. 하지만 그 싸늘한 얼굴이 눈에 밟혔다. 수인도 그랬었다. 목맨 어머니를 발견했을 때…….

아마가시는 의아한 듯 고개를 갸웃거리다 말문을 열었다.

"차라리 헤이제이를 그대로 두시는 게 나을 거 같습니다. 그 아이는 바보니 왕실에 큰 위협은 되지 않을 것입니다."

수인은 눈썹을 추켜올렸다.

"정녕 그렇게 생각하느냐? 아니, 오히려 반대다. 그 아이는 바보이니 다른 사람들에게 휘둘릴 수밖에 없고, 그렇게 되면 오히려 왕실이 위험해져. 게다가 사내아이가 아니더냐?"

"아무리 그래도 저 아이는……."

"뭐라고 했느냐?"

수인은 아마가시를 노려보았다.

"예?"

아마가시는 영문을 모르겠다는 듯 두려움 가득한 눈을 들었다가 고개를 내린다.

"감히 공주에게 아이라니?"

"하지만……."

아마가시는 고개를 들다 급하게 고개를 숙인다.

"죄송합니다, 마마. 제가 죽을죄를……."

"됐다."

수인은 엎드린 아마가시의 등을 두드렸다.

"일어나. 그래, 하고 싶은 말이 뭐냐?"

하지만 아마가시는 아직도 힐끔거리며 눈치를 살핀다.

"그냥 말하라니까."

"공주께서는 너무 영민하십니다. 덴무의 말을 잊으셨습니까? 게다가 그 노래도 맘에 걸립니다."

수인은 씩 웃었다. 노래는 한 달 사이 도성 안에 퍼져버렸다. 아이가 아마테라스 오미카미의 화신이라는 내용이었다. 처음에는 기생들이, 다음에는 꼬마들이, 지금은 백성들이 그 단순한 가락을 읊조리고 있다고 했다. 한 달 후면 전국 방방곡곡에 퍼질 터였다. 아이의 머리에서 나왔고 미도리의 발이

뛴 결과였다.

하! 수인은 헛웃음이 나왔다. 고얀 것! 감히 최고신인 태양신까지 들먹여? 그것뿐만이 아니었다. 아이가 태어나기 전날 도성 근처 농가의 소가 기린(麒麟)²¹⁾을 낳았다는 소문도 떠돌고 있었다. 게다가 참위설(중국 고대의 점술)에 뛰어나다고 알려진 점쟁이들은 전부 아이가 나라를 지배할 거라 떠들고 다녔다.

"왜 하필이면 공주마마께 그 일을 시키시는 겁니까? 마마께서 직접 하시는 것이 더 나으실 겁니다. 공주마마께서 실수라도 하면⋯⋯?"

아마가시가 생각을 비집고 들어왔다.

"글쎄다, 왜 그 일을 그 아이에게 시키는 걸까?"

아마가시는 그녀가 대답해주지 않을 것을 알아챘는지 혼자서 궁리하는 모양이었다. 눈알을 굴리는 게 영 우습다. 과연 그 아이가 잘해낼까? 헤이제이를 무척 좋아한다고 하던데. 한번 시험해보고 싶었다. 과연 왕위를 위해 어디까지 버릴 수 있는지⋯⋯. 왕이란 자고로 모든 것을 버릴 수 있어야 했다. 왕위까지도.

헤이제이 생각에 수인은 욕설을 삼켰다. 기대했던 만큼 실망도 컸다. 카오리, 고얀 것 같으니라고. 그렇게 귀여워했건만 감히 나를 속이고 왕실을 능멸하려들어? 그래도 설마 했건만, 고얀 것 같으니라고. 미도리는 구다라에서 데리고 오기라도 했지. 그저 아들이면 무조건 좋은 줄 알고 도성 안에서 구해와? 멍청한 것. 게다가 바보를? 어림도 없지. 어림도 없어.

수인은 식어버린 차를 삼키고 아마가시에게 명령했다.

"세자를 이즈모 지역 시찰단에 끼여 보내라. 공주가 세자의 도움을 받지 못하도록."

4

히미코는 독약이 든 통을 만지며 한숨을 내쉬었다. 어머니는 무슨 일인지 묻지도 않고 독약을 구해주었다. 만일의 경우를 대비해 구해달라고 한 것이었다. 신분이 탄로났을 경우 다른 사람에게 죽임을 당하지 않고 자살하려고 마련해둔 것이었다.

뚜껑을 여니 새하얀 가루가 풀풀 날렸다. 어머니도 알고 있었을까, 내가 이걸 왜 구해달라고 했는지? 그래서 아무것도 묻지 않았을까?

히미코는 손가락으로 통 안을 휘저었다. 가루는 보이는 것보다 훨씬 부드러웠다. 대비가 죽인 걸까? 레이코와 외할머니는 어떻게 되었을까? 그리고 내 생모는? 히미코는 수많은 의문들을 접으며 눈을 부릅떴다. 왕은 울지 않는다고 했기에. 울고 있을 여유도 없었다. 대비는 성격이 급한 편이었고, 자신의 명령이 즉각 수행되지 않을 때는 짜증이 심했다. 언제 생각이 변해 자신을 죽일지 모르는 대비가 원하는 일이니 즉각 수행해야 했다.

히미코는 통 뚜껑에 실을 연결한 다음 실 끝을 가운데 손가락에 묶었다. 통을 소매 안에 넣고 있다가 실을 잡아당기면 곧바로 음식 안에 독약이 들어갈 수 있을 것이다. 소매를 접어 올리는데 파리하게 핏줄이 드러난다. 게이코, 긴 세월 동안 꿈에 나오는 아이. 검붉은 피가 흐르는 눈을 손으로 감싸고 그녀를 향해 미친 듯이 울부짖는 아이. 파리한 핏줄을 볼 때마다 그 모습이 떠올랐다. 히미코는 재빨리 소매를 내리고 손에 묻은 가루를 털었다.

카오리왕후의 처소로 가는 길은 멀었다. 히미코의 처소는 그만큼 외진 곳에 있었다. 늦가을, 빨갛고 노란 색색의 단풍들이 탄성이 나올 정도로 아름다웠다. 하지만 히미코의 눈에는 보이지 않았다.

과연 잘할 수 있을까? 아니, 과연 해야 하는 걸까? 내가 살기 위해서? 나만을 위해 웃는 아이를……?

히미코는 입술을 깨물었다. 이미 터져서 딱지가 앉았던 입술에서 다시 피맛이 느껴졌다. 카오리왕후의 처소 바로 앞에서 히미코는 멈췄다. 하지만 어쩔 수 없었다. 히미코는 숨을 한껏 들이쉬고는 안으로 들어섰다. 환히 웃으면서.

카오리왕후는 그녀가 가져온 차를 좋아하며 받아들었다. 그동안 여러 번 선물을 했던 터라 전혀 의심하지 않았다. 그리고 예상대로 차를 마시고 가라며 히미코를 붙들었다. 엔유는 차를 끓이겠다며 부산스럽게 나갔다.

히미코는 헤이제이를 바라보았다. 헤이제이는 방긋방긋 잘도 웃는다. 나만을 위해 웃는 아이. 히미코는 헤이제이를 안았다.

"어쩌면 너만 보면 웃는지. 아마 같은 처지라 그런 모양이지."

카오리왕후는 특기를 뽐낼 모양이다. 하지만 그 말에 대꾸하기도 귀찮다. 헤이제이를 바라보느라 자신을 무시한다고 생각했는지 카오리왕후는 아기를 빼앗아 들었다. 그러나 품 안에서 칭얼거리는 헤이제이가 영 못마땅한지 결국은 다시 내려놓는다.

"그래, 무슨 차라고 했지?"

벌써 몇 번이나 말해줬건만 또 묻는다. 히미코는 속으로 열을 세었다. 그리고 다시 고구려어로, 소라어로 열을 셌다.

"인동(忍冬)²²⁾으로 만든 차입니다. 예로부터 인동은 쓰이지 않는 데가 없다고 했습니다. 모진 겨울을 얇은 이파리 몇 개로 견뎌내고 초여름에 꽃을 피우기까지 온갖 고난을 견딘다고 합니다. 모진 세월 동안 효능이 커져서 산삼보다도 효능이 뛰어나다고 합니다. 맛도 뛰어나 달고 쓴맛이 일품이랍니다. 맵고, 차고, 굉장히 독특하다고 하더군요. 저도 오늘 처음 맛보는 겁니다. 임질이나 매독에 아주 좋다고 합니다."

"그래?"

왕 덕분에 임질과 매독을 달고 사는 카오리왕후의 눈이 커졌다. 엔유가 다과상을 들여왔다. 벌써 다 달인 모양이다. 히미코는 발로 상을 살짝 밀었다. 물이 찰랑인다. 다과상을 바로 놓는 척하면서, 히미코는 가운뎃손가락을 구부렸다. 사르르, 독약은 뜨거운 차에 금세 녹아들어간다.

"어디 그 유명하다는 차를 한번 마셔볼까?"

카오리왕후는 찻잔을 집어든다. 히미코는 숨을 죽이며 카오리왕후가 차를 마시길 기다렸다. 하지만 갑자기 헤이제이가 칭얼거렸다. 카오리왕후는 찻잔을 내려놓았다. 히미코는 한숨을 내쉬었다.

"정말 짜증나 죽겠네. 도대체 유모는 어디 있는 게야?"

"제가 가서 불러오겠습니다."

엔유는 급히 일어선다. 카오리왕후는 계속 칭얼거리는 헤이제이를 바라보며 이맛살을 잔뜩 찌푸렸다.

"도대체 왜 우는 거야? 배가 고파서 그러나?"

카오리왕후는 헤이제이를 이리 뒤척 저리 뒤척 하다 툭툭 치고는 찻잔을 들었다. 하지만 찻잔을 입으로 가져가기도 전에 헤이제이가 울자 다시 찻잔을 내려놓았다. 기저귀도 멀쩡하고 아무 문제 없는데……. 중얼거리며 헤이제이의 볼살을 꼬집었다. 대체 왜 그러는 거야, 라고 짜증내며 카오리왕후는 다시 찻잔을 들었다. 차를 마시는 예의는 카오리왕후에게 무리였다.[23] 카오리왕후가 다시 차를 맛보지도 않고 찻잔을 내려놓자 히미코는 헤이제이를 향해 팔을 벌렸다.

"제게 주십시오. 제가 안아서 달래보지요."

카오리왕후는 고개를 저었다. 히미코는 한숨을 내쉬었다. 괜히 말을 꺼냈다. 카오리왕후의 심술을 하루 이틀 겪는 것도 아닌데, 바보같이. 카오리왕후는 헤이제이의 몸만 잡고 안아 올렸다. 아직 목을 가누지 못하는 아이였다. 헤이제이의 울음소리가 더 커졌다. 당장 빼앗고 싶었지만 어쩔 수 없었다. 그러면 일은 더 커질 테니까.

카오리왕후가 몸을 흔들며 헤이제이를 어르고 있었다. 몸을 흔들 때마다 헤이제이의 고개가 달랑거렸다. 히미코는 억지로 찻잔에 눈을 고정했다. 차가 식어가고 있었다. 독약은 어떤 맛일까? 인동은 다양한 맛을 낸다고 했으니 알 수 없겠지.

"배가 고파서 그러나?"

혼잣말처럼 중얼거리던 카오리왕후는 맞아, 하며 소리를 질렀다.

"이거라도 먹이면 되겠네."

카오리왕후는 헤이제이를 내려놓고, 작은 숟가락을 들어 차를 떴다. 헤이제이에게 먹일 모양이었다.

"하지만……."

히미코의 말에 카오리왕후가 고개를 돌렸다. 숟가락에 있던 차가 카오리왕후의 옷으로 떨어져내렸다.

"에이, 정말. 옷 다 버렸잖아."

히미코는 망설이다 입을 열었다.

"조금 있으면 유모가 올 것입니다."

"어차피 몸에 좋은 거라며? 혹시 알아, 이걸 먹고 좀 나아질지?"

카오리왕후는 자신이 내뱉은 말에 깜짝 놀란다.

"맞아. 만병통치라 했으니 먹이면 좀 좋아질지도 몰라."

히미코는 한숨을 내쉬었다. 어쩔 수 없었다. 카오리왕후의 고집은 아무도 꺾을 수 없으니까. 카오리왕후는 헤이제이의 입으로 숟가락을 밀어넣고 있다. 차가 뜨거운지 아니면 그 맛이 싫은지 헤이제이가 큰 소리로 울기 시작했다.

"몸에 좋은 거야. 먹으라니까."

꼭 다문 작은 입으로 숟가락을 들이미는 손길에 짜증이 배어 있다. 히미코는 문 쪽을 바라보았지만 엔유와 유모의 기척은 들리지 않았다. 헤이제이의 울음소리가 커졌다. 꺼억 꺼억, 먹기 싫은지 모두 내뱉는데도 카오리왕후는 필사적이었다. 히미코는 고개를 돌렸다. 이젠 차를 마셔야 해. 아무렇지도 않은 척. 히미코는 헤이제이를 바라보며 찻잔을 집어들었다. 괜찮을 거야. 독약은 조금밖에 넣지 않았으니까. 손이 떨린다. 찻잔도 떨린다. 물이 찰랑인다.

카오리왕후는 아예 찻잔을 통째로 들고는 헤이제이의 입에 부어넣고 있었다. 히미코가 찻잔을 들고 있는 모습을 보았는지 이상하다는 눈길이다.

"왜 안 마셔?"

"예? 마셔요."

"에이, 먹지 마. 저 좋으라고 먹이는 것도 모르고."

카오리왕후는 헤이제이에게 휙 돌아섰다. 그리고 찻잔을 입으로 가져가면서 히미코에게서 시선을 돌렸다. 히미코도 잔을 입으로 가져간다. 괜찮아. 상관없어. 독은 조금밖에 넣지 않았으니까. 히미코는 헤이제이를 보면서 속으로 되뇌었다. 괜찮아. 괜찮을 거야. 카오리왕후가 차를 삼키는 소리가 들렸다.

"흠, 특이한 맛이군. 너도 마셔라."

히미코는 고개를 끄덕이며 차를 마셨다. 입속에 들어온 차는 쓰다. 다시 한 번 헤이제이를 바라보았다. 이게 가장 좋은 방법이야. 우리 모두에게……. 이 방법밖에는 없었어. 괜찮아. 독약은 조금밖에 넣지 않았으니까. 히미코는 목구멍으로 차를 꿀꺽 삼켰다. 독약이 든 차를…….

5

"전부 귀가 먹었느냐? 어찌 된 일이냐고 물었다!"

수인은 급하게 히미코의 처소로 들어오면서 물었다. 궁녀들은 모두 바들바들 떨면서 뒷걸음치고 있었다.

"시죠! 어디 있느냐?"

쩌렁쩌렁 울리는 호통에 처소 한구석에서 시죠가 나왔다. 늙은 궁녀는 고개를 잔뜩 움츠린 채였다.

"어찌 된 일이냐?"

"처소에 돌아오시던 길에 후 갑자기 거품을 물고 쓰러지셨습니다."

"무슨 소리야? 아침까지 멀쩡하던 공주가 갑자기 쓰러졌다는 말을 나보고 믿으라는 게냐? 어의는 왜 이리 늦는 게야?"

그때 의관이 급히 뛰어오는 것이 보였다. 자신을 보고 고개를 숙이는 젊은 의관에게 수인은 짜증을 냈다.

"이토쿠는 어디 가고?"

"그, 그게······."

의관은 당황해 더듬거렸다. 어쩔 수 없었다. 지금은 누구라도 의술을 아는 자가 필요했다.

"빨리 안 들어가고 뭐 하는 게야?"

의관은 신발을 손으로 벗어던지며 들어간다. 수인은 한숨을 내쉬고는 안절부절못하고 있는 시죠에게 고개를 돌렸다. 멍청한 것! 그래도 쓸만한 것 같아서 첩자로 뽑았더니만. 수인은 눈치만 살피는 시죠에게서 홱 돌아 방으로 들어섰다.

의관은 걱정스런 얼굴로 아이의 손목을 잡은 손을 놓고 있었다. 수인의 기척에 일어서는 표정은 도통 알 수가 없었다.

"다행히 목숨에는 지장이 없을 겁니다. 너무 심려치 마옵소서."

의관들은 언제나 말만 그럴듯하게 했다. 수인은 푸르죽죽한 아이의 안색을 살피며 물었다.

"도대체 왜 그런 것이냐?"

의관은 고개를 숙이고 망설였다. 정말 안 되겠구먼. 당장 뛰어난 의술을 가진 이토쿠를 불러오라 명하고 싶었다. 하지만 지금 당장은 어쩔 수 없지. 수인은 있는 힘껏 목청을 높였다.

"당장 고하지 못할까?"

"아마 독이 있는 뭔가를 드신 것 같습니다."

"뭐?"

"치사량은 아닌 것 같습니다만, 독성이 있는 음식을 드신 게 분명합니다."

수인은 고개를 들어 그새 따라 들어온 시죠를 쏘아보았다. 시죠는 재빨리 고개를 숙이며 자신의 등 뒤에 있는 궁녀를 앞으로 밀었다.

"네가 오늘 공주의 시중을 들었더냐?"

"예, 예."

궁녀는 하얗게 질려 덜덜 떨고 있었다.

"도대체 어디서 무얼 먹은 게야?"

"저희는 아무런 죄도 없습니다. 정말입니다. 마마께서 드시는 음식은 모두 저희가 미리 마마 앞에서 시식을 합니다. 그런데 저희는 아무렇지도 않습니다. 저희는 정말도 아무것도 모릅니다."

무릎을 꿇고 있는 궁녀를 바라보며 수인은 다시 물었다.

"다른 데서 먹은 것은 없느냐?"

그제야 시죠는 무언가 기억난 듯했지만 앞으로 나서지는 않았다. 분명 뭔가 알고 있었다.

"시죠!"

"그것이……."

"냉큼 대답하지 못할까?"

수인의 고함에 시죠는 덜덜 떨면서 말했다.

"카오리왕후의 처소에서 인동차를 함께 드셨습니다."

"그래……?"

수인은 입술을 깨물었다. 카오리가 아이를 독살할 이유는 없었다. 아이가 카오리를 독살한다면 몰라도. 대체 어찌 된 일일까? 머릿속이 복잡했다.

"천운입니다."

의관이 무심코 입을 열었다.

"무슨 소리냐?"

"인동은 해독에 특효가 있습니다. 공주마마께서 정말 하늘을 읽으시는 모양입니다. 그저께는 누군가가 주었다며 궁녀들에게 쓰라고 오매(烏梅, 덜 익은 매실을 훈제하여 건조시킨 것으로 해독작용이 뛰어남)²⁴⁾를 잔뜩 가져다주시더이다."

의관의 말에 존경이 묻어났다. 천운이라……. 일단은 넘어가자. 처리해야 할 일이 있으니.

"일단 카오리와 카오리 처소에 있는 궁녀 모두를 잡아 옥에 가두어라."

아마가시가 명을 받고 나가자마자 와타나베가 뛰어들어오는 것이 보였다. 황급히 오느라 신발도 신지 않은 채였다. 와타나베는 수인은 아예 보이지도 않는지 아이에게 다가갔다. 쯧쯧, 수인은 혀를 찼다. 푸르죽죽한 아이의 얼굴을 본 와타나베의 눈에 금방 눈물이 고인다. 어찌 저리도 눈물이 흔할꼬.

"이게 대체 어찌 된 일입니까?"

수인은 한숨을 내쉬며 일어섰다.

"세자는 대체 왜 오신 겁니까?"

"그것이……."

와타나베는 고개를 숙인다.

"가십시오. 지금은 학문에 정진할 시간이 아닙니까?"

"하지만……."

도대체 언제쯤이나 와타나베가 말을 제대로 끝내는 것을 들을 수 있을지. 수인은 못마땅한 기색을 감추지 않았다.

"됐습니다. 전 이만 일어서야겠습니다. 세자도 일어서십시오."

"공주 곁에 있어주고 싶습니다. 아무래도 옆에 누군가는 있어주어야 하지 않겠습니까?"

그런 말은 잘도 하는구먼.

"궁녀들은 뒀다 어디 쓰려고 하십니까?"

수인은 일어서서 눈을 내리깔았다. 와타나베의 눈물이 바닥으로 뚝뚝 떨어진다.

"알았습니다. 그리 하세요."

고개를 조아리는 와타나베에게서 돌아서자마자 와타나베가 의관에게 묻는 소리가 들린다. 목숨에는 지장이 없는지,

도대체 정신은 언제 돌아오는지, 어떻게 된 일인지…….

아마가시가 금세 돌아와 카오리를 가두었다 전했다. 와타나베는 미동도 하지 않았다. 와타나베에겐 아이만 보이는 모양이었다. 한 나라의 세자가 저렇게 나약해빠져서야. 혀를 차던 수인은 놀라서 멈춰 섰다.

"아마가시!"

수인의 고함에 아마가시가 놀라 움찔했다.

"그런데 헤이제이는?"

아마가시의 눈이 커졌다.

"헤이제이 말이다. 카오리와 같이 가두었겠지?"

"그, 그것이…….”

아마가시가 우물쭈물거렸다.

"처소를 샅샅이 뒤져 모두 가두었습니다. 하지만 왕자님은 보이지 않았습니다."

수인은 이를 갈았다. 아이였다. 모든 게 아이의 짓이었다.

6

카오리는 죽는 순간까지도 아이에 대한 저주를 멈추지 않았다. 어두운 횃불 사이로 보이는 카오리의 모습은 정말 가관이었다. 묶어놓은 몸을 틀자 모가 젖혀져 허연 허벅다리가 다 드러났다. 하지만 카오리는 계속 몸을 비틀고 있었다.

"대비시여, 어찌 보지 못하십니까? 이 모든 것은 공주라고 모두를 속이고 있는 그 아이가 꾸민 것입니다."

"독한 것! 공주를 독살하려 한 죄만으로도 죽어 마땅하거늘 이젠 공주를 모함하느냐? 저승에 가서도 저 요망한 입을 열지 못하도록 입을 꿰매버려라!"

카오리는 미친 듯이 몸부림을 쳤다. 고얀 것! 그러니 얌전히 목을 매달라 할 때 목을 맬 것이지, 이게 무슨 난리인지. 수인은 혀를 찼다. 좋은 집안에서 태어난 값을 못하는 년이었다. 수인은 내관이 다가서자 발악을 하는 카오리를 보며 짜증스럽게 말했다.

"저년을 붙잡지 않고 뭘 하는 게냐!"

내관이 열 명이나 달려들어서야 카오리의 입을 꿰맬 수 있었다. 내관은 덜덜 떨면서도 카오리의 입을 잘 꿰맸다. 카오리의 궁녀들은 겁에 질린 채 둥글게 서서 그 광경을 지켜보고 있었다. 그러니 평소에 인덕이라도 좀 쌓을 것이지. 카오리의 죽음을 안타까워하는 궁녀는 한 사람도 없는 것 같았다. 오죽했으면 심복으로 부린다는 엔유가 겨우 추궁 몇 마디에 카오리가 히미코의 독살을 꾸몄다고 했을까? 꿰맨 입 사이로 피가 넘쳐흘러 땅을 적시고 있었다.

수인은 달려오는 아마가시에게로 향했다.

"어찌 되었느냐?"

"결국 찾지 못했습니다."

수인은 이맛살을 찌푸렸다. 카오리의 여동생 하나가 도망쳐버렸다고 했다. 어찌 왕군의 수장이라는 놈이 뒤처리 하나 깔끔하게 못하는지. 어차피 몰살당한 상황에 살아남기는 힘들 테지만.

"다행히 헤이제이를 데리고 도망치던 자는 지금 밀실에 가두어놓았답니다. 도성 밖으로 달아나지 못했다더군요."

수인은 밀실로 향하며 이를 갈았다. 고얀 것! 아마가시의 말이 맞았다. 그 아이는 너무나 영리했다. 카오리가 문초를 받는 사이 헤이제이를 빼돌릴 생각을 하다니. 독약 기운에 정신이 혼미한 아이 대신 결국 수인이 뒷수습을 다 해야 했다. 자신이 놓은 덫에 자신이 걸린 꼴이었다.

수인은 쓴웃음을 지으며 밀실로 들어섰다. 헤이제이는 한쪽 구석에 처박혀 있었다. 울지도 웃지도 않는 아기는 인기척에도 돌아보지 않았다. 수인은 반대편으로 고개를 돌렸다. 이토쿠? 왜 어의가 헤이제이를 데리고 달아났을까?

"얼마나 받았느냐?"

이토쿠는 포승줄에 묶여 벌벌 떨었다.

"금목걸이 두 줄을 받았습니다."

수인은 고개를 갸웃거렸다. 어의에게는 꽤 많은 녹을 내리고 있었다. 금목걸이 두 줄에 목숨을 걸 리 없었다.

"겨우? 그렇다면 다른 이유가 있었겠구나. 그 이유가 무엇이냐?"

이토쿠는 고개만 숙였다. 가장 뛰어난 의관이었다. 골골거리는 왕이 질기게 목숨을 유지하는 데는 이토쿠의 공이 컸다. 죽이기엔 아까운데. 게다가 지금은 뛰어난 의관이 필요했다.

"이유를 말하면 목숨은 살려줄 수도 있다."

이토쿠는 고개를 번쩍 들었다.

"약속하시는 겁니까?"

"네가 지금 그런 걸 따질 때더냐? 말하지 않겠다면 당장 죽일 수도 있고."

"카오리왕후가 회임을 했다고 거짓으로 고했습니다."

이토쿠는 급하게 대답했다. 잊고 있었다. 카오리가 회임을 했다고 진단한 어의를 벌해야 한다는 것을 완전히 잊고 있었다. 수인은 입술을 깨물었다. 하지만 아이는 아니었다. 일이 많아 잠시 잊은 것뿐이야, 수인은 스스로에게 변명했다.

"살려준다고 했으니 목숨은 살려주겠다. 대신 해줘야 할 일이 있어."

"무슨 일이든 하겠습니다."

이토쿠는 고개를 조아렸다.

"만일 이 일이 실패할 시에는 네 목숨뿐만 아니라 네 가문 전체를 멸할 것이다."

수인은 이토쿠에게 다가가 귓속말을 속삭였다. 아마가시는 눈치껏 자리를 떴다. 수인의 말이 길어질수록 이토쿠의 눈이 커졌다.

"하지만 그렇게 하다가는 공주마마께서 돌아가실 수도……."

이토쿠는 차마 말을 잇지 못했다. 수인은 씩 웃었다.

"그러니 죽이지 않고 할 수 있는 방법을 찾아내란 말이다. 성공한다면 그만한 상이 있을 것이다."

수인은 멍하니 천장만 바라보는 이토쿠를 남겨두고 밀실을 나섰다. 기다리고 있던 아마가시가 재빨리 밀실 문을 닫았다.

"무사 둘을 시켜 여기를 지키도록 해라. 그리고 공주의 출생에 관해 알고 있는 궁녀들을 차례로 독살해라. 모두! 방법은 이토쿠가 알려줄 것이다. 만약 누가 알고 있는지 정확히 가려 낼 수 없거든 카오리 처소에 있던 궁녀들을 전부 죽여버려. 공주의 처소에 첩자로 있었던 시죠도 잊지 말고. 물론 한 번에 하나씩 천천히 진행해야 한다. 그리고 이토쿠가 연장설계도를 주거든 제철기술자에게 가져다 만들어주고 동물도 몇 마리 구해다주어라. 뭐든 이토쿠가 필요하다고 하는 것은 다 구해주어라."

아마가시는 고개를 끄덕였다. 아마가시의 장점 중 하나였다. 아무리 이상한 명령이라도, 아무리 이해하지 못할 명령이라도 시키면 열심히 한다는 것.

"그리고 헤이제이는……."

수인은 망설였다. 아이는 목숨을 걸었다. 아무리 아이의 의학 지식이 뛰어나다고 해도, 아무리 조금만 먹었다 해도 독약이었다. 살 수 있다는 보장이 없었다. 그래도 아이는 헤이제이를 위해 목숨을 걸었다. 아마가시가 빤히 수인을 바라보고 있었다. 수인은 눈을 질끈 감았다.

"궁 밖 아무 데나 갖다 버려."

"마마!"

아마가시의 눈이 휘둥그레졌다. 어차피 바보였다. 살아나기 힘들 터였다.

"그 정도의 일은 해주는 것이 그 아이에 대한 상이 아니겠느냐?"

7

히미코는 멍하니 바위에 걸터앉아 타버린 카오리왕후의 처소를 바라보았다. 히미코가 정신을 차렸을 때는 아무것도 남아 있지 않았다. 와타나베는 죽었다, 고 했다, 헤이제이는. 갑작스런 고열이었다고, 그래서 아무도 손쓰지 못했다고. 후후, 히미코는 웃었다. 와타나베는 정말 그렇게 믿고 있는 걸까?

하나라도, 헤이제이의 것을 하나라도 건질 수 있으면 했건만, 이제 헤이제이의 흔적은 어디에도 없었다. 한 인간이 어쩌면 이렇게 완전히 사라질 수 있는 걸까?

히모오토시(일곱 살에 치르는 성장을 축하하는 행사)도 치르지 않아 헤이제이는 장례도 치르지 못했다. 말이 좋아 신의 아이라고 하지만 인간이 아닌 인간, 바로 그것이 히모오토시 전의 인간이었다. 그러고보니 그녀도 히모오토시를 치르지 못했다는 사실이 떠올랐다. 하긴 아무도 없었다. 히미코의 무사한 성장을 축하할 사람도, 그녀가 건강하게 자라길 비는 사람도.

문득 의후가 생각을 비집고 들어왔다. 살아야 할 이유 중에 그를 포함시켜달라고 했던. 하지만 이제 의후는 없었다.

'잊혀지는 건 버림받는 거야…… 가장 처참하게.'

히미코는 헤이제이에게 말했다.

'절대로 잊지 않을게. 널 절대로 잊지 않을게. 헤이제이. 나를 빼고는 기억해줄 사람이 아무도 없는 내 아기…….'

대비의 궁녀들이 몰려오고 있었다. 제각기 삽과 커다란 망치, 곡괭이를 들고. 히미코는 일어나 카오리왕후의 처소를 바라보았다. 이젠 정말 작별해야 할 시간이었다.

'만약 이 세상에 태어나지 말았어야 할 사람이 있다면 그게 바로 나야. 만약 이 세상에 정말 죽어야 할 사람이 있다면 그게 바로 나야. 미안하구나, 지켜주지 못해서. 불쌍한 내 아기야······.'

히미코는 고개 숙인 궁녀들을 헤치고 발걸음을 뗐다. 생각이란 걸 아예 하지 말았으면 좋겠다고 생각하면서. 그러면 기억하지 않아도 될 테니까. 아파하지 않아도 될 테니까. 히미코는 무거운 발걸음을 뗐다. 등 뒤로 아마가시의 외침이 들렸다.

"빨리 철거를 시작해라. 대비마마께서 내년엔 여기서 피는 벚꽃이 보고 싶다고 하셨으니."

제 9 장

꿈꾸지 않았다

수인은 일어서 문을 열었다.

"가자꾸나."

"지금 말입니까?"

아이는 당황한 눈으로 수인을 바라보았다.

"뭐든 하겠다면서?"

수인은 망설이지 않고 밖으로 나섰다.

아이가 따라오는지 뒤돌아보지도 않았다. 어차피 아이는 자신을 뒤따라올 것이다.

수인은 이토우가 기다리고 있는 처소에 이르러서야 뒤를 돌아보았다.

아이는 먼발치에서 뭉그적거리고 있었다.

헤이제이가 머무르던 곳이라는 것을 기억해낸 모양이었다.

그래서 일부러 이곳을 선택했다는 걸 아이가 알까?

1

노사미는 뛰는 심장 소리가 밖으로 새나갈까 두려웠다. 히미코의 눈길에 등줄기가 서늘했다. 유난히 노사미를 보는 시선이 길었다. 그 시선이 좋은 건지 아닌지 도대체 알 수가 없었다. 마침내 히미코는 고개를 끄덕였다.

노사미는 히미코에게 절을 하고는 방을 나왔다. 새로 뽑힌 궁녀는 꽤 많았다. 조마조마했지만 결국 뽑힌 것이다. 드디어 왕궁에 들어왔다. 노사미는 함께 뽑힌 궁녀들과 배정받은 처소에 들어가면서도 떨리는 가슴을 주체할 수 없었다. 들떠서 자기소개를 하고 재잘대던 아이들은 피곤해서인지 완전히 곯아떨어졌다.

노사미는 어두운 구석에서 몸을 일으켜 아이들을 바라보았다. 운이 좋았다. 궁녀는 어린아이들만 뽑게 되어 있지만 이번은 예외였다. 급하게 뽑느라 나이를 따지지 않았던 것이다. 게다가 돌림병으로 죽어나간 궁녀들 대부분이 나이 든 궁녀라 했다. 그러니 나이 든 여자들도 뽑을 수밖에. 재수 없는 년이었다. 차례로 죽어나간 궁녀들이 전부 히미코 가까이 있던 궁녀들이었다.

잘도 살아 있겠다. 히미코, 그 이름을 떠올릴 때마다 이가 갈렸다. 노사미는 무심코 고개를 돌리다 거울에 비친 자신의 모습을 보고 화들짝 놀랐다. 혹시라도 왕궁에 그녀의 얼굴을 기억하는 사람이 있을까, 그녀의 손으로 만든 얼굴이었다. 수두에 걸린 아이를 붙잡아 돈을 주고 하룻밤 데리고 잤더니 며칠 뒤 온몸에 두드러기가 생겼다. 노사미는 미친 듯이 두드러기를 긁어댔다. 흉터가 생기면 생길수록 좋았다. 그것으로도 모자라 앞니까지 뽑았다.

우연히 거울을 볼 때마다 자신까지 놀라는 흉측한 얼굴이었다. 혹시나 너무 흉측해 궁녀로 뽑히지 않을 수도 있다는 걱정도 했지만 다행히 아니었다. 아니, 오히려 도움이 되었다. 히미코는 어딘가 모자라는 아이들만 궁녀로 뽑는 것 같았다. 절름발이, 벙어리……. 무슨 꿍꿍이로 그런 사람들만 뽑는지 알 수가 없었다.

노사미는 거울을 엎어놓으며 흐르는 눈물을 닦고 자리에 누웠다. 내일부터는 일찍 일어나야 했다. 히미코가 왕위에 오르는 걸 돕자면 할 일이 끝도 없을 테니까.

2

"드디어 허락하셨다."

어머니는 문을 열자마자 그렇게 말했다. 의후는 고개를 갸웃했다.

"네 혼인 말이다."

의후는 심드렁했다. 사랑 따위는 믿지 않았다. 더 이상 약점을 만들고 싶지 않았다. 하지만 어머니의 얼굴에서는 웃음이 사라지지 않았다.

"전 혼인하겠다고 한 적 없습니다."

"지금이 기회다. 아니면 다시는 기회가 없을지도 몰라. 아마 전하께서도 휘녕의 일이 맘에 걸리셨던 게지. 나한테 먼저 네 혼인 얘기를 꺼내시더구나. 이제껏 그리도 반대만 하시더니."

왕은 남의 상처까지 어루만져줄 정도로 넉넉하지 못했다. 전장에서 돌아온 다음 날도 마찬가지였다. 또 다른 전쟁……, 왕이 의후에게 하는 유일한 이야기였다. 의후는 왕에게 아들이 아닌 무기일 뿐이었다.

"나가고 싶지 않습니다."

의후의 대답에 왕은 굳어버렸다.

"어제야 전쟁터에서 돌아왔다는 걸 잊었구나. 그래, 쉴 시간도 필요하겠지."

단 하루도 참지 못하고 의후를 전쟁터로 내몰지 못해 안달하는 왕이었다. 그런 왕을 위해 피를 보고 싶지는 않았다.

"이제 다시는 전쟁에 나가고 싶지 않습니다."

"무엇을 원하느냐?"

이제 왕에게 남은 것은 이 나라밖에 없었다. 그걸 달라고 하면 왕은 어떤 표정을 지을까?

"이번에는 담로국 하나를 줄 수도 있어."

그리고 언젠가는 그 담로국을 삼키려들겠지. 의후는 쓴웃음을 지으며 고개를 저었다. 이젠 도성에서 세를 넓혀야 했다. 칼만으로는 나라를 정복할 수 없었다. 자신의 집권을 반대하는 사람들을 모두 죽인다면 역모는 아무 소용 없었다.

게다가 아무리 군사들이 자신을 따른다 해도 왕명으로 치르는 전쟁과 역모에 가담하는 것은 완전히 달랐다. 왕의 전쟁에서 죽으면 영웅이 되지만 역모로 죽으면 삼대를 멸했다. 군사들을 설득할 시간이 필요했다.

"이제 피를 보는 전쟁은 하고 싶지 않습니다."

하지만 보이지 않는 전쟁은 이미 시작되었다. 내뱉지 못한 의후의 말을 들은 것처럼 왕은 옆에 놓여 있던 도자기를 집어던졌다. 의후는 깨진 도자기 조각에 맞아 상처가 난 이마를 만지작거렸다. 한 달이 지났는데도 상처는 아물지 않았다.

"제발 부탁이다."

어머니의 말에 의후는 상처에서 손을 뗐다. 기억하면 덧날 뿐이었다. 어머니는 의후의 손을 잡았다. 어머니의 손은 거칠었다. 아무리 피부에 좋다는 약을 발라도 손은 부드러워지지 않았다.

"이젠 그만둘 때도 되지 않았니? 네가 전쟁에 나가면 불안해. 너마저 보지 못할까봐. 언제 전하의 맘이 변할지 모른다."

왕은 민첩하지만 신중했다. 변할 맘을 먹지는 않았을 터였다. 대체 갑자기 내 혼인 이야기를 꺼낸 이유가 뭘까? 하루라도 빨리 전쟁터로 내몰려던 왕은 한 달을 참고 있었다. 언제쯤 다시 전쟁 이야기를 꺼낼까, 문안 인사를 할 때마다 궁금했지만 왕은 이상하게도 조용했다. 너무나 이상하게도……. 전쟁이 아닌 혼인이라……, 의심스러웠다. 어머니는 자신의 말을 듣지 않고 딴생각을 하는 의후가 원망스러운지 눈물까지 흘렸다.

"이제 내게 남은 건 너밖에 없다. 너마저 잘못되면 살 수 없어. 못산다. 혼인해서 부인에게 사랑이 싹트면 도성에도 정을 붙일 수 있을 게다. 제발……."

사랑이라……. 우스웠다. 어머니는 그 말이 무슨 뜻인지 알기나 할까? 자신을 덮치려는 왕을 피해 도망치던 어머니는 남편에게 붙잡혀 왕에게 바쳐졌다. 그리고 하룻밤에 만족하지 못한 왕은 어머니의 남편을 죽여버렸다. 그게 어머니의 사랑이었다.

"제발……. 어미가 이리 간절히 원하지 않느냐?"

어머니는 뭐든지, 누구에게든지, 언제나 애원했다. 하지만 애원을 들어주는 이는 의후밖에 없었다. 어차피 도성에 남을 거라면 적당한 핑계가 필요했다. 아무리 왕의 의도가 의심스럽더라도 뿌리치기 힘든 유혹이었다. 혼인이면 핑계로 충분했다. 게다가 혼인을 하면 궁에서 나갈 수 있으니 거동도 자유로웠다. 의후가 고개를 끄덕이자 어머니의 표정이 환해졌다.

"어떤 사람이 좋으냐? 내 네가 원하는 여인이라면 어떤 여자라도 데려다주마."

히미코, 무의식적으로 떠오르는 이름……. 우스웠다. 과거가 그대로 반복되고 있었다. 네가 원하는 어떤 여인이라도 혼인할 수 있도록 만들어주마, 라는 왕의 말에 전쟁으로 내몰렸다. 어리석게도 왕을 믿었었다.

"어마마마 맘에 드는 여자라면 어떤 여자라도 상관없습니다."

"그래? 그럼 유화는 어떠냐? 너도 유화 알지? 옛날에 세자의 스승이었던 원학박사의 딸 말이다. 품성도 좋고, 단아하게 생겨 오래전부터 네 신붓감으로 점찍어두었는데."

원학박사는 왕의 총애를 한 몸에 받고 있는 학자로, 그에게서 학문을 배우겠다고 나서는 명문가의 자제들이 부지기수였다. 원학박사를 그의 편으로 끌어들일 수만 있다면 도성의 명문가를 모두 손에 쥐고 흔들 수 있었다. 하지만 원학박사의 가문은 오래전부터 연경왕후의 가문과 절친했다. 세자와 혼인할 수 있는데 의후를 바랄 리 없었다.

"아마도 유화는 힘들 겁니다. 세자저하라면 몰라도……."

혹시나 어머니가 거절에 맘을 다칠까 걱정스러웠다. 하지만 어머니는 냅다 고함을 질렀다.

"무슨 소리! 네가 세자보다 못한 게 뭐가 있다고!"

어머니답지 않았다. 출신 때문에 항상 기가 죽어 있던 어머니였다. 혹시나 누가 들을까 싶어 항상 들릴 듯 말 듯 말하던 어머니였다. 의후의 혼인으로 달떠 그런다고 하기엔 무리가 있었다. 뭔가 다른 일이 또 있었다. 어머니는 입을 열었다다물었다를 반복하고 있었다. 할 말이 있는데 참을 때 나오는 버릇이었다. 왕이 아닌 의후 앞에서는 한 번도 보이지 않았던 버릇이었다. 무슨 일일까? 의후는 의문을 접었다. 어머니의 고민까지 들어주기엔 머리가 너무 복잡했다. 이야기할 때가 되면 어련히 하시겠지.

"넌 아무 걱정 할 필요 없다. 내가 모든 걸 알아서 할 테니, 넌 유화와 혼인할 준비만 하면 되는 게야."

어머니는 그 말만 남기고 방을 나섰다.

3

의후는 느르뫼(현재의 논산)가 한눈에 들어오는 계룡산 기슭에서 말을 세웠다. 발밑이 바로 낭떠러지였다. 말이 긴장했는지 히힝 울면서 뒷걸음쳤다. 꽤 먼 거리인데도 하천이 눈에 들어왔다. 겨울인데도 얼지 않았는지 졸졸졸 흘러가는 소리가 들리는 것 같았다. 저 하천이 금강으로 합류한다고 했었지. 의후는 한숨을 내쉬었다.

산태극(山太極)과 수태극(水太極)의 길지 조건이 모인 곳이라 천도설(遷都說)이 끊이지 않는 곳이었다. 게다가 경작지 중 대부분이 논농사로, 풍부한 농업생산을 바탕으로 한 상공업까지 발달한 담로국이었다. 하지만 과연 이곳이 내게도 행운을 가져다줄까? 의후는 쓴웃음을 지었다. 알 수 없는 일이지.

"빨리 가자, 사로."

의후는 말을 달렸다.

느르뫼의 왕이란 작자는 만만치 않은 인물이었다. 물론 대부분의 담로국 왕들이 의후를 대면할 때는 경계를 하기 마련이었지만 이번은 더 심했다. 의후는 몸수색을 하던 남자가 말(버선)목에 있는 끈까지 뒤지자 뒷걸음질을 했다.

"왜 그러십니까?"

"이런 황송한 대접까지 받으며 이곳의 왕이란 자를 만날 필요는 없을 것 같구나."

의후는 주저 없이 남자가 잠시 맡아두겠다며 가져갔던 검을 빼앗아들고 말에 올랐다. 사로는 당황한 기색 없이 의후를 따랐다. 말은 차가운 땅 위를 박차고 달리기 시작했다. 얼마 달리지도 않았을 때 뒤에서 말발굽 소리가 울렸다.

"마마! 마마!"

흘낏 돌아보니 아까 몸수색을 하던 남자였다.

"마마! 잠시만 멈추시옵소서! 마마!"

의후는 마지못해 가는 척, 남자를 따라 느르뫼 왕궁으로 들어섰다. 담로국의 왕궁치고는 화려한 편이었다. 물자가 풍족한 만큼 왕실도 풍족할 터였다. 주안상도 그런 풍족함을 한눈에 보여주었다. 각종 고기와 전들이 풍성했다. 의후는 두루마기를 홱 젖히며 자리에 앉아 왕이 따라주는 술을 한번에 들이켰다.

"허허, 듣던 대로이십니다."

왕의 웃음에 의후는 눈썹을 추켜올리며 술을 따라주었다.

"그런가요? 마마께서도 제가 듣던 대로입니다."

일순 왕의 얼굴이 어두워졌다.

"제 부하들이 무례를 저질렀다는 얘기는 들었습니다. 워낙 요즘에 흉한 소문이 많이 돌다보니 경계가 과했습니다. 제가 대신 사죄의 말씀 올리나이다."

왕은 일어나 고개를 푹 숙였다.

"그렇게 말씀하시면 제가 오히려 속 좁은 사람이 되는 거겠지요. 오히려 제가 도움을 구해야 할 입장인데."

"도움이라니요? 그저 하찮은 담로국의 왕일뿐입니다. 말씀 낮추소서."

번들거리는 얼굴의 기름기와 비대한 몸집은 영락없는 장사꾼이었다.

협상은 지루하도록 길었다. 예상대로 느르뫼 왕은 하나라도 더 얻어내려 안간힘을 썼다. 결국 의후는 느르뫼의 독립을 보장하겠다는 약속을 할 수밖에 없었다.

"너무 과하신 약속이셨습니다."

사로는 목욕물의 온도를 맞추며 투덜거렸다. 느르뫼 왕은 자신의 처소를 내주겠다고 했지만 의후는 정중히 거절했다. 지금 이 방만으로도 충분했다. 별실이라 했지만 호사스러움은 도를 넘어섰다.

"왜 아무 말씀이 없으십니까?"

사로가 생각을 비집고 들어왔다.

"하지만 어쩔 수 없지 않느냐? 비록 내 뒤를 따르겠다는 담로국의 수가 점점 늘어나고 있다고는 하지만 느르뫼 정도의 재력을 가진 나라는 드물어."

"하긴 그렇지요. 마마께서 어련히 알아서 하시겠습니까? 제 생각이 짧았던 것 같습니다. 그럼 얼른 씻으십시오. 내일이면 다시 도성으로 돌아가야 합니다. 그러지 않으면 의심받으실 겁니다."

사로는 그 말을 끝으로 밖으로 나갔다. 의후는 뜨거운 목욕물에 움찔하면서도 눈을 질끈 감고 들어섰다. 얼마 되지도 않아 뜨거운 물에 피부가 벌겋게 달아올랐다. 얼마 전 물에 덴 상처가 아직도 아물지 않았는지 따끔거렸다.

의후는 얼굴에 물을 끼얹으며 한숨을 내쉬었다. 아무리 뜨거운 물에 들어가도 서늘함은 사라지지 않았다. 마치 가슴속에서 바람이라도 부는 듯 항상 횅했다. 물에 데고 난 후 달라진 게 있다면 목욕 준비를 사로가 한다는 것뿐이었다. 사로는 데지 않을 정도의 뜨거운 물을 준비했다. 하지만 항상 모자랐다. 더 뜨거워야 했다. 몸을 녹일 정도로 뜨거워야 이 서늘함을 없앨 수 있을 것 같았다. 의후는 물 밖으로 나와 몸을 닦고 옷을 걸쳤다.

대에 달린 주머니를 보던 사로는 못마땅하다는 듯 끙, 하는 신음 소리를 냈을 뿐이었다. 의후는 비자색 비단주머니를 열고 거울을 꺼냈다. 왜 이 낡은 거울을 버리지 못했을까? 이상한 일이었다.

이제는 히미코의 얼굴도 희미해져가고 있었다. 그토록 선명하던 얼굴이었지만 점점 희미해져갔다. 후후, 의후는 웃었다. 그럴 수 있을까? 언젠가는 이 모든 일들이 잊혀질까……. 언젠가는 이 모든 것들이 사라지고 희미해져 내 기억이 그걸 끄집어내기 힘들어할 날이 올까. 아마 그럴지도 모른다. 언젠가는…… 모든 것이 잊혀질 것이다……. 하지만 버림받았다는 그 생소한 느낌은 잊혀지지 않을지도 모른다.

4

의후는 미친 듯이 달렸다. 어머니는 손발이 묶인 채 바닥에 널브러져 있었다. 풀어진 머리카락은 흙투성이였고, 훤히 드러난 다리에서는 피가 흘러내리고 있었다. 어머니에게 다가서는 의후를 무사들이 막아섰다.

"이게 무슨 짓이냐?"

의후의 고함에 연경왕후가 대신 대답했다.

"내명부의 일이다. 네가 상관할 일이 아니야."

연경왕후의 뒤로 다른 왕후들이 줄지어 서 있었다. 횃불에 왕후들의 화려한 장신구가 반짝였다.

"엄연히 이 나라의 왕후십니다."

"그래도 내가 서열상 먼저라는 걸 잊었느냐?"

"무슨 잘못을 했기에 이리 하시는지는 알아야겠습니다."

"알아서 좋을 것이 없을 텐데?"

의후는 옆에 찬 검을 쥐었다.

"알아야겠습니다."

연경왕후는 히죽 웃었다.

"정 그렇다면 어쩔 수 없지. 네 어미는 외간남자와 간통을 했다."

툭, 손이 떨어졌다.

"증거가 있습니까?"

연경왕후는 두툼한 봉투를 던졌다. 의후는 발치에 놓인 봉투를 들었다. 봉투 안에는 서신이 가득했다.

'당신을 위해서라면 무엇이든 할 수 있습니다.'

의후는 어금니를 물었다. 명필이었다. 누구나 알아볼 수 있는 원학의 서체였다. 설마……. 의후는 고개를 저었다. 하지만 어머니는 아직 깨어나지 않았다. 변명이라도 듣고 싶었다.

"이런 일방적인 연서만으로 한 나라의 왕후를 이리 만드신 겁니까? 전하께서도 아십니까?"

아직은 희망이 있었다.

"원학과 만나고 새벽에 돌아온 다예를 맞이한 사람이 전하이셨느니라."

"원학과 만났는지 잠이 오지 않아 산책을 했는지 어떻게 압니까? 이런 모진 고문이라면 하지 않은 일이라도 했다고 할 것입니다."

"원학이 이미 모든 것을 실토했다. 고문을 당하기도 전에. 네 혼사를 의논하면서 가까워졌다고 하더구나."

그래서 어머니가 유화와의 혼사에 그렇게 자신이 있었던 걸까? 원학과 가까워졌기에? 의후는 수많은 의문을 삼켰다. 호기심을 채울 시간 따위는 나중에도 충분했다.

"이미 실토하였다면 어머니를 이리 문초하시는 이유가 무엇입니까?"

소라에서는 왕후가 간통하여 아이를 낳아도 전군이라는 지위를 부여했다. 소라 왕족들이 구다라 왕족들과 혼인하면서 구다라의 결혼관도 변하고 있었다. 기껏해야 천민이 되는 거겠지. 설마 목숨을 빼앗지는 않을 거야. 의후는 긍정적으로 생각하려 노력했다.

"간통 말고도 자백받아야 할 것이 또 있거든."

"또…… 있다니요?"

연경왕후는 대답하지 않고 어머니를 바라봤다.

"아무래도 오늘 중에는 힘들겠구나. 전하께서 충격을 많이 받으셔서 오늘은 내가 대신 문초했으나 내일은 친국(親鞫)이 있을 것이다. 일단 옥에 가두어라."

연경왕후의 명에 무사들이 어머니를 질질 끌었다.

"아직까지는 한 나라의 왕후다. 감히 어디다 손을 대는 게냐? 내 너희를 가만두지 않을 것이야."

무사들은 의후의 말에 움찔하며 어머니를 놓았다.

"감히 어디서 고함을 지르는 게냐? 그 서신이나 다 읽어보려무나. 그러면 상황을 좀 파악할 수 있을 테니. 하긴 어차피 옥에서 할 일도 없겠구나."

연경왕후의 말뜻을 알아듣기도 전에 무사들이 의후를 둘러쌌다.

"빨리 잡아 옥에 가두지 않고 무얼 하는 게야!"

의후는 재빨리 검을 빼들었다. 무사들은 쉬이 다가서지 못했다. 오히려 의후가 슬며시 검을 휘두르자 뒷걸음치기 바빴다.

"이것들이!"

연경왕후의 목소리가 높아졌다.

"당장 붙잡지 않고 뭘 하는 게냐!"

하지만 무사들은 서로 눈치만 살필 뿐 검조차 빼어들지 못했다. 의후는 경계를 늦추지 않으며 뒷걸음쳤다. 연경왕후가 아무런 이유 없이 자신을 가두라 명하지는 않았을 터였다. 일단은 도망쳐야 했다. 어머니만 데리고 갈 수 있다면 궁에는 아무런 미련도 없었다.

"검을 놓아라!"

세자의 목소리에도 의후는 돌아보지 않았다. 정신을 집중하지 않으면 허점을 보이게 된다. 의후는 자신을 둘러싼 무사들에게서 시선을 떼지 않았다.

"검을 놓지 않으면 다예가 죽는다."

어머니의 목에 칼을 대고 있는 자운세자의 모습에 의후는 순간 멈칫했다. 방심한 틈을 노리고 인기척이 느껴졌다. 인기척이 나는 쪽으로 고개를 돌린 순간, 등 뒤에 따끔한 통증이 느껴졌다. 내관 하나가 바늘을 든 채 놀라서 굳어 있었다. 약 기운은 급속히 퍼졌다. 통증은 금세 둔해지고 눈이 감겼다. 하지만 의후는 어머니에게 다가갔다. 어머니의 모습이 서서히 사라지면서 무릎이 꺾였다.

5

눈을 떴을 때는 어두운 감옥의 딱딱한 바닥이었다. 온몸이 두들겨 맞은 것처럼 묵직했다. 그래도 독약이 아닌 단순한 마취제만 쓴 모양이었다. 쉽게 죽이기엔 의후의 세력이 너무 커졌다. 코를 찌르는 구린내에 의후는 코를 막으려 손을 들었다. 철컹, 소리를 내며 묵직한 쇳덩이가 손목을 당겼다. 족쇄까지……. 의후는 손목에 채워진 쇠고랑에서 고개를 돌렸다. 바닥에는 미처 치우지 않은 대소변이 썩어가고 있었다. 의후는 억지로 몸을 일으켰다. 온몸에 대소변을 묻힌 채로 죽고 싶지는 않았다. 대체 나까지 가둔 이유가 무엇일까?

의후는 바로 옆에 있는 봉투를 들어올렸다. 이걸 읽으면 알 거라 했지? 의후는 무거운 족쇄를 끌고 일어섰다. 철창 밖에 있는 횃불 가까이 가자 그나마 희미하게 글씨가 보였다. 의후는 뻐근한 목을 주무르며 눈을 부릅떴다.

'당신을 위해서라면 무엇이든 할 수 있습니다.'

서신의 내용은 변함없었다. 단순한 연서. 어머니도 여자였고 흔들릴 수도 있었다. 자신의 남편을 죽인 왕에게 사랑을 느끼기는 힘들었으리라. 목숨을 부지하기 위해 꾸며내는 거짓웃음이 힘들었으리라. 스스로에게 변명했지만 어색했다. 아들에게 어머니의 사랑이란 낯설고 버거웠다. 연서를 태우지도 못할 만큼 원학에 대한 감정이 깊었던 걸까? 의후는 고개를 저었다. 어머니는 유화를 며느리로 맞고 싶다고 했다. 곧 사돈이 될 사람이 보낸 연서를 간직할 만큼 어머니가 어리석지는 않았다. 그러기엔 왕궁에서 산 세월이 길었다.

'그것이 당신의 아드님을 위해 목숨을 거는 일이라도 기

꺼이 할 수 있습니다. 당신이 자신보다 더 사랑하는 아드님이기에.'

갑자기 글씨가 희미해졌다. 아들이라니? 목숨을 걸다니?

'의후왕자님만이 한반도를 통일하실 수 있습니다.'

의후는 놀라서 종이를 구겼다. 오랜 시간이 지나 구긴 종이를 폈지만 내용은 그대로였다. 역모…….

'왕자님을 위해 모든 지원을 아끼지 않을 것입니다.'

뚫어지게 바라봤지만 글씨는 변하지 않았다.

'유화와 왕자님의 혼사를 허락받기 위한 좋은 방법이 있습니다. 서신으로는 하기 힘드니 잠시 궁을 나오셨으면 합니다.'

아니었다. 아무리 어머니라도 이런 서신을 보관할 정도로 어리석지는 않았다. 의후는 재빨리 다른 서신을 꺼내들었다. 의후가 가르친 글이었다. 동글동글한 필체는 어머니의 것이 틀림없었다.

'나는 그 아이에게 해준 것이 없습니다. 천한 신분의 어미에게 태어나 자신의 꿈 한 번 소리 내어 말하지 못하는 불쌍한 아이입니다. 내 목숨 바쳐서라도 그 아이의 꿈을 이루어주고 싶습니다.'

어머니……. 의후는 어머니의 글씨를 쓰다듬었다. 천하게 자라 그저 배부른 것에도 만족한다던 어머니, 궁에서 산다는 사실이 언제나 믿기지 않는다던 어머니……. 의후는 재빨리 다른 서신을 펼쳐들었다. 지금은 감정 따위에 젖어 있을 시간이 없었다.

'의후를 왕으로 만들 수만 있다면 뭐든지 하겠습니다.'

의후는 눈을 감았다. 모든 것이 자신의 잘못이었다.

6

의후는 왕 앞에 무릎을 꿇었다. 발목에 채워진 족쇄에 매달린 쇠구슬이 철커덩 소리를 내며 굴러와 발을 짓이겼다.

"원하시는 일이라면 무엇이든 하겠습니다."

왕은 대답이 없었다. 원학이 어머니에게 보낸 서신도, 어머니가 원학에게 보냈던 서신도 목숨을 살려주는 대가로 원학이 직접 바쳤다고 했다. 보냈던 서신을 돌려받아 보관했다는 것은 누구도 이해할 수 없는 일이었다. 하지만 이제 와 논리 따윈 소용없었다. 연경왕후를 너무 얕봤다. 빠져나갈 길은 없었다.

"너무 욕심을 부렸어. 그렇게 조용히 살 것이지."

자운세자는 친히 의후가 있는 감옥을 방문해 속삭였다. 욕심이라……. 의후의 꿈은 다른 이들에겐 욕심으로 보이는 모양이었다.

"천민의 피도 붉기는 하겠지. 하지만 결코 왕의 피는 될 수 없는 법이야. 그건 날 때부터 정해진 이치거든."

족쇄 때문에 상처난 발목에서 흐르는 피를 보며 자운세자는 비웃었다. 자운세자는 족쇄를 찬 의후의 모습이 보기 좋은지 매일 들렀다. 하지만 왕은 보름이 넘도록 의후의 친국조차 열지 않았다. 어머니가 어떻게 되었는지 궁금했지만 자운세자의 기분을 더 좋게 만들어줄 수는 없었다.

매일 연습했다. 왕에게 무릎을 꿇고 비는 연습……. 어머니만은 살려야 했다. 의후는 연습했던 그대로 읊었다.

"전쟁에 나가라시면 나갈 것이고, 천민이 되라시면 천민이 되겠습니다. 지금 이 자리에서 죽으라시면 죽을 수도 있습니다. 어머니만은 살려주십시오."

"네가 그리 효자인 줄 몰랐구나. 내가 전쟁에 나가랄 때는 싫다고 단칼에 거절하더니."

비꼬는 말에 의후는 고개를 숙였다. 참아야 한다, 참아야 한다. 한밤중에 무사들이 들이닥쳐 끌어내던 순간부터 자신에게 되뇐 말이었다. 왕 앞에서 무조건 고개를 숙여야 한다.

"이번 일은 그냥 넘어갈 수 없다. 너도 그 서신을 읽어보았으면 알 거 아니냐? 역모니라. 참형이……."

"절 죽이십시오. 그러면 간단하지 않습니까?"

의후는 감히 왕의 말을 막았다. 차마 들을 수 없었다.

"알잖느냐? 우리나라 형법이 어떠한지는."

왕은 이상하게도 의후의 말을 받아치고 있었다. 아직은 희망이 있었다.

"저만큼 공을 세운 이도 없습니다. 그 정도면 어머니 목숨 하나쯤은 살려주실 수도 있습니다. 저만큼 전쟁에 능숙한 장수도 없습니다. 어떤 나라라도 전하께 가져다드리겠습니다. 어머니 목숨만은 살려주십시오."

왕은 슬며시 웃었다.

"어떤 나라라도?"

의후는 고개를 끄덕였다.

"좋다. 다예의 목숨은 살려주기로 하지. 인질이라도 있어야 네가 딴생각을 못할 테니."

"어머니가 무사하다는 것을 직접 확인하고 싶습니다."

누구도 믿을 수 없었다. 왕은 허허 웃었다.

"날 믿을 수 없다는 말이냐?"

의후는 대답하지 않았다.

"난 누구보다 다예를 아낀다. 그건 너도 잘 알지 않느냐? 우선 내 명을 이행한다면 만나게 해주리라. 빨리 출정 준비를 하여라. 네가 빨리 떠날수록 돌아오는 날도 빨리 올 테니."

"어머니의 얼굴을 보기 전에는 출정하지 않겠습니다."

왕은 한숨을 내쉬었다.

"좋아. 출정하는 날 아침 먼발치에서 보도록 해주겠다."

살아 있었다. 그 사실만으로도 족했다.

"어느 나라를 원하시는 겁니까?"

"이번에는 좀 멀리 가야겠구나. 대륙 쪽으로 말이다."

"고구려를 치라는 말씀입니까?"

"아니, 고구려보다는 바다를 건너 요서 지방²⁵⁾으로 가면 어떨까 생각 중이다."

"하지만 그곳은 너무 멀어……."

"지금 대륙은 텅 빈 상태다. 뭐 하러 골치 아프게 고구려를 치겠느냐? 몇 달의 뱃길만 고생하면 드넓은 천지가 앞에 있는 것을. 다예는 걱정 말아라, 내 잘 보살필 테니."

의후가 일어서자마자 무장한 무사 열 명이 의후를 둘러쌌다. 무거운 족쇄 때문에 걷기도 힘들었다. 하지만 왕의 경계는 철저했다. 상처투성이 맨발은 내디딜 때마다 고통스러웠다. 그 쓰린 발걸음 뒤로 왕의 말이 울렸다.

"출정하는 너를 격려하는 의미로 이번 일은 아무도 모르게 덮을 것이야. 그리고 유화는 세자와 혼인시키기로 했다. 아비가 죄를 지었지, 그 딸에게 무슨 죄가 있겠느냐?"

연경왕후가 아니라 왕이었다. 의후는 드러나는 진실에 어금니를 물었다. 이미 내려앉은 어금니였다. 의후는 이마의 상처에 손을 가져갔다. 상처는 아물지 않고 덧나기만 했다.

어머니까지 이용해 아들을 전장으로 내쫓고 싶어하는 아버지를 어떻게 이해해야 할까? 아니, 왕은 더 이상 아버지가 아니었다. 의후가 왕에게 아들이 아닌 것처럼······.

7

왕은 의후가 탄 배가 출발하고 나서야 어머니의 얼굴을 볼 수 있게 해주었다. 먼발치였지만 어머니의 얼굴이 분명했다. 무사들은 순식간에 어머니를 다시 데려갔다. 하지만 퉁퉁 부은 어머니의 눈을 보기엔 충분한 시간이었다.

군사들은 모두 낯선 얼굴이었다. 왕은 어머니를 인질로 잡고서도 경계를 늦추지 않았다. 출정준비를 옥 안에서만 했기에 허술한 부분이 많았다. 의후는 상황을 점검하느라 하루 종일 흔들리는 배 위를 뛰어다니다 새벽이 되어서야 선실로 들어왔다. 불조차 켜기 귀찮아 그대로 누웠다. 얼핏 잠결에 들리는 소리에 의후는 재빨리 단도를 집었다.

"면회 한 번 오지 않았다고 섭섭하셔서 이러십니까?"

사로의 웃음 섞인 목소리에 의후는 안도의 한숨을 내쉬었다.

"어떻게 들어왔느냐?"

사로는 초에 불을 붙였다.

"숨어드는 일이라면 어릴 적부터 물릴 정도였습니다."

싱긋 웃는 사로의 얼굴이 꿈만 같았다.

"다른 사람들은?"

"지금쯤이면 해안으로 모여들고 있을 겁니다."

"몇 명이나 되느냐?"

"대부분 용병이었습니다. 게다가 목숨을 거는 일입니다. 많은 기대는 하지 마십시오."

사로는 대답을 피하며 말을 돌렸다.

"해가 뜨기 전에 서두르셔야 합니다. 제가 몰래 뗏목 하나를 숨겨놓았으니 가까운 섬으로 가셔서……."

사로의 말이 희미해지고 어머니의 글씨가 눈앞에 어른거렸다.

'나는 그 아이에게 해준 것이 없습니다. 천한 신분의 어미에게 태어나 자신의 꿈 한 번 소리 내어 말하지 못하는 불쌍한 아이입니다. 내 목숨 바쳐서라도 그 아이의 꿈을 이루어 주고 싶습니다.'

가끔 원망했었다. 천한 신분도, 귀한 신분도 아닌 모호한 자신을 낳은 어머니가 원망스러웠다. 이해할 수도 없었다. 자신의 남편을 죽인 왕 앞에서 웃을 수 있는 어머니가 섬뜩한 적도 있었다. 아들에게 글을 배우면서도 부끄러운 줄 모르던 어머니가 부끄러웠다. 어머니의 순진함을 어리석음이라 여겼다. 의후는 한숨을 내쉬었다. 모든 게 자신의 잘못이었다.

"아니, 안 된다."

"마마!"

"어쩔 수 없구나. 어머니의 목숨이 걸려 있으니."

"어리석으십니다. 이용당하고 있다는 걸 아시면서도 왜 벗어나지 못하십니까?"

"그러면 어머니를 죽게 내버려두란 말이냐?"

의후는 화가 나 소리를 질렀다. 이용당하고 있는 자신이, 무기력한 자신이, 힘없는 자신이 싫었다. 만약 신이 있다면 신은 분명 악랄하고 심술궂었다. 넉넉하게 갖고 태어난 자는 살면서 더 많은 것을 얻고, 가진 것 없이 태어난 자는 살면서 그나마 가지고 있던 것을 잃어야 했다. 어머니마저 **빼앗길** 수는 없었다.

"제 손으로 부모를 죽이는 자도 있습니다."

낮고 어두운 목소리. 의후는 놀라서 사로를 봤지만 사로는 허공만 쳐다보고 있었다. 어디도 향하지 않으면서 어딘가를 향하는 사로의 눈은 섬뜩했다.

'제가 죽였습니다.'

부모님에 관해 물었을 때 술에 잔뜩 취한 사로는 그렇게 말했다. 사로의 과거에 대해 알고 싶어 억지로 마시게 한 술이었다. 사로는 혼자 취하지 않으려 굳이 의후와 나란히 잔을 비웠다. 사로도, 그도 정신을 잃을 정도로 취한 날이었다. 하지만 사로의 그 말만은 또렷하게 남아 있었다.

"저만 아니었다면 부모님께서 그리 되시지는 않았을 겁니다. 제가 부모님을 죽였습니다."

처음이자 마지막으로, 단 한 번, 사로가 눈물을 보인 날이었다. 그저 부모를 먼저 보낸 자식이 후회하며 하는 말이라 생각했다. 설마……, 의후는 고개를 저었다. 순간 사로가 고개를 돌려 의후를 바라봤다. 시린 눈이 차가웠다.

"신은 인색하지요. 단 하나라도 거저 주는 법이 없습니다. 기어이 다른 하나를 빼앗아가지요. 그것을 잊지 마십시오."

의후의 한숨 뒤에 사로의 한숨이 따랐다.

8

언덕에서는 짓고 있는 새 왕궁이 잘 보였다. 어떤 왕궁보다 거대하고 화려하게 지을 거라며 대비가 입에 거품을 문다고 했다. 하지만 주인 없는 왕궁은 쓸쓸해 보였다. 히미코는 왕궁이 잘 보이는 바위로 다가갔다.

와타나베는 품에서 수건 하나를 꺼내 바위에 깔아주었다. 히미코는 물끄러미 수건을 바라보다 그 위에 앉았다. 추운 겨울이었다. 어떻게 와타나베는 모든 것을 미리 알고 준비하는 건지.

히미코는 뚫어지게 새 왕궁을 바라보았다. 한 번도 같이 올라온 적이 없는 언덕이었다. 히미코는 매일 언덕에 올랐다. 그리고 와타나베도. 하지만 같이 올라온 적은 없는 길이었다. 왕위에 둘이 오를 수 없는 것처럼.

"왕이 되고 싶습니다."

히미코는 무작정 말을 꺼냈다. 와타나베는 움찔했다. 일부러 이 언덕으로 올라왔다. 이 언덕에서라면 말할 수 있을 것 같아서. 어차피 언젠가 꺼냈어야 하는 이야기였다. 와타나베가 모른 척하고 있다고 그녀도 모르는 척하고 싶진 않았다. 노사미는 하루 종일 그녀를 닦달했다. 오늘은 꼭 와타나베를 설득하라고. 순조로운 왕위계승을 위해서는 와타나베의 협조가 필수적이었다.

"저하께서 왕위에 오르시면 전 죽은 목숨입니다. 가장 큰 걸림돌이니까요."

"말도 안 되는 소리! 내가 널 죽일 수 있을 거라고 생각하느냐? 단지 왕권을 유지하기 위해서 널 죽일 수 있을 거라고, 그렇게 생각하느냐?"

정말 아무것도 모르는 것처럼 와타나베는 되물었다.

"세자께서 저를 죽이시지 않더라도 대비께서 가만두지 않으실 겁니다."

314

히미코는 눈을 감은 채 말했다. 와타나베는 아무것도 모르고 있었다. 말할 수 없었다. 사실은 왕과는 아무런 상관도 없는 사람이라고. 그래서 대비가 그녀를 죽일 거라고. 그 오랜 세월 동안 와타나베에게 사실을 숨기고 있었다고.

수우의 말이 울려퍼졌다. 바람을 타고 갔던 말들은 바람과 함께 다시 몰려온다. 그분의 곁에서 떠나주십시오. 수우는 그렇게 말했다. 헤이제이와 작별인사를 하고 오던 날, 고개를 숙이고 걷던 히미코의 눈에 자그마한 발이 들어왔다. 히미코는 고개를 들어 수우를 바라보며 잠시 여기가 어디지, 라는 생각을 했다. 그리고 주위를 둘러보았다. 분명 자신의 처소였다.

"제가 여기 온 게 어색해서 그러십니까?"

히미코는 어색하게 입을 벌려 웃음을 지어 보였다. 하지만 미소는 되돌아오지 않았다.

"많이 망설였습니다. 하지만 세자저하를 위해 와야겠다고 생각했습니다. 저 자신보다는 세자저하가 훨씬 더 중요하니까요."

히미코는 어정쩡한 자세로 수우의 말을 들으며 고개를 주억거렸다. 수우는 어느새 무릎을 꿇고 있었다. 눈물이 수우의 뺨을 타고 흘러내렸다. 눈물은 얼지 않는 걸까? 히미코는 뚝뚝 떨어지는 수우의 눈물을 보면서 생각했다. 눈물은 얼지 않는 걸까? 너무 추워서 얼어 죽을 것만 같은데, 눈물은 얼지 않는 걸까?

바람을 타고 수우의 말이 울려퍼졌다. 떠나주십시오, 그분의 곁에서. 당신은 죽음을 몰고 다니시는 분입니다. 당신 곁에 있던 사람들은 전부 죽었습니다. 만약 세자저하를 조금이라도 생각하신다면, 그래서 그분을 조금이라도 염려하신다면 그분 곁에서 떠나주십시오. 수우의 말이 바람을 타고 날아갔다. 그리고 다시 바람을 타고 날아온다.

수우의 말이 불안해 노사미를 점쟁이에게까지 보냈으면서도 와타나베에겐 아무 말도 하지 못했다. 항상 그렇듯이 와타나베에게는 할 수 없는 말이 너무 많았다. 와타나베는 아무 말 없이 한참을 서성였다. 딸랑딸랑, 와타나베의 야유이 소리는 항상, 너무, 조심스러워 짜증스럽다.

"만일 내가 왕이 된다면 널 내 비로 맞을 거야. 그럼 되지 않겠느냐?"

히미코는 천천히 눈을 떴다. 와타나베의 젖은 눈이 바로 앞에 있었다. 와타나베의 눈에는 항상 감정이 가득하다. 그래서 숨이 막혔다. 히미코는 다시 눈을 감았다. 눈을 감았는데도 의후가 보였다. 아니, 의후는 눈을 감아야만 볼 수 있었다. 그래서 눈을 뜨고 싶지 않았다. 영원히……. 날 두고 가지 마, 날 버리지 마. 그렇게 말한 의후는 히미코를 버리고 떠나갔다. 그런 의후가 미워 히미코는 눈을 떴다.

언제부터 내리기 시작했는지 눈이 내리고 있었다. 부드러운 눈이 와타나베의 까만 머리 위로 쌓였다.

"세자저하는 항상 너그러운 분이셨지요. 그런 희생을 해서라도 절 살려주겠다고 하시니 망극할 따름입니다."

"그건 희생이 아냐. 너도 잘 알 텐데. 그게 가장 좋은 방법이야."

와타나베는 예의고 뭐고 상관없이 내뱉었다.

"아뇨. 그러지 않겠습니다."

와타나베는 믿을 수 없다는 듯 멍하니 히미코를 바라보았다.

"뭐라고?"

"그러지 않겠다고 했습니다."

"넌, 넌……."

"그 말씀을 해주신 은혜 평생 잊지 않을 것입니다. 하지만 그러고 싶지 않습니다. 세자저하께서 그 말씀을 해주시기 전까지는 몰랐습니다. 그저 왕이 되어야 한다고 생각했습니다. 살기 위해서, 왕이 되어야 한다고 생각했습니다. 하지만 이젠 아닙니다. 전 살기 위해서가 아니라 왕이 되어야만 하기에, 왕이 되고 싶기에 왕이 되겠습니다."

히미코는 천천히 주저앉는 와타나베를 뒤로한 채 걸었다. 용감하게 말을 꺼냈지만 다리는 아직도 후들거렸다. 그런 생각은 해본 적이 없었다. 그저 살기 위해 왕이 되고 싶었다. 높은 신분이 탐나서, 권력이 탐나서 왕이 되고 싶었다. 그렇게 생각했다. 하지만 아니었다. 그저 왕이 되고 싶었다. 이유조차 알 수 없지만.

히미코는 야유이 소리가 들려오지 않자 뒤를 돌아보았다. 와타나베는 자리에 주저앉아 따라올 생각도 하지 않고 있었다.

한 번도 그 생각을 해본 적은 없었다. 와타나베와 결혼한다면, 이 나라의 왕후가 된다면 살 수 있을 것이다. 하지만 한 번도 그런 생각을 해본 적이 없었다. 그렇게나 쉬운 방법을 찾지 못했다. 살 수 없다고 해도, 죽는다고 해도 왕이고 싶었다.

와타나베의 머리 위로 눈이 쌓여가고 있었다. 눈이 녹은 걸까, 아니면 와타나베가 눈물을 흘리는 걸까? 와타나베의 뺨을 가로지르는 물방울이 달빛에 반짝였다. 히미코는 오던 길을 다시 되돌아갔다. 이대로 내버려두고 갈 수는 없었다.

히미코는 손을 내밀었다. 하지만 와타나베는 히미코의 얼굴만 바라보고 있었다. 이미 알고 있었다. 와타나베가 무엇을 바라는지. 하지만 알기 전에 먼저 깨달았다. 그녀가 와타나베가 바라는 대로 해줄 수 없다는 것을. 와타나베는 마른 입술을 뗐다.

"그래, 좋아. 그럼 왕이 돼."

"뭐라고 하셨습니까?"

"네가 그렇게 원한다면, 네가 왕이 되는 걸 도와줄게. 네가 원한다면 왕위 따위는 버릴 수 있어. 네가 원한다면 네 발밑에 세상을 놓아줄 수 있어. 네가 원한다면 왕 따위는 되지 않아도 좋아. 네가 원한다면 신하로서 네 앞에 무릎 꿇을 수 있어. 내게 중요한 건 너뿐이니까. 나한텐 너만 있으면 되는 거야. 네가 내 세상이니까."

와타나베는 히미코 앞에서 천천히 무릎을 꿇었다. 노사미의 말 그대로였다. 그분은 공주마마를 위해서는 뭐든 포기하실 수 있을 겁니다. 그러니 도와달라고 하세요. 아무 문제 없을 겁니다. 히미코는 끝까지 망설였다. 와타나베가 보여주는 감정이 진실인지 끝까지 의심했다. 한시라도 급합니다. 오늘은 반드시 세자저하께 이야기하십시오. 노사미가 채근할 때마다 히미코는 두려움에 떨었다. 만약 노사미의 말이 진실이라면 와타나베에게, 거짓이라면 히미코에게 잔인한 이야기였다. 그래서 조금이라도 늦추고 싶었다. 하지만 히미코는 시간도 부족하고 여유가 없었다.

"난 너만 있으면 되니까 왕위 따위는 버릴 수 있어. 그러니까 하나만 약속해줄래? 날 밀어내지 마. 날 사랑하지는 않는다 해도 날 밀어내지만 마. 나와 혼인할 수 없다 해도 좋아.

그저 네 곁에 있게만 해줘."

"일어나세요. 내 앞에서 이런 모습 보이지 마세요. 세자저하는……."

히미코는 말을 잇지 못했다. 와타나베는 아직도 무릎 꿇고 있었다. 겨울의 땅은 차가울 것이다. 히미코가 왕이 되는 길이 가장 좋은 길이라고 했다. 노사미는 그렇게 말했다. 히미코가 곁에 있으면 와타나베가 죽을지도 모른다고 했다. 수우는 그렇게 말했다. 바람을 타고 두 사람의 말이 번갈아 울려 퍼졌다.

"만약 제가 왕이 된다면, 그래서 누구도 넘보지 못할 권력을 가지게 되면 전 세자저하와 혼인할 겁니다."

와타나베는 금세 눈을 빛내며 그녀를 바라봤다. 그 눈에 히미코는 아마도, 라는 말을 삼켰다. '아마도' 라는 말조차 지금의 와타나베에겐 버거울 것이다.

9

왕은 환영회를 성대하게 열었다. 연회장에는 세자빈들까지 나와 있었다. 휘녕과 유화는 어느새 친해졌는지 속닥거리고 있었다. 의후는 고개를 돌렸다.

"말 그대로 승승장구구나. 이대로 간다면 고구려를 집어삼키는 것은 시간문제구나. 하긴 우리나라의 중간에 끼면 고구려도 별수 없겠지. 소라야 지금이라도 맘만 먹으면 정복할 수 있는 것이고."

또 다른 전쟁 이야기, 의후는 애써 울분을 삼켰다.

"어머니를 보고 싶습니다."

"다예는 잘 지내고 있다. 너도 서신을 받아봤으니 알 거 아니냐?"

"하지만 제가 직접 보고 싶습니다."

"젖먹이도 아니고 왜 억지실까?"

세자가 옆에서 끼어들었다. 왕은 승전 소식에 들떠 의후가 자유롭게 다닐 수 있도록 허락했다. 비록 항상 왕이 보낸 무사들이 의후의 뒤를 따랐지만.

오자마자 궁 곳곳을 샅샅이 뒤지고 다녔다. 무사들이 헉헉대는 소리 따윈 들리지 않았다. 궁녀들의 뒷간까지 뒤졌지만 어머니를 찾을 수는 없었다. 궁이 아닌 다른 곳에 있는 모양이었다.

"어머니만 내주시면 산골로 들어가 조용히 살겠습니다."

왕은 피식 웃었다.

"다음 출정 준비나 하여라. 이번에도 출정하는 날 다예를 볼 수 있을 것이야."

결국 의후는 방으로 돌아와 술만 퍼마셨다. 얼마나 마셨을까? 의후는 눈앞에 보이는 히미코의 모습에 고개를 흔들었다. 우스웠다. 히미코는 의후의 눈꺼풀에 박혀 사라지지 않았다. 아무리 많은 여자를 취해도 다음 날이면 히미코의 웃는 얼굴에 죄스러웠다. 그를 버리고 세자에게 매달렸다는 히미코에게 죄책감을 느끼는 게 우스워 의후는 매일 밤 여자를 갈아치웠다.

히미코는 의후의 빈 술잔에 술을 채우고 있었다. 얼마나 취한 걸까? 의후는 관자놀이를 누르며 눈을 부릅떴다. 히미코가 손을 잡았다. 차가운 손에 의후는 흠칫했다. 히미코가 아니었다. 의후는 쓴웃음을 지었다. 휘녕은 언제나 그랬다는 듯 주안상에 있는 안주를 집어 내밀었다. 의후는 휘녕의 손을 내쳤다.

"네 얼굴만 봐도 구역질이 난다. 빨리 사라져라. 아니면 목숨을 부지하지 못할 것이다."

의후의 냉정한 말에 휘녕은 눈물만 뚝뚝 흘린다. 버림받지 않기 위해서는 어쩔 수 없었다고, 이 세상에서 가장 약한 건 약한 거라고, 히미코가 했던 말들이 휘녕의 입으로 새어나왔다. 의후는 자신도 모르게 휘녕이 내민 손을 잡았다.

10

수인은 눈을 감고 있었다. 하지만 아이가 절하는 것을 알 수 있었다. 옷이 바스락거리는 소리가 들리고, 방석이 풀썩 였다.

'오늘 밤'이라는 수인의 명에 이토쿠는 시간을 더 달라고 했다.

"겨우 2번 성공했을 뿐입니다. 천 마리도 넘는 동물들이 죽어나갔습니다. 대부분이 손을 대자마자 죽었단 말입니다. 게다가 동물이 아닌 사람입니다. 공주마마십니다."

"그래서?"

수인은 코웃음을 쳤다.

"하늘이 돕지 않고서는 살 수 없을 것입니다."

"그렇다면 하늘에게 빌어보아라. 실패하면 네 목숨도 남아나지 않을 터이니."

이토쿠를 비웃으며 자리를 떴건만 망설여졌다. 조금 더 기다려야 하는 걸까? 수인은 고개를 저었다. 이제까지 망설인 것으로 충분했다. 왕은 어젯밤 오랫동안 정신을 차리지 못했다. 죽지 않겠다고 갖은 발악을 했던 아들은 어미보다 먼저 갈 모양이었다. 더 이상 시간이 없었다. 어차피 언젠가는 죽여야 할 목숨이었다. 오늘 일이 실패해 죽는다 해도 상관없었다.

수인은 드디어 눈을 떴다. 아이가 자신을 빤히 바라보고 있다 급히 고개를 숙인다.

"전하께서 어젯밤 정신을 놓으셨다. 이제 때가 되었구나. 무슨 뜻인지 아느냐?"

죽은 자에게 위안은 필요 없다. 분명한 뜻에 아이는 입술을 깨물었다.

"제 생각이 중요합니까? 어차피 마마의 뜻대로 하실 거면서 그것은 왜 물으십니까?"

"만일 네가 내 입장이라면 어떻게 하겠느냐?"

아이는 순간 망설였다. 하지만 정말 순간이었다.

"저라면 죽일 것입니다. 제 뜻은 아니었다 해도 왕실의 핏줄로 속이고 들어왔으니 그 죄만으로 엄청날 것인데, 세자저하의 집권에도 방해가 될 테니 죽이는 게 마땅할 것입니다. 이 나라를 위해서는 어쩔 수 없습니다."

자신의 죽음을 말하는 아이는 싸늘했다. 하지만 나라를 위해서라고 말하는 아이는 따뜻했다. 아이는 자신의 나라가 아닌 이 나라를 사랑했다. 수인이 선택한 이 나라를……. 왕도, 미도리도 닮지 않은 아이는 수인을 닮았다. 수인은 고개를 내저었다. 구다라 천민의 딸과는 어떤 공통점도 갖고 싶지 않았다. 수인은 아이 못지않게 싸늘한 웃음을 지었다.

"그래? 죽여라? 너도 그렇게 생각하고 있으니 죽어도 날 원망은 안 하겠구나."

"그건 장담하지 못하겠습니다. 타인의 입장에서 생각할 수는 있지만 타인이 되어 느낄 수는 없는 법이니까요."

아이는 세상의 모든 답을 알고 있는 것 같았다. 하지만 불행히도 아이는 정답밖에 몰랐다. 세상이란 정답이 아닌 오답을 택해야만 살아남을 수 있었다. 수인은 아이를 뚫어지게 바라보며 천천히 내뱉었다.

"만약 죽이지 않겠다면?"

아이는 그 말에 놀라서 이마를 접었다. 분명 속으로 궁리하느라 바쁠 테지.

"세자저하의 간청이 계셨습니까?"

와타나베라고 생각하는 모양이었다. 물론 간청하기도 했지. 수인은 와타나베 생각에 코웃음을 쳤다. 불쌍한 다카미, 어찌할꼬. 다카미의 욕심을 조금이라도 닮았다면 이렇게까지는 되지 않았을 것이다. 그렇게 애써 꾸며낸 얘기를 들으면 좀 더 냉정해질 줄 알았다. 하지만 아니었다. 그래도 이 정도일 줄은 몰랐다. 그깟 감정에 모든 것을 버리다니, 쯧쯧.

그녀가 혀를 차는 소리를 들었는지 아이가 살며시 눈살을 찌푸렸다.

"널 세자빈으로 맞이하겠다는 청 말이더냐? 아니, 세자는 그런 간청 따윈 꺼내지도 않았어. 네가 싫다고 하는데 억지로 할 사람이더냐?"

아이는 그 말에 기가 막힌 듯 헉, 소리를 냈다. 어리석기도 하지. 아무리 첩자들을 솎아낸다고 해도 다시 매수하면 그만이었다. 아직까지 날 따라오려면 어림도 없지. 그래서 아이가 좋았다. 속고 또 속아도, 또다시 이 썩을 놈의 세상을 믿고 싶어하는 아이의 무모함이 좋았다.

"그렇다면 왜 절 살려두겠다 하십니까?"

아이는 마지못해 물었다. 하여간 저놈의 호기심은 어쩔 수 없는 모양이었다. 살려주겠다면 그저 고마워하며 눈물을 흘려야 정상인 것을. 수인은 더 이상 재미가 없었다. 카오리를 상대로 했다면 재미있었을 것을. 바짝 약 올라하는 게 정말 일품이었는데. 하지만 이 아이는 재미가 없었다. 그래서 수인은 내뱉는다.

"넌 왕이 될 거니까."

아이는 놀란 기색을 감추려 애썼다. 하지만 얼굴은 하얗게 질려 있었다.

"무슨 말씀이십니까?"

"널 살려주겠다는 말이다. 게다가 왕으로 만들어주겠다. 대신 넌 뭘 해줄 수 있느냐?"

"전, 전……"

아이는 무슨 대답을 해야 수인을 만족시킬 수 있을지 몰라 망설였다. 당황한 모습이 재미있다. 이럴 줄 알았으면 그렇게 질질 끌지 않았을 것을.

"놀란 모양이구나."

수인은 히죽거렸다.

"예. 도대체 왜 그런 결심을 하셨는지…….."

"그건 네가 알 바 아니다. 네 목숨을 살려주고 왕위를 물려줄 것이야. 하지만 그전에 해야 할 일이 있다."

"그게 무엇입니까? 하겠습니다."

아이는 단호했다.

"무엇이라도?"

"무엇이라도 하겠습니다."

아이는 자신에게 다짐하듯 손을 모아 쥐었다.

"네 목숨을 거는 일이라도?"

"목숨보다 더 소중한 것이라도 걸 수 있습니다. 가진 것이 없으니 잃을 것도 없습니다."

가질지도 모르는 것들은? 수인은 애써 나오는 말을 삼켰다. 아이는 헤이제이를 위해 목숨을 걸었었다. 제 뱃속으로 낳은 새끼도 아닌데 제 품에서 떼놓지 못했다. 과연 아이가 그 일을 한다고 할까? 죽는 것보다 더한 고통일 수 있었다. 하지만 수인은 아이가 그 고통 속으로 기꺼이 뛰어들 것이라 확신했다. 세상의 그 누구도, 세상의 그 무엇도 믿지 않았던 그녀였다. 하지만 처음으로 수인은 아이를, 아이의 꿈을 믿을 수 있었다.

수인은 일어나 문을 열었다.

"가자꾸나."

"지금 말입니까?"

아이는 당황한 눈으로 수인을 바라보았다.

"뭐든 하겠다면서?"

수인은 망설이지 않고 밖으로 나섰다. 아이가 따라오는지 뒤돌아보지도 않았다. 어차피 아이는 자신을 뒤따라올 것이다. 수인은 이토쿠가 기다리고 있는 처소에 이르러서야 뒤를 돌아보았다. 아이는 먼발치에서 뭉그적거리고 있었다. 헤이제이가 머무르던 곳이라는 것을 기억해낸 모양이었다. 그래서 일부러 이곳을 선택했다는 걸 아이가 알까?

수인과 눈이 마주치자 아이는 비척거리며 다가왔다. 그리고 수인보다 먼저 처소 안으로 들어갔다. 이토쿠는 이미 준비를 마쳤는지 달구어진 쇠 냄새가 몰려오고 있었다. 그 냄새가 역겨워 고개를 돌리는데 하늘에 검은 구름이 보였다. 수인은 눈을 가늘게 떴다. 까마귀 떼가 하늘을 뒤덮고 있었다.

아이는 행운을 상징한다며, 태양에 사는 새라며 까마귀[26]를 귀여워해 먹이까지 주곤 했다. 하지만 수인은 그 흉측한 모습과 끔찍한 울음소리가 싫었다.

검은 하늘이 천천히 내려오고 있었다. 아이에게로……

푸른빛으로 반짝이는 검은 깃털이 사방에 흩날렸다. 까마귀들은 아이를 둘러싸 가둬버렸다. 그리고 날개를 푸드덕, 휘저으며 아이의 길을 막았다. 아이는 까마귀의 날개를 쓰다듬으며 길을 비켜 달라 애원했지만 까마귀들은 물러서지 않았다. 검은 구름에 둘러싸인 아이가 섬뜩해 수인은 무사들에게 냅다 소리를 질렀다.

"게 누구 없느냐? 당장 저 까마귀들을 전부 죽여버려라!"

처소 밖에서 대기하고 있던 무사들이 활과 화살을 들고 달려왔다.

"까마귀는 신성한 새인데, 그리 하면 천벌을 받을 것입니다."

아이는 당황해 말했다. 하지만 그런다고 물러설 수인이 아니었다. 아이도 금세 그 사실을 깨달았는지 재빨리 까마귀들을 향해 손을 휘저었다.

"빨리 날아가. 빨리 도망가."

아이가 까마귀들을 향해 애원했지만 까마귀들은 아이 곁에서 떠나지 않았다. 무사들이 쏘아올린 화살이 검은 구름 사이를 파고들었다.

아이의 머리 위로 검붉은 피가 쏟아졌다. 아이의 발밑으로 검푸른 깃털들이 떨어져내렸다. 행운은 아이에게 날아들어 처참하게 몸부림치며 죽어가고 있었다……

제 10 장
운명의 시작 1

이제 본격적으로 시작될 것이다.

모든 운명이 시작되는 나라, 구다라가 흔들리기 시작하고 있었다.

그리고 여기에는 그 아이가 있었다.

붉은 별을 가진 아이가. 수인은 아이 생각에 나오는 웃음을

참기 힘들었다. 세상은 원래 그런 것이었다.

구다라의 아이라, 그것도 구다라의 천민 아이라······.

아이는 조금도 주저하지 않았다.

충분히 왕이 될 만한, 아니 왕위를 오히려 초라하게 만들 아이였다.

역시 그녀의 생각은 틀린 적이 없었다.

그때까지만 살려 두면 되는 거였다. 그때까지만······.

1

　구다라의 궁궐이 멀리 보이는 산등성이, 의후는 속속 모여
드는 군사를 점검하고 있었다. 담로국 왕들이 약속한 군사들
과 군량미가 도착하고 있었다. 이미 담로국의 절반 이상이
의후를 지지하고 있는 상황, 게다가 왕 쪽에는 마땅한 장수
도 없었다.

　멀리서 왕군 하나가 백기를 들고 다가오고 있었다. 사로는
활을 들었지만 의후는 고개를 저었다. 전령은 바들바들 떨면
서 말을 전했다.

　"전하께서는 협상을 원하십니다. 단, 마마 혼자만 오셔야
합니다."

　"안 됩니다. 함정일 수도 있습니다."

　사로는 전령이 말을 마치기도 전에 말렸다. 하지만 어머니

가 걸려 있었다. 의후는 약속시간을 정하고 전령을 돌려보냈다. 천막으로 들어오자마자 사로는 짜증을 내며 탁자를 쳤다.

"그러니 제가 조심하라고 그렇게 말씀드리지 않았습니까?"

화가 치밀어오를 텐데도 나오는 말은 차분했다.

"세자빈 이야기는 그만할 때도 되지 않았느냐?"

"지금은 천민의 신분입니다."

사로는 엉뚱한 말꼬리를 붙잡고 늘어졌다. 죽은 사람에게 신분이 뭐 그리 중요할까? 하지만 세자는 천민으로 만들길 원했다.

"그러게 제가 뭐라고 말씀드렸습니까? 세자빈, 아니 휘녕은 절대로 안 된다고 말씀드리지 않았습니까?"

"밤이슬까지 맞으며 제 발로 찾아온 여자를 물리치라는 얘기가? 넌 사내도 아닌 모양이구나."

휘녕은 세자가 다른 빈의 처소로 향하는 날이면 어김없이 그를 찾아왔다. 의후도 마다할 이유가 없었다. 위험스러운 만큼 흥미로웠으니까. 세자는 노발대발했다. 그렇게 멍청한 놈이 그런 눈치는 어찌 그렇게 빠른지…… . 환희의 비명을 지르던 휘녕은 세자의 등장에 굳어버렸다.

휘녕의 손톱이 할퀴고 간 그의 등을 바라보는 세자의 얼굴이 얼마나 재미있던지, 의후는 옷을 입는 동안 웃음을 참느라 애썼다. 금세 정신을 차린 휘녕은 눈물을 짜내고 있었다.

의후가 쳐들어와 자신을 겁탈했다는 말도 안 되는 소리로 세자를 설득하면서. 그곳이 의후의 처소라는 것도 잊은 모양이었다. 휘녕이 울고불고 소란을 떠는 틈을 타 의후는 재빨리 궁을 빠져나왔다.

그를 죽일 그럴싸한 이유가 생긴 궁에 남아 있을 수는 없었다. 하지만 어머니를 떠날 수도 없었다. 대체 어디에 어머니를 숨긴 걸까? 의후는 머리를 감싸쥐었다. 어머니 하나만을 위한 전쟁은 무모했다. 하지만 어미를 버리고 세운 나라 따위는 필요 없었다.

"이미 벌어진 일에 화풀이하지 마라. 어차피 네가 하고 싶은 이야기는 따로 있지 않느냐?"

의후는 아직도 씩씩거리는 사로에게 말했다. 떠날 거라 생각했었다. 이용당하는 그의 밑에서 같이 이용만 당하고 있기에는 억울해서라도 떠날 거라 생각했었다. 하지만 사로는 아직도 의후의 눈앞에 있었다.

"세자가 드러누웠답니다. 주위에는 단순한 화병이라고 알렸지만 심각한 모양입니다. 그러니 다예왕후마마를 위해 물러나는 협상을 하실 필요는 없습니다."

'어머니가 있는 자는 모두 따르라' 며 백성들을 선동하던 사로는 어머니를 버리라 하고 있었다. 무언가를 잃지 않고 무언가를 얻을 수는 없습니다. 사로의 목소리는 항상 의후를 따라다녔다. 역모의 피바람 속에서 어머니가 살아남기를 기대하는 것은 어리석었다. 살아 있는지조차 알 수 없는 어머니 때문에 수많은 사람을 희생시킬 수는 없었다. 하지만 마지막까지 노력은 하고 싶었다. 어머니만 내준다면 떠날 수 있었다. 굳이 이 나라를 가질 필요는 없었다. 구다라보다 훨씬 큰 나라를 세울 수 있을 정도로 대륙은 넓었다.

사로는 굳이 어머니를 역모의 명분으로 내세웠다.

'백성들에게 왕이 누구냐는 별로 중요하지 않습니다. 어차피 이놈이 다스리건 저놈이 다스리건 세상이 변하지 않는다는 것을 아니까요. 그러니 더 좋은 나라를 만들겠다는 번지르르한 말 따위는 통하지 않습니다. 차라리 어머니를 구하기 위해서라고 하는 것이 더 낫습니다.'

무엄했지만 말리지 못했다. 하지만 그 말을 반드시 거짓으로 만들겠다고 결심했다. 그의 손으로 일으킨 나라의 백성들은 눈물 흘리지 않게, 아파하지 않게 만들겠다고 다짐했다.

"임, 신, 했다고 했다더군요."

사로의 갑작스런 말에 의후는 고개를 번쩍 들었다.

"정말인지는 모르겠습니다. 어쨌든 왕가의 핏줄이니 목숨만은 살려달라고 했답니다. 하지만 왕은 오히려 그 말에 더 화를 냈다고 합니다."

의후는 고개를 주억거렸다. 탐욕스러웠지만, 혼인까지 생각했던 여자였다. 하지만 아무런 느낌도 들지 않았다. 그저 임신했다는 말에 더 화를 냈다는 왕의 얼굴만 아른거렸다.

2

히미코 곁에 다가가는 것은 쉬웠다. 너무나 쉬워서 두려울 정도였다. 혹시 정체를 알면서도 모른 척하는 것은 아닐까 의심스러웠다. 한나절을 꼬박 같이 보낸 적도 있었다. 물론 그때는 다른 이름이었지만. 노사미는 고개를 흔들었다. 잊어야만 한다, 그 이름은……. 고엔유, 태어날 때 주어진 그 이름을 히미코 때문에 잊어야만 했다.

하지만 노사미가 그리도 잊고 싶어하는 그 이름을 히미코는 기억하지 못했다. 히미코는 사람 얼굴을 외우는 재주가 전혀 없었다. 달포가 지나도록 새로 뽑은 궁녀들의 이름을 외우기는커녕 얼굴조차 제대로 알아보지 못했다. 그제야 안심할 수 있었다.

비천한 신분의 어머니, 지체 높았던 아버지, 무서운 할머니…… 그리고 버림받은 노사미……. 히미코의 이야기이기에 히미코를 꼬이기엔 그만이었다. 히미코는 감쪽같이 속아 넘어갔다.

히미코는 자신의 꿈에 미쳐 있었다. 그 절실함이 부러웠

336

다. 아마테라스 오미카미의 화신이라고 소문을 낸 사람이 자신이었으면서도 오히려 그 사실을 믿어버릴 정도로 간절한 꿈이 부러웠다.

노사미는 한 번도 꿈을 꾼 적이 없었다. 고하나조노 오라버니가 왕군과 싸우다 칼을 맞고 쓰러졌을 때도. 어머니가 산 채로 좁은 우물에 던져질 때도. 그 생각을 했었다. 꿈꾸지 않았다고. 이복동생인 고우다가 혀를 깨물고 피를 토해냈을 때도. 늦둥이라 더욱 귀여움을 받았던 고요제이의 목이 너무나 쉽게 비틀렸을 때도. 그 처참한 모습을 뒤주에 숨어 보고 있던 그 순간에, 노사미는 자신이 한 번도 꿈꾸지 않았다는 생각만 했다. 단 한 번도 꿈을 꾸지 않았다고.

세도 있는 집안에 태어나 부족함 없이 자랐다. 갖고 싶은 것은 뭐든 가질 수 있었고, 하고 싶은 일은 뭐든 할 수 있었다. 그런데 노사미는 '싫은' 적이 한 번도 없었다. 그저 모든 것이 시큰둥했다.

어떻게든 꿈꾸고 싶었다. 하지만 꿈꾸고 싶은 마음이 커질수록 아무것도 꿈꿀 수 없었다. 이제는 꿈을 꿀 수 있었다. 달콤한 복수의 꿈을……. 자신이 살아 있음을 느끼게 해주는 꿈을 꿀 수 있었다. 그래서 모든 것이 자신의 탓인 것만 같았다. 자신이 꿈꾸지 못해서, 꿈꾸길 원해서인 것 같았다. 그러니 복수의 꿈은 꼭 자신의 손으로 이루어야만 했다.

히미코가 대비에게 불려갔다는 소리를 듣자마자 대비의 처소로 달려갔지만, 대비를 따라나온 히미코는 노사미에게 따르지 말라 명했다. 얌전히 고개를 숙이고 물러섰지만 포기하지는 않았다. 히미코와 대비 단둘이었다. 아마가시는 늙어 궁금한 것도 없는 모양이었지만 노사미는 달랐다. 미행은 너무 쉬워 시시할 정도였다.

익숙한 길에 노사미는 입술을 깨물었다. 카오리의 처소가 있던 자리였다. 대비는 새 왕궁을 짓는 일에 손이 부족하다며 불에 타 보기 흉한 처소 철거를 그만두었다. 카오리의 귀신이 나온다는 소문에 아무도 가까이 가지 않는 곳이었는데 무장한 군사들이 잔뜩 몰려 있었다. 도저히 틈을 찾을 수가 없었다. 뭔가 이상했다. 노사미는 결국 와타나베에게 달려갔다.

와타나베는 새벽이 돼서야 하얗게 질려 정신을 잃은 히미코를 업고 나왔다. 그리고 열흘이 지났는데도 히미코는 깨어나지 못하고 있었다. 도대체 대비는 히미코를 끌고 가서 무슨 일을 저지른 걸까? 노사미는 묻고 싶었지만 와타나베는 정신 나간 사람처럼 히미코만 바라보고 있었다. 와타나베의 얼굴을 볼 때마다 우다의 말이 울렸다.

"하나는 태양이고 하나는 달이군요."

히미코의 명으로 찾아간 무당 우다는 그렇게 말했다.

"둘 중 하나가 죽어야 다른 하나가 삶을 얻게 되는 운명입니다."

수우가 전한 예언과 똑같았다.

점술을 믿지 않던 히미코였지만 수우의 말을 들은 날은
잠들지 못했다. 깨자마자 노사미를 재촉해 무당을 찾아가게
만들 정도로. 해서 거짓을 고했다. 히미코가 흔들릴까봐.

"태양은 달이 보기 싫다며 도망가고, 달은 그런 태양의
뒤만 쫓아다니는군요. 태양에게 한 번만이라도 달의 얼굴
을 봐달라고 전해주세요. 어차피 달은 태양을 이길 수 없을
테니."[27]

전할 맘이 전혀 없다는 것은 점괘에 나오지 않는지 우다는
떠나는 노사미의 뒷모습에까지 대고 말했다. 제발……, 그분
께 그리 전해주십시오.

히미코의 신음 소리에 노사미는 우다의 예언에서 벗어났
다. 가위에 눌린 듯 식은땀만 흘리는 히미코를 와타나베가
흔들었다. 하지만 히미코는 깨어나지 않았다. 노사미는 기도
했다. 아직은 죽어선 안 된다. 왕이 되기 전까지는……. 노사
미의 기도에 응답하듯 히미코가 뒤척였다. 노사미는 흘러내
린 이불을 덮어주려다 멈칫했다. 또 하혈을 하는 모양이었
다. 요 위로 피가 흥건했다.

"이토쿠!"

와타나베의 외침에 어의가 들어왔다. 비릿한 피냄새에 코

를 쥐던 이토쿠는 와타나베가 노려보자 재빨리 앉아 히미코를 진맥했다.

"대체 어찌 이리 차도가 없단 말이냐? 이리도 피를 많이 흘려서야……."

와타나베는 차마 말을 잇지 못했다.

"어떤 방법이라도 좋으니 살리기만 하면 된다. 만약 살리지 못할 시에는 네 목숨 또한 무사하지 못할 것이야."

와타나베의 협박에 이토쿠는 이맛살을 찌푸렸다.

"한 가지 방법이 있사온데……."

"그게 무엇이냐?"

이토쿠는 슬슬 눈치를 살폈다.

"흘린 피만큼 피를 보충해 주어야 합니다."

"피를? 어떻게?"

"아무래도 인간의 피를……."

노사미는 어의의 목이라도 조르고 싶었다. 어디서 인간의 피를 구한단 말인가? 젠장, 노사미는 나오지 않을 욕을 삼켰다. 이대로 죽게 내버려둘 수는 없었다. 왕위에 오르기 전에는 절대 안 된다. 내 손가락을 자르는 한이 있더라도……. 하지만 이미 와타나베가 칼을 집어든 뒤였다.

"저하!"

이토쿠의 비명에 노사미는 질끈 감았던 눈을 떴다. 와타나베는 신음 소리조차 내지 않았다. 데굴데굴 구르는 손가락마디도 쳐다보지 않았다. 그저 약사발에 자신의 피만 담아내고 있었다.

3

왕과 의후의 군사들이 대치하고 있는 상황, 의후는 홀로 말을 달렸다. 멀리서 왕이 말을 달려 다가오고 있었다. 너른 풀밭, 아군을 뒤로하고 적군을 바라보며 왕과 의후는 마주했다.

"휘녕의 일에 관해서는 더 이상 묻지 않겠다."

의후는 눈썹을 추켜올렸다.

"물을 것이 있습니까?"

건방진 대답에 왕은 코웃음을 쳤다.

"다예가 있는 한 넌 쉽게 움직이지 못해."

"살아 있는지조차 알 수 없는 어미를 위해 제 목숨을 내놓을 거라 생각하십니까?"

"여기, 네 어미의 서신이다. 네 어미의 필체까지 모른다 하지는 않겠지."

의후는 왕이 내미는 서신을 받아 구겼다. 흔들기 위한 수작에 놀아날 수는 없었다.

"필체 따위를 흉내내는 것은 쉽습니다."

"맘대로 하려무나. 어차피 서로를 믿지 않으면 협상이 무슨 소용이 있겠느냐?"

왕은 돌아서며 덧붙였다.

"내가 말했던가? 네게 동생이 생겼다. 아영이와 너무 닮아 이름을 아영이라 지었지."

그 말에 의후는 속으로 욕을 했다. 어머니, 어머니, 어떻게 또……?

"목숨이 하나가 아니라 둘이야."

왕은 천천히 말을 몰기 시작했다. 의후는 소리쳤다.

"조건이 무엇입니까?"

왕이 멈춰 섰다. 의후는 왕에게 다가갔다.

"왜의 정복."

"지금도 담로국입니다."

"그것만으로는 안 돼. 왜인들은 담로국 왕실에 대한 충성심이 지나친 편이지. 머나먼 섬인 데다 왕실의 힘이 강해 언제 독립하겠다고 나설지 모른다. 담로국 왕실을 완전히 뒤흔들어 없애야 해. 지금은 왜에서 나는 철이 절실하다(철은 군대의 무기, 철제농구, 개간사업에 유용한 공구이기 때문에 고대국가를 형성하고 강력한 왕권을 유지하기 위한 필수적인 요소였다). 조공으로 받는 것으로는 한계가 있어. 만일 성공한다면 네가 원하는 담로국 하나는 떼어주겠다."

"전하께서 주시지 않아도 제 힘으로 충분히 얻을 수 있습니다. 그 조건이라면 협상은 불가능합니다. 어차피 해야 할 전쟁이라면 바다까지 건너야 할 필요는 없으니까요."

"건방지구나."

"어머니만 내주시면 됩니다. 비록 제 군사가 수적으로 열세라고는 하지만 모두들 전쟁에서 갈고닦은 무술이 만만치 않습니다."

"지금 날 협박하는 게냐? 네가 감히? 지금 이 나라를 만든 게 누구더냐? 바로 나였느니라."

알고 있었다. 왕은 영토확장에 지대한 공을 세워 세자가 아니었는데도 왕위에 오를 수 있었다.

"내가 다예를 인질로 잡고 있는 것처럼 보이겠지만 나도 다예를 아낀다. 그러니 군사를 일으킨 너와 협상을 하겠다고 나선 것이고. 네게도 그리 나쁜 조건은 아닐 텐데? 히미코와 가까이 지내지 않았느냐?"

의후는 놀라서 고삐를 놓쳤다. 다행히 말은 얌전히 풀만 뜯고 있었다. 그렇게 오랫동안 머릿속을 떠나지 않았던 이름이 낯설었다.

"히, 히미코라니요?"

그렇게 오랫동안 입안을 맴돌았던 이름이건만 입 밖으로 나오는 말은 더듬거렸다.

"그새 잊었더냐? 네가 꽤 맘을 준 것으로 생각했는데."

의후는 대답하지 않았다. 살아 있었다고? 히미코가? 의후는 재빨리 뒤를 돌아봤다. 사로는 아군의 선봉에 있었다. 혹시라도 왕이 의후를 칠 경우를 대비해 언제라도 달려올 태세였다. 대체 누가 진실을 말하고 있는 걸까?

"사신이 대비의 밀지를 가져왔더구나. 세자가 아닌 히미코를 왕으로 만들고 싶다고 하더군. 분명 내분이 있을 게다. 아니, 벌써 내분이 일고 있겠지."

"정말 히미코가 살아 있습니까?"

왕은 황당하다는 듯 의후를 바라봤다.

"물론이다. 아무리 하찮은 담로국 공주라 한들 죽일 이유가 없는 사람을 함부로 죽이지는 않는다. 살아 있어. 돌아와서 없다는 걸 알고는 며칠이나 술에 절어 산 것으로 기억하는데, 죽은 줄 알았더냐?"

"죽은 줄 알았습니다. 물론 살아 있다고 해도 달라질 것은 없습니다. 절 스쳐간 수많은 여자 중 하나일 뿐이니까요. 솔직히 이제는 얼굴조차 기억나지 않습니다."

또다시 히미코였다. 눈꺼풀에 새겨져 잊을 수 없는 얼굴……. 하지만 죽어버렸을지도 모르는 약점 때문에 물러날 수는 없었다. 약점이 될 것입니다. 사로의 경고가 머리를 스쳤다. 그래서 사로가 그 약점을 없애버리려 한 것일까? 의후는 고개를 저었다. 믿지 말아야 했다. 아무리 히미코가 살아 있기를 바란다 해도……. 또다시 속아서 이용당하지는 않을 것이다. 하지만 아무리 자신을 타일러도 믿고 싶었다. 또다시 속아서 이용당하는 한이 있어도…….

"제가 맘을 준 여자라는 걸 아시면서도 돌려보냈습니까? 제가 원하는 여자를 주겠다고 약속하시고서?"

"그렇게 자아가 강한 여자는 감당하기 힘들어. 어쩌면 하나같이 여자 보는 눈이 그리 없는지……. 세자는 청혼을 거절당하고 와서도 정신 못 차리고 강제로라도 혼인시켜달라고 청하기까지 하더군."

살아 있었다! 분명 살아 있었다!

"세자와 네 사이가 더 벌어지게 내버려둘 수는 없어 돌려보내버렸다. 왜인 따위에게서 손자를 보고 싶지도 않았고."

손자라……. 그 말을 내뱉는 왕의 눈이 흔들렸다. 의심에 지친 눈은 믿고 싶다고 말하고 있었다. 이제야……. 그들은 아주 오랫동안 서로의 눈만 바라봤다. 결국 의후가 먼저 눈길을 돌렸다. 왕은 힘없이 말을 꺼냈다.

"만약 네가 왜를 정복하고 돌아온다면 들어보고 싶구나. 네가 어떤 나라를 꿈꾸는지……. 내가 키운 나라이기도 하니까."

힘겹게 내뱉는 말이었지만 의후는 쉽게 믿을 수 없었다.

대체 왜 갑자기……?

"믿을 수 없으니 대꾸조차 않겠다는 게냐? 걱정 마라. 이번에는 반드시 약속을 지킬 테니. 만일 네가 왜를 정복한다면 이 나라는 네 것이 될 것이다. 난 다음 대까지 태평성대로 만든 성군이 될 것이고."

한번 내뱉고 나니 거칠 게 없다는 듯 왕은 빠르게 말했다. 협상이라는 말이 무색해져버렸다. 왕은 의후 앞에 세상 전부를 내밀고 있었다. 히미코와 어머니와 나라가 의후가 원한 전부였다. 마지막으로 단 한 번만, 또다시 이용당하는 것이라 해도 다시 한 번만 히미코를 볼 수 있다면 그것만으로도 가치가 있었다.

"내 뜻을 따르겠다는 것으로 알겠다. 정리되거든 궁으로 들어와."

"명은 따르겠으나 궁에 들어가지는 않겠습니다."

분명한 거부에 왕의 얼굴이 굳어졌다.

"전하실 명 있으시면 전령을 보내주십시오."

"좋도록 하여라. 그리고 조심해라."

한 번도 듣지 못한 말이었다. 전쟁터로 나갈 때조차. 조심해라, 그 한마디 걱정이 듣고 싶었다. 의후는 당황해 왕의 얼굴을 바라보았다. 왕은 씩 웃었다.

"왜인에게서 손자를 보고 싶지는 않거든. 그러니 과거의 정

346

에 얽매여 불미스러운 일을 만들지 않도록 조심하란 말이다."

히미코도 거꾸로 매달고 싶으십니까? 의후는 가까스로 그 말을 삼켰다. 상처는 절대 아물지 않는다. 그래서 상처는 되돌려주어야만 했다.

"실수는 한 번으로 족합니다. 휘녕이면 교훈은 넘칩니다."

왕의 표정이 싸늘해졌다. 의후와 왕은 동시에 등을 돌렸다. 왕이 모는 말의 발굽소리가 점점 멀어져가고 있었다. 사로가 말을 몰고 의후를 향해 다가오고 있었다. 사로는 의후가 돌아올 때 마중하겠다고 했다.

"혹시라도 있을 역습을 대비해서입니다. 적에게 등을 보이는 것이 얼마나 위험한 일인지 아십니까?"

의후는 안 된다고 했다.

"엄연히 넌 우리 군의 장수니라. 장수가 말을 몰고 나선다면 적군이 오해할 수도 있다는 것을 모르느냐? 절대 안 된다. 협상이 어찌될지도 모르는 마당에 위험한 일을 할 필요는 없어."

사로는 대꾸하지 않았다. 상관없었다. 대답을 바라고 한 질문이 아니라 명령이었다. 하지만 의후는 굳이 다짐했다.

"언제라도 위험하다고 느껴지면 내가 신호를 할 것이다. 너무 걱정 말아라."

하지만 사로는 지금 의후를 향해 달려오고 있었다. 의후의 명을 어기고 벌을 받을 것을 빤히 알면서도 사로는 달려오고 있었다. 사로는 물러날 줄을 몰랐다. 옳든 그르든 어떤 방법이라도 써서 하고 싶은 것이 있다면 반드시 해내고야 말았다. 마마께서 이 나라의 왕위에 오르시는 것이 제가 원하는 전부입니다. 사로는 그렇게 말했다. 하지만 살아 있는 히미코를 죽었다 하리라곤 상상조차 하지 못했다.

의후에게 가까워지자 사로가 말의 속력을 늦추었다. 하지만 의후는 아니었다. 사로를 스치는 순간 의후의 주먹이 날아갔다. 갑작스런 공격에 말에서 떨어진 사로는 땅바닥에 널브러졌다. 의후는 재빨리 허리를 굽혀 사로의 검을 낚아챘다. 의후는 말을 타고 천천히 사로의 주위를 맴돌았다. 사로의 검이 사로의 목을 향하고 있었다. 사로는 어느새 툭툭 털고 일어섰다.

"마중하지 말라는 명을 어겼다는 이유만으로 이리하시는 겁니까? 전 분명 아무런 대답도 하지 않았습니다. 아무리 마마께서 명한 일이라도 마마께 해가 된다면 행할 수 없습니다. 그게 제 충성심입니다."

"히미코가 죽었다고 고한 것도 그 충성심이었더냐?"

사로의 어깨가 굳어졌다.

"어떻게 감히 네가 날 속일 수 있느냐? 내가 거짓을 얼마나 싫어하는지 알면서!"

"제가 거짓을 고했다는 데 화가 나신 겁니까, 히미코가 죽지 않았다는 것을 모르고 지냈다는 데 화가 나신 겁니까?"

냉정하고 차분한 말투였다.

"사로, 네놈이 감히!"

의후는 검을 사로의 목에 가져갔다. 사로는 피하지 않았다. 빛나는 칼날 위로 검붉은 피가 흘러내렸다. 사로는 우뚝 선 채 의후를 노려보았다.

"목숨을 걸었습니다. 천하를 다스릴 분이라 여겼습니다. 여인 하나에 흔들리시다니요."

"날 속이는 자와 어찌 목숨을 걸고 대사를 도모할 수 있단 말이냐!"

"여인 하나에 흔들리시는 분과 목숨을 걸고 대사를 도모할 수도 없습니다."

사로의 흰옷이 흘러내린 피로 붉게 물들어 있었다. 의후는 검을 거두었다. 그제야 실감이 났다. 히미코가……, 살아 있었다!

②권에 계속……

일본의 건국신화[28]

천지가 개벽을 했을 때 혼돈 가운데 여러 신들이 탄생했다. 그중에서도 가장 마지막에 태어난 신이 남신 이자나기 노 미코토와 여신 이자나미 노 미코토였다. 그때까지 세상은 완전히 형태를 갖추지 못하고 혼란스러운 상태였다.

일본인들이 선조라 여기는 아메노미나카누시 노 미코토는 이자나기와 이자나미에게 천계의 창을 주며 세상을 창조하라고 명하면서 방법도 가르쳐주지 않았다. 두 신은 어찌할 바를 모르고 천부교(天浮橋)에 앉아 창으로 바다만 휘저었다. 그리고 창을 꺼냈을 때 창끝에 맺힌 물방울이 다시 바다로 떨어져 점점 커지고 단단하게 굳어져 오노코로시마(원시의 섬)가 되었다.

두 신은 이 섬에 내려와 부부의 연을 맺고는 많은 땅과 신을 낳았다. 처음에 태어난 아와지노시마('아하지'란 불만족스럽다는 뜻)라는 미숙아는 배에 태워 흘려보냈지만 오오야마토토요이키쓰시마(혼슈), 이요노후다나오시마(시코쿠), 쓰쿠시노시마(규슈)를 낳았고, 오키노시마와 사도노시마라는 쌍둥이를 낳기도 했다. 그리고 오시마, 기비노코시마를 낳아 세상을 완성했다. 그리고 들판의 신, 바람의 신, 강의 신, 산의 신, 바다의 신 등 많은 신을 차례로 낳았다.

그런데 불행하게도 불의 신인 가구쓰키를 낳던 중 이자나미는 성기가 불에 타서 죽는다. 이자나미의 죽음에 분노한 이자나기는 불의 신을 칼로 찌르고, 그때 흩어진 핏방울들도 모두 수많은 신들로 탈바꿈했다.

이자나기는 이자나미를 구하기 위해 황천국(黃泉國)으로 가지만 이자나미는 이미 더러운 황천국의 음식을 먹었기 때문에 그곳을 빠져나올 수 없었다. 하지만 이자나기는 포기하지 않고 황천국을 다스리는 신과 끈질기게 협상을 벌였다. 결국 지친 황천국의 신은 이자나미를 데려가라 허락한다. 단, 황천국에서 완전히 빠져나갈 때까지는 뒤에서 따라오는 이자나미를 돌아보면 안 된다는 조건이 붙었다.

하지만 이자나미가 잘 따라오고 있는지 자꾸 걱정이 된 이자나기는 참지 못하고 뒤를 돌아보고, 그러자 순식간에 황천국의 악귀들이 이자나미를 둘러싸 끌고가버린다. 이자나기는 다시 황천국의 신에게 가보지만 이미 이자나미는 죽음의 신이 되어버린 후였다. 또 다른 신화에 따르면 이자나미를 구하기 위해 황천국에 갔던 이자나기가 구더기로 온몸이 뒤 덮여 썩어가고 있는 이자나미의 흉측한 모습에 놀라 그냥 되돌아왔다고도 한다.

이자나기는 황천국에서 더럽혀진 몸을 씻기 위해 깨끗한 물에 목욕을 하는데(미소기 의식), 몸에 닿은 물방울들에서도 많은 신들이 탄생한다. 왼쪽 눈을 씻자 태양의 신인 아마테라스 오미카미(天照大神)가, 오른쪽 눈을 씻자 달의 신 츠키요미 노 미코토(月讀神)가 생겨났고, 코를 씻을 때 폭풍과 폭력의 신인 스사노오 노 미코토(須佐之男命)가 생겨났다. 또 다른 신화에서는 이자나기가 이자나미에 대한 사랑과 그리움으로 눈물을 흘리는데, 그 눈물에서 아마테라스를 비롯한 많은 신들이 탄생했다고도 한다.

스사노오는 거칠고 난폭하며 거만해 매일 말썽을 피우는 데다 어머니인 이자나미가 보고 싶다며 황천국에 보내달라고 징징대기 일쑤였다. 참다못한 이자나기는 스사노오를 쫓아버린다. 하지만 스사노오는 누나인 아마테라스를 만나기 위해 고천원(高天原, 다카마가하라, 신들의 거주지)에 올라가 잠시 머물 것을 허락받는다.

스사노오는 그 성질대로 천상계가 울릴 만큼 난폭하게 걸어올라왔다. 너무나 난폭한 걸음걸이에 놀란 아마테라스는 스사노오가 자신이 다스리는 하늘을 빼앗기 위해 오는 것으로 생각하고 활을 든 채 스사노오를 맞았다. 스사노오는 아니라고 해명했지만 아마테라스는 믿지 않았다. 결국 스사노오는 칼과 곡옥으로 더 많은 여자아기를 만드는 쪽의 마음이 깨끗한 것으로 인정하자고 제의한다.

야스카와의 언덕에서 신에게 서약한 후, 아마테라스가 스사노오의 검을 받아 우물물로 씻은 후 씹어서 숨과 함께 내뱉자 세 명의 여신이 태어났다. 다음에 스사노오가 아마테라스의 곡옥을 받아 우물물에 씻은 후 씹어서 숨과 함께 내뱉자 다섯 명의 여신이 태어났다. 그러자 스사노오는 자신이 이겼다고 생각하여 더욱 거만하고 난폭하게 굴었다. 스사노오의 계속되는 말썽과 방탕한 생활에 신들의 불만은 쌓여갔지만, 아마테라스는 끝까지 스사노오를 감싸며 아시하라(일본의 옛 국명)를 통치하라며 내주기까지 한다(아마테라스가 스사노오를 그저 반갑게 맞이했다는 신화도 있다).

하지만 스사노오는 아시하라에는 가지 않고 천상계를 휩쓸고 다니며 방탕한 생활을 계속했다. 그러던 어느 날, 스사노오는 히타오리히메가 아마테라스에게 바칠 옷감을 짜고 있는 방으로 가죽을 벗겨 피가 줄줄 흐르는 흉측한 얼룩말을 밀어넣었다. 놀란 히타오리히메는 말을 피하다 베틀에 놓여 있던 칼에 찔려 죽고 말았다. 자신이 아끼던 히타오리히메가 죽자 아마테라스는 아마노이와토(天岩戶, 하늘의 동굴) 속에 들어가 숨어버린다. 그러자 세상은 악신들이 난무하는 암흑과 혼란 속으로 빠져들었다.

신들이 매일 동굴 앞에 찾아가 빌어도 아무 소용이 없었다. 결국 모든 신들이 야스카와에 모여 계략을 세운 후 동굴로 향했다. 신들은 큰 거울(팔지경)[29]과 큰 구슬(팔판경 곡옥)[30]을 만들어 나무에 걸고 주문을 외우며 기도를 올렸다.

사철나무 풀로 머리를 장식한 다복의 여신 아메노우즈메(天宇受賣命)가 새들의 노랫소리와 신악에 장단을 맞추며 춤을 추기 시작했다. 춤은 점점 격렬해져 아메노우즈메는 유방과 성기까지 노출했고 이를 보고 신들은 큰 소리로 웃었다. 이상하게 생각한 아마테라스는 동굴 밖으로 얼굴을 내밀고 '뭐가 그렇게 재미있느냐'고 물었다. 신들은 '당신보다 더 고귀한 신이 나타나서 모두들 기뻐하고 있다'며 거울을 보여주었다.

아마테라스가 고귀한 신을 더 자세히 보기 위해 거울을 향해 몸을 내밀자, 문 뒤에 대기하고 있던 힘의 신 아메노타지카라오가 아마테라스를 잡아 동굴 밖으로 끌어냈다. 그러자 세상은 다시 밝아졌고 악신들은 어둠 속으로 사라져버렸다. 후토다마 노 미코토는 동굴 앞에 말뚝을 박고 신성한 밧줄인 시메나와(標繩)를 둘러쳐 아마테라스가 다시 들어가지 못하도록 막아버렸다(신들의 간청에 못 이겨 아마테라스 오미카미가 스스로 동굴 밖으로 나왔다는 설도 있다).

신들은 다시 회의를 열어 사건의 발단이 된 스사노오의 수염과 손발톱을 뽑은 후 아들과 함께 경주로 추방해버렸다. 스사노오는 배를 만들어 이즈모의 히이가와 상류에 있는 새머리 마을에 도착해 사람들을 괴롭히던 야마타노오로치라는 큰 뱀을 죽이게 되는데, 그 뱀의 꼬리에서 나온 검을 아마테라스에게 헌상하고 다시 신으로 인정받는다(천총운검).[31] 그리고 뱀에게 잡아먹힐 운명에 처했던 쿠시나다와 결혼하였다.

스사노오는 스가라는 곳에 궁을 짓고 이즈모를 개척하였으나 땅이 좁은 것을 염려해 신라로부터 여분의 땅을 끌어와(이즈모 국 풍토기) 아시하라노 나카쓰 국, 즉 지상의 나라를 세웠다. 스사노오의 막내아들인 오쿠니누시(일명 오나무치, 스사노오의 사위라는 설도 있다)는 이나바 국의 한 여자를 두고 벌인 경쟁에서 이겨 나라를 물려받았다.

한편 아마테라스는 스사노오의 아들인 아메노오시호미미노 미코토를 빼앗아 자신의 아들로 삼았다. 아마테라스는 지상을 빼앗아오기 위해 다케미카즈치 신을 내려보냈다. 다케미카즈치가 나라를 양도하라고 강요하자 오쿠니누시는 아들인 고토시로누시에게 협상을 떠넘겼는데, 고토시로누시는 무서워 도망가버렸다. 오쿠니누시는 어쩔 수 없이 자신의 제사를 지내달라는 조건을 내걸고 나라를 양도한다. 그러나 조건과 달리 오쿠니누시의 제사를 금하자 오쿠니누시의 또 다른 아들 다케미나카타 신은 다케미카즈치에게 반항해 싸우다가 결국 패하고 항복하여 시나노의 스와라는 곳에 숨어 살게 되었다. 이즈모의 전승에 따르면 오쿠니누시 신과 고토시로누시 신은 자살하였으며, 다케미나카타는 천손족과 싸우다 패하고 도망쳐 숨어 살았다고 한다. 또 다른 설에 따르면 아마테라스는 스사노오를 돕기 위해 그의 후손에게 벼를 가져다주고 인간에게 농사짓는 법을 가르치게 했지만 스사노오가 돌연 어디론가 사라져버렸다고 한다.

이렇게 하여 나라를 양도받은 아마테라스는 새로 태어난 손자인 니니기 노 미코토(瓊瓊杵尊)에게 칼과 거울, 구슬을 주어 지상에 내려보냈다. 니니기는 구름을 타고 신들의 호위를 받으며 천부교(天浮橋)에서 현재 규슈의 중부 미야자키 현의 다카치호 봉우리(또는 기리시마 다카치호)로 내려온다.

니니기는 그곳이 가라쿠니(가야)를 바라보는 데다 아침해가 비치는 동시에 저녁해가 비치는 좋은 곳이라며 궁궐을 짓고 나라를 세웠다. 호위했던 신들 중 아메노오시히 노 미코토는 대반련(조정에서 군사를 관장하는 종족)들의 시조가 되었고, 아마쓰쿠메 노 미코토는 구미직(야전병사들 집단)들의 시조가 되었다.

니니기는 오오야마쓰미의 딸과 결혼하여 아들 셋을 낳았고 야마사치히코(山幸彦)에게 나라를 물려준다. 야마사치히코는 해신의 딸인 토요타마히메(豊玉毘賣)와 결혼하여 우가야후키아에즈 노 미코토를 낳았고, 우가야후키아에즈는 숙모인 타마요리히메(玉依毘賣)와 결혼하여 아들을 낳았다. 그들의 막내아들인 카무야마토 이와레 히코(神日本磐余彦)가 제1대 천황인 진무란 이름으로 불리게 되었다.

1) 담로국: 점령한 지역에 자국민을 이주시킨 후 왕족을 담로국 왕으로 삼아 다스리게 한 식민지와 비슷한 백제의 제도로 현지의 자치권을 보장했다. '담'은 담장 또는 경계를 뜻하고, '로'는 나라를 뜻한다. 다모리, 다물, 담라, 다마나, 탐라 등의 말로 변형되어 나타나기도 한다.

2) 기생: 일본에서는 기생이라는 말보다는 해어화(解語花, 언어를 풀이하는 꽃), 유녀(遊女)로 부르는 경우가 많았다고 한다. 보통 일본의 기생이라는 말에서 떠올리는 게이샤(藝者)는 처음에는 그 한자 의미 그대로 예능(藝能)에 관한 일을 하는 유녀였지만 점차 매춘을 하는 게이샤도 늘어났다. 12세기 말 시라뵤시라는 무용수에서 비롯되었다고 하며, 에도막부를 연 도쿠카와 이에야스가 에도에 많은 건축공사를 진행하면서 급속도로 증가했다. 에도시대에 국가에서 건립한 유곽인 요시와라에서는 매춘을 하지 않는 정통 게이샤들을 특별 관리하였으며, 만약 이 게이샤가 매춘행위를 하다가 발각되는 경우에는 발가벗긴 채 내쫓았다고 한다.

3) 방중술(房中術): 방중술의 본래 의미는 침술 또는 성교를 의미하는 것이었는데, 이것이 발전하여 성교의 방법과 기술이라는 뜻으로 쓰이게 되었다. 불로불사를 목표로 하는 방선도 사상과 장자의 무위자연적 사상이 합쳐져 만들어진 중국의 신선사상에서 불로장생을 위한 방법으로 방중술을 들고 있다.

4) 환정법(還精法): 호흡법, 운동, 성교를 통해 신진대사를 원활하게 하고 정기(精氣)를 몸 안에 축적시키는 방법이며 방중술의 핵심이다. 보통 사람은 할 수 없는 일종의 도술로 취급되었다.

5) 1935년 9월 10일, 평양박물관장 고이즈미(고고학자)가 전시회 뒤풀이가 있었던 기생집으로 유물을 가져와 차릉파라는 기생에게 서봉총 금관, 귀고리, 팔찌, 목걸이, 과대(금속으로 만든 장식품을 단 띠), 요패(과대에 주

렁주렁 단 장식) 등 모든 금제 유물을 끼우고 술판을 벌인 일도 있었다.

6) 조선시대에는 기생을 관리하는 기관(기생청, 권번)과 학교(서울과 평양)까지 생길 정도로 기생제도가 발전했지만, 유교문화가 발달하면서 기생의 연회참여를 금지시키는 법까지 만드는 이중적인 면을 보인다. 양녕대군, 사도세자, 임영대군이 기생 때문에 탄핵을 받았으며, 기생 장녹수는 연산군 폐위의 이유로 꼽히기도 한다.

7) 원치 않는 임신: 고대에도 피임방법은 다양했다. 동양에서는 성관계 전에 창호지나 천 등을 질 깊숙한 곳에 삽입하고 성관계 후에 꺼내기, 겨자씨를 갈아 참기름에 녹여 월경 중에 복용하기, 성관계 후 뒤로 몇 걸음을 팔짝팔짝 뛰기, 아랫배를 마사지하기 등의 방법이 있었다. 고대 이집트에서는 악어의 배설물, 아교, 기름지고 끈끈한 물질, 벌꿀, 탄산나트륨 등 여러 가지 물질을 다양한 조합으로 섞어 질 안에 삽입하거나 석류나무씨를 갈아 밀랍에 섞어서 먹었다. 또한 그리스에서는 피임을 위해 노새의 자궁이나 정소, 발굽 등을 먹었다. 남성 피임법인 콘돔은 중세에 들어서 동물의 창자, 물고기 껍질, 천 등으로 만들어 쓰기도 했지만 그다지 큰 효과는 없었고, 남성들이 사용하기를 꺼렸다고 한다.

8) 왕후만 다섯: 학계에서는 일본 고대사회에서 첩과 정실의 구분이 없었던 것으로 추정하고 있다. 후대에 와서야 천황을 모시는 여자들은 皇后(고고, 황후), 中宮(주구, 중궁), 女御(뇨고, 녀어), 更衣(고이, 경의), 御息所(미야스도코로, 어식소) 등으로 나뉘었다.

9) 카도마쓰(門松): 설에 장식하는 소나무 기둥. 정월에 후손들에게 찾아와서 일 년 동안의 복을 내려주고 돌아간다는 쇼가쓰신(正月神)이 집을 찾아올 수 있도록 세우는 표지물이다. 갓 베어낸 소나무나 대나무로 단을 묶어 문 앞에 세워놓는다. 카도마쓰의 크기나 재료, 묶는 방법 등은 지방이나 집안에 따라서 각기 다르다.

10) 마비키: 가장의 판단에 따라 어머니나 산파에 의해 압살, 질식사, 아사 등의 형태로 농촌에서 행해지던 관습이었다. 풀을 솎아내면 다른 풀이 잘

자라듯 가족 중에 어린아이를 죽이면 다른 가족들이 잘 살 수 있다고 믿어 죄책감 없이 행했다고 한다.

11) 내관(內官): 궁중의 제반 업무를 하던 벼슬아치를 가리키는 말로 처음에는 귀족가문 출신도 있었다. 신라는 중국의 영향으로 거세된 남자인 환관(宦官)을 받아들였으며, 환관에 대한 우리나라 최초의 기록도 『삼국사기』의 〈신라본기〉다. 그 무렵에는 잡일을 하던 낮은 계급이었다고 한다. 하지만 점차 환관이 내관의 일을 대신하게 되었으며, 조선시대에는 모든 내관이 환관으로 바뀌며 비슷한 말이 되었다. 환관제도는 기원전부터 수많은 나라에 존재했던 것으로 추정되는데, 일본은 환관제도를 도입하지 않았다.

12) 히미코: 『위지왜인전』에는 히미코(卑彌呼)라고 기록되어 있지만, 중국 이외의 인명을 기록할 때는 비(卑, 천할 비)와 같은 나쁜 뜻의 글자를 쓰는 중국 역사서의 특성상 卑彌呼는 발음에 맞춰 다른 한자를 끼워 맞춘 것으로 추정되고 있다. 히미코의 실제 이름에 대한 연구는 모두 태양신과 관계가 있다. 태양신과 백성들을 연결해주는 무녀라는 뜻의 히미코(日巫女)와 태양을 다스리는 신이라는 뜻의 히미코(日御子)라는 주장이 가장 많은 지지를 얻고 있다. 어떤 학자는 '히미코'가 사람의 이름이 아니라 왕을 칭하는 말이라고 주장하기도 한다.

13) 차(茶): 차 마시는 풍습은 중국 전한시대에서 기원했다고 추정되며 우리나라에도 삼국시대에 이미 차에 대한 기록이 있다. 일본에 차가 전래된 시기는 나라시대로 추정되며, 차가 유행한 것은 무로마치시대 후기, 선종의 영향에 의해서이다.

14) 옥지(玉趾): 왕의 발이나 발걸음을 높여 이르는 말이었다. 수라, 용상, 용포 등과 같이 왕에 관련된 모든 단어는 특별히 고안되었으며, 신체도 예외는 아니었다. 조선시대를 살펴보면 왕의 몸은 옥체(玉體), 얼굴은 용안(龍顏)·성안(聖顏)·옥안(玉顏), 이마는 액상(額像), 눈은 안정(眼睛), 눈물은 안수(眼水), 손은 어수(御手), 손톱은 수지(手指), 대변은 매화라고 했다.

15) 돈주머니: 사료상 처음으로 나타나는 우리나라 화폐는 B.C. 957년(기자조선 흥평왕 9년) 자모전(字母錢)이었다. 하지만 이것은 화폐의 제 기능을 하지 못하고 화폐 이전의 교환가치인 철, 유리, 금은, 곡물, 포목, 피혁, 소금 등이 유통수단으로 사용된 것으로 보인다. 우리나라에서 최초로 주조되어 사용된 화폐에 관한 기록은 996년(고려 성종 15년)의 철전으로 이때부터 화폐가 유통수단으로 자리잡기 시작한 것으로 보고 있다.

16) 환정법(還精法): 방중술의 핵심으로 여성의 기(氣)를 받아 남자의 체력을 강하게 만들어 불로장생할 수 있게 해주는 방법이다. 여자는 갓 월경이 시작된 숫처녀를 택해야 하며, 양(陽)의 수인 홀수의 여자를 취하는 것이 좋다. 될 수 있으면 많은 관계를 가지는 게 좋은데, 하룻밤에 상대를 열 명 이상 바꾸는 것이 가장 좋다. 사정(射精)은 하지 말아야 한다.

17) 새를 울게 하는 세 가지 방법: 보통 일본 역사의 인물 세 명에게 이런 비유를 쓴다.
오다 노부나가 – 울지 않으면 죽여버려라.
도요토미 히데요시 – 울지 않으면 울게 만들어라.
도쿠가와 이에야스 – 울지 않으면 울 때까지 기다려라.

18) 손금: 손으로 운명을 점치는 수상학(手像學)은 서양에서는 학교에서 정규 과목으로 채택할 정도로 발전한 역학이었다. 알렉산더대왕은 아리스토텔레스가 본 수상운을 국가의 중대사를 결정하는 데 반영했다고 한다.
손등은 소질을, 손가락은 성격을, 손톱은 건강을 말해주지만, 가장 중요한 것은 손금이었다. 생명선, 두뇌선, 감정선이 3대 손금으로 가장 중요하게 여겨졌다. 성공선, 직업선, 운명선 등 각종 명칭으로 불리는 다른 손금들은 변화하는 경우도 있었으며, 3대 손금의 운 내에서 작용한다. 왼손은 선천적인 운이나 감성(우뇌는 신체의 좌측을 관장하며 감성적인 면과 많이 관련된다), 오른손은 후천적인 운이나 이성(좌뇌)을 의미하며 왼손 손금을 더 중요하게 여긴다.
보통 3~4개의 단선이 교차하여 만들어진 별 모양의 손금은 그 크기와 모양, 위치에 따라 해석이 다양하다. 하지만 대부분 행운, 성공의 좋은 뜻으로 풀이되며, 작은 별은 예술인들에게, 큰 별은 성군이나 성인에게 나타난다고 한다. 알렉산더대왕도 별 모양의 손금을 가지고 있었다고 한다.

19) 별똥별: 유성(별똥별)은 소원을 빌면 이루어진다는 미신도 있지만, 한꺼
번에 떨어지거나 아주 큰 유성이 떨어질 경우에는 하늘에서 내리는 불로
여겨 흉조로 여기는 경우도 있었다. 또한 혜성(살별)도 전란, 역병, 천재
지변 등의 흉조를 예고하는 것으로 여겨졌다.

20) 굴장: 유체를 구부려 묻는 방법을 굴장(屈葬)이라 하고, 똑바로 뉘어 묻
는 방법을 신전장(伸展葬)이라 한다. 굴장의 이유에 대해서는 태아를 본
떠 어머니인 대지로 죽은 자를 돌려보낸다는 주장, 죽은 자의 부활을 두
려워해서라는 주장 등이 있다.

21) 기린(麒麟): 고대 중국의 전설에 나오는 상상의 동물로 성인(聖人), 성왕
이 세상에 나올 징조로 여겼다. 기는 수컷, 인은 암컷이다. 우주의 중심이
되는 신, 사후세계의 수호자, 덕의 화신으로 여겨져 신성한 동물로 숭배
되었다. 사료에 따르면 사슴의 몸통, 소의 꼬리, 말의 발굽과 갈기를 하고
있으며, 암컷은 머리에 한 개의 뿔이 있으며, 5가지 색깔(푸른색 · 붉은
색 · 하얀색 · 검은색 · 황색)의 기린이 있다. 또한 기린은 힘이 강해서 재
앙을 없애고 요괴를 복종시켜 태평성대를 이룰 수 있게 해준다고 여겼다.
말과 비슷한 모습으로 나타나는 경우도 많았으므로 천마총의 천마가 말
이 아닌 기린이라는 주장도 있다. 뛰어난 젊은이를 뜻하는 '기린아(麒麟
兒)' 도 기린에서 유래했다.

22) 인동(忍冬) : 인동 잎과 줄기를 인동, 꽃봉오리를 금은화라고 하여 종기, 매
독, 임질, 치질 등을 치료하는 데 사용한다. 민간에서는 해독작용이 강하고
이뇨와 미용작용이 있다고 하여 차나 술을 만들기도 한다.

23) 다도: 차를 마시는 방법에 관한 일본의 전통문화로 한국의 다례문화에서
유래한 것으로 추정된다. 우리나라는 다례문화가 거의 소멸되었으나 일
본은 아주 많이 발전을 해 복잡할 정도의 다도문화를 이루었다. 16세기
후반 센노리큐는 주인과 손님이 하나가 되어(和), 서로 존경하고(敬), 깨끗
한 마음과 신체로(清), 조용한 분위기와 정적인 정신(寂)으로 차를 마셔야

한다는 다도정신을 집대성했다.

24) 오매(烏梅): 덜 익은 매실을 훈제하여 건조시킨 것으로 해독작용이 뛰어나며 산도가 높아 강력한 살균작용을 한다. 배탈, 식중독, 소화불량, 위장장애, 변비에 좋고 최근에는 항암식품으로도 알려졌다.

25) 요서 지방: 백제의 영토가 요서와 중국 동부 해안지역까지 이르렀다는 주장은 『삼국사기』등의 기록을 근거로 끊임없이 제기되고 있다. 또한 백제 멸망 당시의 인구가 단순히 한반도의 서남쪽 일부의 인구로 보기에는 무리가 있다는 점, 백제 장군 흑치상지(黑齒常之)의 묘지석(墓誌石) 발견 등도 이런 주장에 힘을 실어주고 있다. 또한 백제의 식민지를 뜻하는 '담로국'이 변형된 말도 넓은 지역에 걸쳐 발견되며, 부남국(扶南國 : 캄보디아), 태국, 인도를 비롯한 동남아시아 전반에 걸친 교역상황을 볼 때도 백제의 영토는 한반도 내에 머무르지 않았을 것으로 추정된다.

26) 까마귀: 태양과 관련된 신화나 설화에 자주 등장하며, 신성하게 여겨 숭배되는 경우도 많았다. 중국 궁사 예의 설화(열 개의 태양이 뜨거워 예가 태양을 쏘자 태양이 조각나 부서지며 삼족오만 남았다), 중국 오나라의 연호인 적오(赤烏), 아폴론의 까마귀, 몽골과 이집트의 삼족오 등이 바로 그 예이다.
우리나라도 예외는 아니었다. 고구려는 삼족오(三足烏, 태양에 사는 발이 세 개인 까마귀)를 신성하게 여겨 받들었다. 신라에서는 까마귀가 소지왕을 이끌어 궁주(宮主)와 중의 간통을 알려준 뒤로 까마귀날, 까마귀밥과 같은 관습을 만들었다. 또한 연오랑과 세오녀의 이름에는 까마귀 '오'가 들어가고, 해모수는 머리에 까마귀 깃털을 꽂았으며, 심마니들은 산삼을 발견하게 될 길조로 여겼고, 견우와 직녀는 까마귀다리(오작교)를 건너 만났다. 보통 까마귀는 예언능력이 있다고 믿어 신년운세를 점칠 때 사용되기도 했으며, 행복을 안겨주는 새로 믿었다. 하지만 까마귀를 흉조로 보는 신화나 전설도 세계적으로 많으며 제주도의 전설인 〈차사본풀이〉도 그 예이다. 또한 까마귀는 새끼가 자라서 늙은 어미에게 먹이를 물어다준다 하여 반포지효(反哺之孝), 즉 깊은 효성을 상징하기도 한다.

27) 아마테라스는 달의 신인 남동생 츠키요미 노 미코토와 고천원에 같이 살았고, 태양과 달도 하늘에 동시에 떠 있었다. 어느 날 아마테라스가 츠키요미를 식량의 여신 우케모치(혹은 벼의 신 이나리)에게 심부름 보냈는데, 츠키요미는 우케모치의 대접이 마음에 들지 않는다며 우케모치를 죽여버렸다. 아마테라스는 매우 화가 나서 다시는 츠키요미를 보지 않겠다고 선언해 달은 항상 태양이 지고 나서야 하늘로 나올 수 있게 되었다.

28) 일본의 건국신화: 역사적 현실과 가상이 뒤범벅된 일본 신화는 매우 복잡하고 다양한 편이다. 어떤 서양의 신화연구학자는 조잡하다고 표현했다. 『고사기』와 『일본서기』의 천손강림신화를 바탕으로 하여 정리를 해보려고 노력했으며, 다른 전개를 보이는 신화도 곁들였다.

29) 팔지경: 야타의 거울(야타노카가미)은 아마테라스의 몸을 상징하며 천황 세습 시 물려받는 삼종의 신기 중 하나다. 팔지(약 24cm)의 커다란 거울로 이세에 있는 아마테라스 신전에 모셔져 있다.

30) 야사카니의 곡옥(야사카니노마가타마): 영혼의 정수를 상징하며 삼종의 신기 중 하나다. 곡옥이라는 것은 전체가 휘어 있는 구슬로 주로 비취나 마노(瑪瑙 : 보석의 일종)로 만들어진다. 이 구슬을 통해 태양신과 접할 수 있다고 생각해 천황이 반드시 지니게 되어 있다.

31) 천총운검: 천총운검(川叢雲劍, 아메노무라쿠모노츠루기)으로 삼종의 신기 중 하나다. 오로치가 있는 곳에는 항상 구름이 있었는데, 이 검 주위에도 구름이 있어서 그런 이름이 붙었다. 야마토 타케루 노 미코토가 이 검으로 남구주와 이즈모를 정복한 후 천총운검을 초치검(草薙劍, 풀을 벤 칼) 혹은 쿠사나기의 검이라고 부르게 된다. 아스타 신관에 모셔져 있다.

■ 참고 문헌

- 『역설의 일본사, 역설의 한일 고대사』(이자와 모토히코, 고려원)
- 『일본사 – 선사시대부터 현대까지』(존 W. 홀, 박영재 옮김, 역민사)
- 『역사를 버린 나라 일본』(양지승, 혜안)
- 『한 권으로 보는 일본사 101장면』(강창일·하종문, 가람기획)
- 『연표와 사진으로 보는 일본사』(박경의, 일빛)
- 『이야기 일본사』(김희영, 청아출판사)
- 『일본인도 모르는 천황의 얼굴』(스털링 시그레이브·페기 시그레이브, 강만진 옮김, 신영미디어)
- 『하룻밤에 읽는 일본사』(카와이 아츠시, 원지연 옮김, 중앙M&B)
- 『일본문화의 이해』(최관, 학문사)
- 『가야가 세우고 백제가 지배한 왜국』(이본하, 보고사)
- 『일본문화사』(이에나가 사부로, 이영 옮김, 까치)
- 『일본은 한국이더라』(김향수, 문학수첩)
- 『젓가락 사이로 본 일본문화』(노성환, 교보문고)
- 『일본의 역사와 문화』(손대준, 시사일본어사)
- 『일본 역사와 정치 그리고 문화』(박동성·박진우·최영호, 좋은날)

- 『일본의 역사(이야기로 배우는)』(가쿠 고조, 양억관 옮김, 고려원미디어)
- 『일본사』(박석순 외, 대한교과서)
- 『노래하는 역사 (이영희의 한·일 고대사 이야기)』(이영희, 조선일보사)
- 『상식 밖의 일본사』(안정환, 새길)
- 『하룻밤에 읽는 한국사』(최용범, 랜덤하우스중앙)
- 『쏭내관의 재미있는 궁궐기행』(송용진, 두리미디어)
- 『역사스페셜』(KBS 역사스페셜 제작팀, 효형출판)
- 『유물로 읽는 우리 역사』(이덕일, 세종서적)
- 『한국사 100장면』(박은봉, 실천문학사)
- 『복식』(조효순, 대원사)
- 『백제의 사회풍속사』(권태원, 충남대)
- 『백제인의 문화활동일고』(홍사준, 공주사대)
- 『백제문화의 특성』(윤무병, 충남대)
- 『백제사회와 그 문화』(김철준, 문화재관리국)
- 『백제사』(신형식, 이화여자대학교 출판부)
- 『전남의 모정문화』(전봉희, 한국건축역사학회)
- 『백제의 복식』(김동욱, 백제문화개발연구원)
- 『백제 관제와 관식, 백제문화 20』(이남혁, 공주대백제문화연구소)
- 『백제문화21』(윤세녕, 공주대백제문화연구소)

- 『한국복식사』(유경옥, 수학사)

- 『한국복식사』(이순애, 한국방송통신대학 21)

- 『한국복식사』(안명숙·김용서, 예향사)

- 『한국의 복식』(백영자, 경춘사)

- 『백제의 역사와 문화』(유원재, 학연문화사)

※ 이외에 읽은 지 오래되어 제목조차 기억나지 않는 책이나 기사,
출처가 불분명한 인터넷 사이트가 바탕이 된 경우도 많았음을
양해 바랍니다. - 저자

최문정 장편소설

태양의 여신

1 그들, 여신을 사랑하다

지은이 | 최문정
펴낸이 | 황인원
펴낸곳 | 다차원북스

신고번호 | 제313-2011-248호

초판 1쇄 발행 | 2006년 9월 15일

개정증보판 1쇄 인쇄 | 2012년 3월 22일
개정증보판 1쇄 발행 | 2012년 3월 29일

우편번호 | 121-897
주소 | 서울특별시 마포구 독막로 10(합정동 373-4) 성지빌딩 510호
전화 | (02)333-0471(代)
팩시밀리 | (02)334-0471
E-mail | dachawon@daum.net

ISBN 978-89-97659-01-2 04810
ISBN 978-89-97659-00-5 (전2권)

값·12,000원

이 도서의 국립중앙도서관 출판시도서목록(CIP)은
e-CIP 홈페이지(http://www.nl.go.kr/ecip)와
국가자료공동목록시스템(http://www.nl.go.kr/kolisnet)에서
이용하실 수 있습니다.
(CIP제어번호: CIP2012001313)